散文众丛

神的自留地

王族 著

百花洲文艺出版社
BAIHUAZHOU LITERATURE AND ART PRESS

图书在版编目（CIP）数据

神的自留地 / 王族著. -- 南昌 : 百花洲文艺出版社, 2019.6
ISBN 978-7-5500-2254-6

Ⅰ. ①神… Ⅱ. ①王… Ⅲ. ①散文集－中国－当代 Ⅳ. ①I267

中国版本图书馆CIP数据核字(2019)第028832号

神的自留地

王 族 著

出 版 人　姚雪雪
责任编辑　赵 霞 许 复
书籍设计　黄敏俊
制　　作　周璐敏
出版发行　百花洲文艺出版社
社　　址　南昌市红谷滩新区世贸路898号博能中心Ⅰ期A座20楼
邮　　编　330038
经　　销　全国新华书店
印　　刷　江西千叶彩印有限公司
开　　本　710mm×1000mm 1/16　　印张 18.25
版　　次　2019年6月第1版第1次印刷
字　　数　230千字
书　　号　ISBN 978-7-5500-2254-6
定　　价　39.00元

赣版权登字 05-2019-31

邮购联系 0791-86895108
网　址 http://www.bhzwy.com

序：一种交还

“神的自留地”是地名，指图瓦人居住的白哈巴和禾木两个村落。因为这两个村落极其相似，所以人们经常用同一名字共称之，只要提到“神的自留地”，便知是在指白哈巴，亦可指禾木。

但我很多年都没有仔细琢磨过“神的自留地”这一说法，虽然它的意思一目了然，但因为和风景有关，所以便总是被忽略。我猜想，这个名字可能是一位哈萨克族或蒙古族牧民起的，因为从中可看出一种文化倾向，同时还体现出自足心理，并有习俗信仰的痕迹。

有好几年，我并没有什么要紧的事去做，但却总是去白哈巴和禾木。每次去都有一个共同的感觉，自己在别处奔波累了，这里是休息的好地方。这两个村落以美丽著称，被人们津津乐道。但我喜欢这两个地方的干净和平静，这种感觉从初涉一直保持到现在。时至今日，如果要让我说一点什么的话，我觉得“神的自留地”是两个地方对同一名字的占有和掠夺，……其实我不应该这样写，否则会导致这本书变成人文地理。新疆已经被很多太过于明亮的文字所遮蔽，我不想成为这制造大军中的一员。

水、树、草、山、雪、风、雨、歌、酒、路、阳光、动物、石头、器具、沙漠、传说、故事、牧场、数字、岩画……从事物本身而言，是对地域的支撑。但关注地域是危险的，它很容易让人迷失和被掠夺，但当你进入地域再从地域中走出后，地域可以是文化，也可以是人自身，而文字有可能就是地域的延伸或再生。

这里的人是特殊的，但在文字中却并不应该特殊。所以，我更愿意让人变成这块土地上的质问者。有些人的背影清晰无比，有些人的背影则一团模糊。但我欣喜自己站在所有人的后面，我可以看到更多。

以前对“神的自留地”一说只是知道而已，直到此次要被拿来用作书名了，才仔细琢磨它的意思。但仍没有琢磨出什么，只是认清了一点——这里是神的自留地，但并非是神示，而是人说出的，因为人觉得神的自留地应该是这样的，所以人便代替神发言。

如此这般，便坦然于书名的使用，甚至心中暗想，应该把自己的“拿来主义”，视之为一种交还。

2018年11月13日

目　录

水

1.水过村庄

有一句谚语说，马跑得再快，也比不上缓慢流淌的河水。

在图瓦人居住的白哈巴村，有一条小河从村中流过。夏天，因雪水流下来汇入小河，会流淌得略大一些；到了冬天，河面上结一层冰，便看不到河水，只听见冰层下有哗哗的流水声。

小河边有不少松树，长得高大笔直。远远看上去，顺着小河的走向，两排松树也顺势而下，是一景。

牛羊和马要到河边喝水。它们用一天时间在村子周围吃草，吃到下午，肚子鼓胀起来，这时候便要饮水，它们把头伸入水中一饮便是十余分钟。这畅快的长饮，是它们一天的尾声，它们不慌不忙，直至喝饱后才向围圈走去。村里的大群牛羊在夏季都去了牧场，唯有零星部分留在村里，由一些小孩放牧。此时，他们看见牛羊喝足了水，便吆喝一声，它们回家的步子就迈得快了。我估计算了一下，小河从村里流过有一公里，在村头的水中放一片树叶，大概一小时就流出了村子。这么短的距离和这么快的流速，并不能给小村留下什么。

我和索伦格要过小河去村子对面的山坡上，因前一天阿尔泰山上下了雨，河水猛涨，搭在河上的独木桥被河水冲走了。我脱掉鞋子准备蹚水过去，索伦格脸色大变，用手制止了我。后来我才知道图瓦人因为敬水，从不把脚踩入河中。

图瓦人亦从不在河中洗澡。他们认为水养育了万物，不能把水弄脏。图瓦人也从不在河中洗东西，总是把水舀出在岸上洗，洗完后将脏水泼到别处，不让它流到河中。一天，我看见村里最贫穷的龙达在河边洗马鞍子，马鞍子已使用多年，可能是从祖上传下来的。她洗得很认真，先将上面的脏东西洗掉，再用一把小刀刮去油渍。十余分钟后,马鞍子变得像新的一样。贫穷者不能有更多的东西，那些她没有的东西，有可能是她的梦，也有可能是折磨着她内心的怪物，但她可以把旧东西洗去，拥有干净也是一种财富。看着十余分钟后在龙达手中焕然一新的马鞍子，我真想对她说，其实你不穷，比如现在，你就是一个富人。我见过村子里的几个富人，都把马鞍子骑得黑乎乎的，从不洗一次。

龙达洗完马鞍子后，照例将脏水泼到赛尔江的洋芋地里。赛尔江这家伙真是聪明，把菜地选在河边，人们洗完东西都将水泼到菜地里，让他省了很多力气。洗过东西的水里面含有对洋芋生长有用的东西，所以，他的洋芋长得比别人的洋芋好。

我以为她倒完水后就回去了，没想到她又舀水洗岸上的石头。刚才她从村子里走来时，脚上带有泥土，在石头上留下了脚印。现在，她要将其一一洗去。她洗得很认真，一直把石头上所有的污垢都洗掉，才收拾好东西走了。

我远远看着，内心似是被什么灼痛。什么是真正的财富？物质终归只能是精神安慰，如果直接体现出精神，也许就是难能可贵的财富。

龙达已经走远，小河在静静流淌。偶有阳光从水面反射出光芒，似是对我内心感悟的一句回答，但倏忽间又消失，让我愣怔不已。

2.牧场一角

出村子往东，到了那仁牧场，很快又看到了水。

像高原所有的水一样，那仁牧场的这条河也是雪山上流下来的雪水汇成的，水流量不大，却冲开很宽的河道。因为河道平坦，水面便显得很平静，即使坐在河边也感觉不到它在流动。河床也很宽，我在远处以为一步便可迈过去，好不容易走到跟前，才发现它有三米多宽。它在人的视野中显得狭窄，是因为被阔大的牧场映衬，便显得窄小。

我坐在河边看水。水清澈见底，河底的沙子似乎随流水在移动。有几条小鱼从水草中游出，撞入我投在水中的影子里，一惊，便快速逃走。此时四周安静，隐隐约约地，我听到了水声。一条表面上趋于平静的河，发出的水声是隐隐约约的，但却很紧密，似乎有无数双脚，正在看不见的地方行走。

任何一条河都有它的故事，那仁牧场的这条河也不例外。格尔林告诉我，在多年前，人们赶着牛羊到处寻觅，却找不到如意的草场。有一天，牛羊突然像是听到召唤似的，齐刷刷地钻入一片树林子。人们要把它们拦回，但怎样努力都无济于事，只好让它们在树林里穿行。它们像是早已明确目标似的，排一列长队穿树林而过，又翻过一座山，才站住出神地望着前方。牧民们赶过去一看，眼前是一片广阔的草地，有一条小河在中间流淌。好牧场！牧民们发出赞叹，羊群咩咩叫成一片。少顷，羊群从山坡上跑到河边，牧民们以为羊要饮水，但它们却站在河边不动，望着河水出神。牧民们明白了，是这条小河的流水声把羊引了过来。

羊会听河。尽管这条小河只发出了隐约的流水声，但羊却会听，隔着一座山、一片树林，羊就能听见这个地方有一条小河，并由此断定此处有大牧场。于是，它们选择了道路，选择了能让自己活命的牧场。

再后来，关于河的故事便越来越多。人们最为惊奇的，是这条河在河道中流淌的故事，牧民们每年春天进入牧场，而春季正是雪山化冻的时期，所以这条河里的水时大时小。有时候，水突然就大起来，从河道中溢出，顺地势漫延向下。这时候，一条河便变成几条河，新的河道出现，旧的河道反而没有水了，被弃在那里，看着骇人。有时候，大水在半夜涌下，哗哗的水声使羊群变得不安，便咩咩叫成一片。牧民们说，现在流下来的水是下午的太阳晒化的冰水，上路晚，到了晚上才流到那仁牧场。第二天，草地上就会又出现新的河道，流着大小不一的水。出现新河道的日子，羊都不去远处，只吃近处的草。有羊不小心吃到河边，被水惊吓，猛地掉头就跑，似是对水很恐惧。

后来，牧民们发现了一件趣事。每次雪水流下来，不论冲出多少新河道，但最终仍要归于老河道。那些水流上几天后，像是听到召唤似的，仍回到旧河道去。旧河道很快就又恢复昔日的神采，在阳光中如一条起伏的丝带。

这是很有意思的事情。牧民们就等着河水闹腾一番后，又归入旧河道。一次这样，二次这样，次次都这样。慢慢地，牧民们便为河水的执着感动，他们觉得河水像村里的一个人，那个人有一年放牧把羊丢了，找了好长时间，别人都以为找不回来了，但他却坚持天天去找，终于将羊全部找了回来。

河水的变化，人在看，羊也在看。后来在一只羊身上，发生了有意思的事。那天，雪山上的冰水突然涌下，顷刻间在牧场漫延，淹没了道路。一只羊在慌乱间被堵在一个死角，无法回到羊群中。水越来越大，眼看着它就要被淹没，牧民们都为它捏了一把汗，但它却很从容，向四处看了看，扬起蹄一跃跳入新河道，站在水中一动不动，好像在等待着什么。后来，水慢慢涌入旧河道，它站在那儿一动不动，等着大水过去。下午，水小了下来，新河道慢慢显出石头和沙地，它走出来，又开始吃草。

牧民们都为它高兴，它在危难来临的一刻，能够从容选择新河道保护自己，真是聪明。

3.水边的独居者

有的牧民奇怪，到那仁牧场后不与大家一同放牧，偏偏要独自找个地方扎下帐篷，一个人去放牧。

今年，又有了这样一个人，当他做出这个决定时，大家都劝他与众人一同前往，因为他的羊群很小，再加上他的身体不好，不宜独处。大家这样劝他，是出于对他的怜悯和担忧，大家都觉得他玩不起个性，还不如随大流好，但他却执意要去，死活听不进大家的话，大家只好随他去了。他把自己的羊从大羊群中赶出，孤零零地往左一拐，下到了河滩里。众人无奈地离去，他选这个河滩有他的道理，河滩两边的草长得很青嫩，估计他的羊一个牧期够吃了。他平时是沉默寡言的人，现在与众人分开，倒也适合他。

大家扎下帐篷后，他变成大家的观望对象。河滩在低处，他的一举一动都在大家的视野中，人人每天早上起来，第一件事就是望一望他，看看他在干什么。其实，大家对他仍不放心，因为他的生活能力低下，大家想象不出他如何维持一日生计。因此，对他的观望即有好奇，也有担忧，但他却似乎生活得很好，每天一大早将羊赶出去，然后帐篷上就升起了炊烟。大家都知道他在烧奶茶喝，那抹炊烟升得弱，想必他是随意烧了一壶对付了事。喝毕了茶，他便坐在河边望远处的山，或望天上的白云。时间久了，他便像一块石头。他的羊有时候走到他眼前，望他一会儿，也像他一样一动不动。一人一羊，久久不动，加之有青色草场和蓝天白云映衬，如画中景物一般。

有一次，有人在上游用炸药放了一炮，炸死不少鱼，有来不及捞的鱼漂到他面前的水潭里，明晃晃地很是显眼。他从地上一跃而起，脱去裤子冲进水中去捞鱼。众人远远地见他光着屁股在水里扑腾，不知他要做什么，过了一会儿，见他手抓几条鱼喜滋滋地上了岸。下午，便看见他帐篷上空的炊烟升得笔直而持久，众人便知道他在煮鱼，有一顿好吃的了。那件事后，他知道河里有鱼，便削尖一根树枝去扎河里的鱼。他有极大的耐心，一直坐在河边等鱼出来，鱼只要一出来，他便扎下那根树枝去，又准又稳，笑呵呵地将鱼从水中提出。从此以后，他每天便有鱼吃，煮鱼时从帐篷上升起的炊烟，成为人们向往的风景。

我听牧民们说他的事，便准备去看看，我觉得他是更本质的牧人。但没等我接近他，他却因为一件事搬往别的地方。一天早晨，有几只别人的羊走到他的河滩里，羊不谙世事，不知道他与众人分开就是要独占这一带的草，它们低着头只是吃，不知道他在远处望着它们，等吃到他跟前，才被他的一声大喊吓了一跳。它们转身就跑，直到跑远才敢回过头望一眼他。他用手指着它们，骂了一句粗话，但没一会儿，那几只羊又偷偷过来吃河滩里的草。他气愤之极，不再骂粗话，顺手操起那根扎鱼的木棍追上去就打。羊受惊，四散而开，急急逃跑。他不管更多的，只顾盯住其中的一只追赶。那只羊冲上山坡，又下河滩，但都不能摆脱他，他已经紧紧咬住它不放，似乎不抽它几下不足以解气。他一边追，一边将木棍舞得呼呼作响，丝毫没有要停下的意思。最后，那只羊跑进一堆乱石中，被石头绊住四蹄跑不动，只好乖乖等打，他冲上去啪啪啪几下抽在羊身上。直到打得解气了，他才提着木棍返回。

这一幕被众人看见，有人让他停住，但他追得正猛，加之又在火头上，没有听进去。下午，他拆掉帐篷，赶着羊群去了别的地方。人们都习惯每天朝河滩中张望，他走了后，那里空无一物，但人们却总是改不了向那里张望的习惯，只有两眼空空望一阵后，才知道他确实已经离去好多日子了。

过了几天，牧场上起了大风。一位牧民挂在帐篷外的皮条子被风刮走，他四处寻找，终无下落。后来，他断定那些皮条子被风刮进了河里，浅水处不可能沉没它们，只有那人扎过鱼的深水潭有可能使之沉没。那牧民找来一根树枝，在潭中使劲捞了半天，却没有一根皮条子出来。他想，那独处的人在这里待得时间长，知道哪个地方水深，哪个地方水浅，兴许他能捞上来呢。于是便带上一公斤奶酪去找他，请他来捞。那人手持那根扎鱼的木棍，探入水中细细地捞，捞过几遍后失望地摇了摇头。

有人劝那位牧民，肯定捞不出来了，那些皮条子被河水冲到喀纳斯湖里去了，也有可能被鱼吃掉了；羊在草地上要吃草，鱼在水里也要吃东西嘛！刚好你的这些东西来了，它们就吃了。那牧民不甘心，仍要那人再捞一次。那人不作声，只是摇头。众人见没有什么热闹可看，便一一离去。

那人走到那牧民跟前说："皮条子没有捞出来，下午我把你的奶酪还给你。"那牧民伤感地说："唉，你就留下吃吧。皮条子我丢不起，一公斤奶酪我还拿不出吗？"但他在下午把那一公斤奶酪端到那牧民帐篷里，什么也不说，放下就走了。

后来，我去那个河滩坐了一会儿。要离开时，见那人在河边走动，我以为他在寻找什么，我觉得他对这个河滩是有感情的，但他却似乎对河滩视而不见，很快就走了过去。一个在这里生活过的人都没有留下什么，我又能寻找到什么呢？河水无声而又从容地流向远方，这是一种无声的从容。

留下河岸，空空如也。

4.“搬家”的河流

从远处看，河流像明亮的丝带，缠绕在绿色的牧场上。

走近了才发现河床很宽，哗哗的流水声甚至还有些震耳。目测一下水的深度，好家伙，居然有一两米深。在河边坐下，感觉四周的山峰更加悠远了，就连不远处的戈壁也宽广了许多。我想起一位塔吉克朋友曾对我说过：“当你发现太阳、天空和山峦，都映照在水面上时，你就会知道，河流大得足以装下一切。”我被他的话打动，亦发现自己对高原的河流认知不够，不能从中看出什么。

心怏怏然，加之无事可干，我便待在大草滩一侧的艾西热甫家里。与艾西热甫闲聊，不料刚说到河流，他的脸色就变了。他见我对河流感兴趣，就对我说：“河，调皮得很，经常自己搬家；它，一搬家，人，就得跟着它搬家。”

细问之下，才知道“河流经常搬家”指的是河流改道的事情，塔吉克人说话富于谐趣，把河流改道拟人化，说成“搬家”。因为“河经常搬家”，他们家也跟着河流搬了三次家。他父亲是在一条河边出生的，之后便听着河水的流淌声长大。他父亲对河水有很深的感情，每次出门都要在河中洗手后才动身，从外面回来也要用河水洗手后才进屋。七十年代末，他们家从游牧变成定居，他父亲决定选一个地方盖一座房子，让全家人定居。一家人翻山越岭，走到一条河边时，他父亲发现那条河清澈见底，立刻决定在河边盖房子。他父亲在当时的选择其实不足为奇，作为游牧民族，有水有草的地方往往是他们的首选。一天夜里，那条河的流淌声比以往大了很多，他父亲对家里人说："雪水下来了，小河要变成大河，河水在叫唤着长身体呢！"那一夜，他父亲酣然入睡。作为对河流有感情的人，那条河的流淌声，让他觉得很舒服。

不料第二天早晨出门一看，他父亲的脸上顿失颜色——昨天夜里从雪山上涌下的雪水很汹涌，在那条河的上游冲开一个口子，使河水经由那个口子一拥而去，将这条河道遗弃了。干了的河道非常难看，像伤口被撕开后露出的骨头。"河搬家了。"他父亲说完这句话后，骑马去寻找那条河流。他骑了很远的路，找到了那条河冲开口子的地方，但河水在向下流淌的过程中出现了分支，他觉得所有的分支都是原来的那条，但又觉得不是。他快快而归，带领全家人搬家。人和牛羊都需要水，没有河水，他们必须搬家。

他们一家再次找到一条河时，家里人都有些犹豫，但他父亲却执意要紧靠河流而居。不久，一座黄泥小屋又建了起来，他们往墙上洒面粉，用塔吉克人的方式祈求平安，然后在那里住了下来。有水有草的地方，对人的生活可起到保障，他们一家又像以往一样生活着。

不久，意外的事又发生了。一天夜里，他们一家人在睡觉，突然传来轰隆隆的巨响，紧接着一股洪流倾泻而下，将他们家的黄泥小屋掀翻。天气太热，雪山上的积雪大面积融化成雪水，汇集到一起便形成洪流。他们家的房子不巧正处于洪流下方，所以被冲垮。等洪流过去，艾西热甫发现父亲不见了。他们一家人沿河而下寻找，一直找到天亮都不见父亲的踪迹。

父亲被"突然长大的河流带走了"，艾西热甫成为家里的顶梁柱，带着一家人迁到另一个地方。鉴于上次因为距河太近而遭受了灾难，但事实上又离不开河流，所以这次他们选择了离河流有十余米远的地方盖了房子。父亲因河流而命殁，给一家人心头留下阴影，如果不是去提水，谁都不愿去河边。

几年时间过去，小羊长成大羊，大羊又下了很多小羊。艾西热甫一家人的心情慢慢平静下来，然而河流再次让他们一家遭受了意料之外的事情。一年夏天，那条河莫名其妙地干涸了。雪山是河流的源泉，气温太低，积雪无法融化成雪水流下，所以河流干涸了。干了就干了吧，从稍远一点的地方提水也可以维持生活，但不久意外的事情又发生了，他们家的墙裂开了缝，风“呼呼呼”的从中穿梭。有年长的塔吉克牧民路过，对艾西热甫说：“河水都干了，房子能不裂缝吗？”艾西热甫这才明白是怎么回事，他心生愤怒，又是河流！

没办法，他们又搬了一次家。河流“搬家”的方式每次都不一样，而他们搬家却始终摆脱不了河流的阴影。现在住的这个家，已有五年时间，最近艾西热甫的心头又有不祥的预感，觉得似乎又将遭遇一次灾难，他甚至已经在心里盘算着如何搬家。

我劝他不必紧张，那样的事都是在偶然中发生的，不会每次都遇上。他说，父亲以前曾说过，如果找不到最初的那条河流，我们家就得不停地搬家，因为我们遇到的新河流都在“长身体”，它们一“叫唤”，就把我们的房子顺便带走。我无法再劝他，虽然他说的话没有道理，但在如此蛮荒偏僻的高原上，人与自然就这样相处着，在很多时候甚至融为一体，谁又能不相信他们说的话？他们坚信的事情，都是从现实中得来的道理。

我们俩都沉默，长久不说一句话。我扭头去看大平滩中密布的河流，不知为何，我看见河流被阳光照射得像一把把刀子，把大平滩切割得支离破碎。

5.夜遇阿克哈巴河

从牧场返回，途遇阿克哈巴河。

看到阿克哈巴河的那一刻，我的第一个感觉是，它不像一条河，而是像在这里长久沉睡，永远都不会醒来的老人。

天刚黑，一抬头就看见天上的月亮，不一会儿，一片月光便铺展到了眼前。我看见河水的内层被月光照亮，很深，也很厚重。

月光移动过去后，河面只有一层淡淡的亮光，让人觉得阿克哈巴河仍不是一条河，而是别的什么。

这时候，一位牧民骑着马，一边往这边走，一边唱着歌。空旷的夜晚因为他的歌声，被打破了宁静和孤独。他走到我跟前，从马上跳下，愣愣地望着月光中的阿克哈巴河。过了一会儿，他表情复杂地看了我一下，然后转过身去，准备牵马离去。

“哎，佳克斯。”我想和他说几句话，就使用了称谓朋友的这句哈语，叫了他一声。他听到我的叫声后停下来，准备去牵马的那只手在半空中犹豫了一下，还是收了回去。他走到我跟前，也像我一样说了一句：“哎，佳克斯。”他的声音很有磁性。我们两个人都不说话，临河而立，望着月光中的阿克哈巴河，长久沉默。此时的阿克哈巴河面仍旧是一片铁青，我仍然感觉不到它是一条河。

过了一会儿，我发现他的右手上有血。再仔细一看，他的那只手正在流血，一滴一滴的鲜血从指缝里流出，滴在沙土中。此时月光正亮，他的那只手看上去黑乎乎的，一定有大量的血流了出来。

“你的手……”我不知该如何问他。

他把手伸到我跟前，我看见他手心扎着一根骆驼刺。他把手翻过来，我触目惊心地发现，那根骆驼刺刺穿了他的掌心，在手背露出二三寸的一截。我知道紧挨着阿克哈巴河的山坡上，到处都长着骆驼刺。骆驼刺较之于其他沙漠植物，似乎有着钢铁铸就的枝叶，其枝坚硬无比，其叶锋利如刃，人和动物一旦碰上，必然会被划破皮肤，如果碰得重，则会被刺入肉中。

“你这是怎么回事？”

“刚才，我的马看见阿克哈巴河被月光照亮，就狂跑起来，我不小心跌落在地上，这根骆驼刺就钻到了我手心。”

“疼不疼？”

“有一点点。”

我扭头去看犯下错误的那匹马，它仍然出神地望着阿克哈巴河。看它的样子，它很想向着阿克哈巴河一跃而入，但拴在它脖子上的那根缰绳，却被它的主人紧紧地抓在手中。

“我本来想在河水中把手上的血洗掉，但一看见阿克哈巴河，我发现我从来都没有看见过它在月光中会是这样。我不洗了。”说完，他翻身上马，两腿用力一夹马腹，那匹马便奔腾而起，驰向远处。

不一会儿，远处传来他的歌声。我知道，他正高声唱着歌离去，而他从指缝里滴出的鲜血，伴着他的歌声，正一滴一滴落入沙漠。

文章写到这里，我才记起，他面部在当时的颜色，和阿克哈巴河一样，都是铁青色的。

树

1.根比树长

近距离看到这些松树，已是几天以后。

先前坐在马车上，一扭头看见这片松树，当时觉得怪异，平坦宽广的草场上，为什么突然出现一片松树呢？草场被绿色覆盖得像静止的湖泊，而这片松树却是这种静止中的意外，它们将地表的绿色刺破，钻出来后，像孩子似的望见了高远的天空。

如果说，树也像人的话，它们的生命便就和人如出一辙。从生到死，时间是施恩者，也是摧毁者。在这个过程中，人和树都一步步完成，一步步丧失；人一天天变老，最后丧失走动能力；树迎着季节展枝生叶，在深秋一一凋零。这是生命规律，亦是例证。

这片松树有很多传奇，牧民说草原上没有人敢砍这里的一棵松树，人们都认为它们是神树。据说林子深处有五棵同根的树，远远看上去，犹如一只手掌的五根手指。要看此树，还得靠缘分，很多人专为寻它们而来，转了好几圈居然不能谋面。这些松树有傲骨，只适宜在这里生长，曾有人将它们中的一些移到别处，却无一存活。

神奇的事情总是一连串，这些松树以前是八月结果，十月落籽。有一年阿勒泰在八月间落了一场大雪，那些松果在雪后齐刷刷变红，人们向树冠望去，上面犹如有无数燃烧的小火球。另有一事，有一年人们砍倒一棵，欲取其根，挖了整整一天都挖不出来，后来才从老人嘴里得知，这种松树的根比树身长，恐怕挖不出完整的根。

我们一行人走到树跟前，见它们在外面裸露着庞大的根系，而且像弯曲的手指，紧紧抓着大地。树身是挺拔的，直插云天，而树根像是有坚韧不屈的意念，盘旋着向地底下伸去。不用再细究树根到底有多长，仅此架势，就足以让人深感凝重。

人们对神奇的东西总是寄予格外多的愿望，当这些愿望得不到实现时，就演变成传说，传说的最佳功能在于将物人化，让其按照人的愿望猜测生命。所以，传说过多的是人的臆想。这些松树也有不少传说，神乎仙乎，都颇为离奇。但我到了这个年龄已不再对传奇类的东西感兴趣，所以，我挑轻捡重，只复述其中一件。相传多年前草原并没有松树，遍地长草，人们的日子过得悠闲自在，忽一日官兵来草原驱逐人们离开，并要将青壮汉子抓去充军。他们将汉子们用铁链缚住，准备第二天押走。汉子们痛心疾首，当夜一个个气绝而亡。他们死后倒地的一瞬紧紧抱住大地。官兵们赶来，使再大的力气也无法把他们扯开。之后，他们便变成松树，树根紧抓大地。

这个传说并没有意外之处，与大多传说一样借助超现实的魔幻手法，传达出人们对松树的某些肯定，也通过故事情节的转换，实现了人们心目中的某种愿望。但我总觉得这个传说和草原人的某些性格有关，感觉到一股气息一阵阵浸漫过来，本能地一闻，便觉得这味道是从眼前的哪个汉子身上散发出的。这样便想起牧民说的一句话：这些树其实还没有长好呢！这话让人听得疑惑，但平静下来后，便体会到一种更为宽广的东西。草原向远处延伸而去，那是一种大动荡，而停留于此的这些松树，则呈现着静态的涌动。

没有再往林子深处去，也没有再细看松树。应该留下更多的回味才对，当人离去时，它的影子在人的心里就是一棵成长的树。

不能忘记的是，有一棵松树死去后，散发出了罕见的香味。它已干枯多时，但仍像活着一样笔直地挺立着。我们从它跟前走过，一股浓浓的香味钻入鼻孔。我闻了一下，发现香味独特而浓烈，犹如美酒的味道。

多么好啊！一棵松树在活着时挺拔俊俏，死后散发出浓烈的香味。

2.枯树的温暖

一棵枯树出现在我面前。如果它是细瘦的，只有不多的几片树叶，会让人觉得它坚强。然而它不知已死去多久，浑身枝干黝黑，被大风掀掉皮的地方，又变成了触目惊心的红色。

它所处地势较高，远远望上去，细黑的枝干似乎刺入天空无法抽出。几只乌鸦从山谷中飞出，怪叫着要落在它上面。但绕树几圈后，却因为惊恐而不得不离去。

它们飞入了沙漠，很快便不见了影子。沙漠中的小山，实际上是大一些的沙丘，因为长不出草，显得像被刀砍过一样伤痕累累。不远处的山都是褐色的，如同被太阳暴晒得裂开了伤口。几只乌鸦尽管在低低地飞着，但仍然给沙漠添了几丝凄凉。

我扭过头才发现，此处有很多与这棵树一样的事物——模糊的草地，泥泞的小路，稀疏的牧道……在一抹苍黄中融为一体，显示着这块地域的孤寂。我站了一会儿，转身往别的地方去。我想看到茁壮成长的小树。不是因为被这棵枯树影响了情绪，需要借助它们转换心情，而是我不相信，一棵树应该像坚强的人一样，越是在艰难的环境，越应该有奇特的生命反应才对。

我想起去年的雪灾过后，在阿勒泰的一个村子里发生的一件事。一只山羊饿得实在不行了，就慢慢爬上一棵树，用嘴咬住一根树枝，从树上跌下，被摔在雪地上，那根树枝被折断，它爬起来去吃枝上的干树叶。在这个故事中，树是模糊的，而羊的行为很感人。那棵树在今年一定长了新的枝叶，如果那只羊从树下走过，会不会抬头向上望一望？

之后的一个下雨天，我又向那棵树走去。不知为什么，我一直想着它，对它有些舍不得。走到它跟前，发现它被雨水冲洗得干净了许多。大雨“哗哗”下着，我望着天，一时无言。几峰野骆驼在树下卧着，可以看出它们对树有几分依赖感。骆驼们显得瘦骨嶙峋，一副不堪重负的样子。而一棵无枝无叶的枯树，本无遮风挡雨的功能，但骆驼们却选择了它。也许它们从这里经过多次，记住了这棵枯树，所以在一场大雨突然来临时，便依偎在它的根部。

雨悄然浓密了许多，沙漠又模糊了轮廓。我突然觉得大雨亲切，它像是浇灌着这棵枯树，而这棵树又被几峰骆驼选择成了依偎。这是一种爱吗？

我离去时，听见枯树上有声音响起。我抬起头，不由得大吃一惊——几只在山谷中低低盘旋过的乌鸦，不知何时憩息在该树的枝头，它们被我走动的声音惊起，扑棱着双翅绕树盘旋。我望着这几只乌鸦，还有伫立于大雨中的枯树，一时哑口无言。

几分钟后，乌鸦轻轻落到枯树的枝干上，很快，便与树融为一体。我转身离去。一棵树枯死后，变成驼驼和乌鸦的家，即使在下大雨的天气里，它们都不离开，这是一种在隐约中的坚持，就像一根草的呼吸，一条河的流淌，无声却持久。

雨下得更大了。

3.大树下面

一棵树长起来，把头伸向天空，把影子投在大地上。在远处，我们看见的是树高大的身躯，走近树，才被它们巨大的影子笼罩。

那仁牧场上有两棵大树，相距有十多米，从远处看，两棵树似乎是一棵树，硕大的树冠投下不小的影子，占了很大一块地方。

牧民们喜欢这个地方，便起名为“两棵树”。有时候，羊走到树荫下站一会儿，也许是在树荫下乘凉，也许是感觉到这两棵树高大，在这里站一会儿是荣耀。后来，牧民们亦受羊的影响，走到两棵树下时，也要本能地站一会儿。

多林是这次放牧中年龄最大的牧民，他说，人呀羊呀，都爱到大树下站一站，是也想变成大树呢！如果人和羊在那里站上几十年，就真的变成大树了。旁边的一个年轻人说了一句调皮话，大叔，我们把你放在这里，你当一冬天的大树，明年开春我们再来接你。多林说，我这个年龄了，该当树时早已当过了，你年轻，要有这个信心，选一个地方让自己像一棵树一样站一个冬天。年轻人觉出多林话中有话，便不再说什么。

这两棵树的传说颇多。有的牧民说，它在一个冬天就长了这么高，那一年人们在秋季离开时，它们还只是低低的两棵小树，等过了一个冬天，人们在春季进场时，它们就长成了这么高。还有一位牧民说，一次他走过那两棵树，躺在树下歇息了一会儿，他的马鞭子居然从手中飞上了树。人们跑到树下去看，哪里有马鞭子的影子。他便又说，马鞭子飞上树停留了一会儿，又飞上了天。天空高远无比，谁也看不到马鞭子到底飞到了哪里。

我没有去考察这些传说，我能够理解人们把这两棵树说得如此神奇。人都是这样，对于高大的东西，都习惯于按照自己的思维，去设想出它更完美和神秘的一面。这便是人的向往。人是喜欢向往的，人的生活基本上是依据向往而得以维持的。

这两棵树在现实中，也发生过很有意思的事情。有一年，不知从何处飞过来一大群乌鸦，遮去了阳光，使大地顷刻间幽暗下来。羊最先有了反应，见乌鸦飞过来扭头就跑，急促而密集的蹄声把大地敲击得一阵阵颤抖。鸦群在空中盘旋几圈，落入那两棵大树，顿时，枝上杆上便黑乎乎一片，好像两棵大树在瞬间结出了黑色果实。几个年轻人围过去捡石头打乌鸦，但任凭他们怎么打，乌鸦都不离去，偶尔有一两只被打中，只是在树旁绕飞几圈便又落下，别的乌鸦则对他们视而不见，只是稳稳站于枝头。几个年轻人愣怔不已，不得不停住，望着乌鸦们出神。

多林把他们叫回，对他们说，不能打乌鸦，它们飞长路飞累了在歇息呢！我们走路走累了也要歇息，如果乌鸦在我们歇息时用石头打我们，我们会怎么想呢？年轻人说，它们落在大树上了，那是大树，它们怎么能落呢？多林说，它们要飞很远的路，这两棵大树是他们在中途歇息的标志，没什么不好的。年轻人便不再说什么，一一散去。乌鸦们在树上歇息了一个多小时，便又飞走了。

后来又发生了一件事。到了秋初，别的树叶还绿着，这两棵树的叶子却开始发黄，并很快就落了下去。它们的叶子有巴掌那么大，从枝上落下时闪闪发光。几天后，树下便落了厚厚一层。牧民们感叹说，多好的树叶呀，可惜用不到地方。不料没过几天，树叶就发挥出了用处，一只母羊在深夜时要分娩，它跑到树下，将树叶拱成一堆钻了进去，小羊羔顺利产下，母子在温暖的树叶中过了一夜。第二天，牧民们看到那动人的情景后说，好树叶，好树叶，一切都多么好啊！

再往后，人们走过两棵大树时便习惯了，像走过一座山，或者一块小石头，不会再在意它们。两棵大树和牧场上所有的事物一样，亲切而又平静，平静而又从容。正是这些事物组成牧场，养育着牛羊，让人们一年又一年放牧，繁衍生息。生命就是这样，潜藏在岁月深处，始终不动声色。

一次，我从两棵大树下走过，一片树叶落到我的肩头。那一刻，我觉得有一只手在我肩头拍了一把。

4.树叶与泪水

一阵风刮起，一片树叶飞了起来。

我远远地看着，觉得它是一只鸟儿。我在心里说，再飞高一点，你就真是一只鸟儿了。果然，它又飞了起来，像是一只正在运载阳光的鸟儿，一直要飞到太阳中去。我又在心里说，飞到太阳中去吧，把大地的阳光返回给太阳。

我盯着它，它越飞越高，越飞越小。突然，风停了，它飘摇着从空中落下，落到了艾力家后面的山坡上。这是多么幸福的一片树叶啊！被风的大手抓着，享受了一次不用努力就可以飞翔的幸福。

一扭头，我看见了那棵小杨树。非常奇怪，它贴墙而生，枝条和叶片几乎像挂在墙上的一幅画。小巷中房屋很多，没有别的树木，所以，它的出现便显得稀奇。

主人很快就将饭端了上来。吃着可口的汤面，我忍不住还是回过头去看它。是谁把一棵树栽在墙根的，主人寄予它的是一种什么样的希望呢？后来细问之下，才知道这是一棵小白杨，是自己长在这里的。也是一个刮风的天气，有杨树籽被刮进了这个小巷。人们见那么多的树籽在路上，踩上去不舒服，就把它们扫了出去。有一些树籽漏在了小巷中，但它们都没有生根发芽，只有墙角的一粒长出了幼小的树苗。起初，人们并没有在意它，只是觉得它是一根小草而已。不料到了夏天，它在短短的几天就蹿出很高。人们见它长得纤细而笔直，不忍心拔去，就让它长了起来。它长到了一米多的时候，就放慢了向上生长的速度，渐渐地粗了起来。

小巷中一直放着民歌，使小巷具备了新疆较为常见的那种安详和沉迷的气氛。而坐在棚下吃饭的人一扭头，就看见了这棵小白杨，心里顿时又会有更舒服的感觉。

饭馆主人是个塔吉克族小伙子，戴黑毡帽，留小胡子，于聪明间透露出几分浪漫。他准备让这棵小白杨一直长下去，就像他的小饭馆理应一直存在一样。说起这棵小白杨，原来还有很多故事。自从它长在这里后，总是难免要遇到一些麻烦。在春天，它长出嫩绿的树叶，孩子们总想伸手去摘；而在冬天，巷子里结冰，人们怕摔倒，总是用手扶它。它其实还很单薄，这样的重负自然承受不了。有一条狗在夏天喜欢卧在它的树荫中，时间长了，似乎对它有了感情。有一次孩子们恶作剧，要折断它的枝，狗跑过去在它的根部撒一泡尿，狗尿难闻的味道很浓，孩子们都被熏跑了。大人们有时候会不经意地危害到小白杨，狗一看有情况，马上就会使劲挡住人，人被狗弄得很烦，便骂狗，等骂完了也就忘了再到小白杨跟前去。现在，小白杨已经不会受到任何伤害了，因为它已长得比人还高。人面对比自己高的东西时，只会仰视，而不会轻易去伤害。

我与人们闲聊着，看见一个小女孩远远地向这棵小白杨走来。阳光洒在她脸上，使她显得越发纯洁和可爱。小巷内人声杂乱，来来往往赶巴扎的人从她身边走过，她面前实际上只有一条很拥挤的路，但她却不紧不慢地往前走着，在忙乱的大人中间，她显得更像一个大人。她走到这棵树跟前停下，抬头看树上的鸟儿。树上有一只鸟儿。小女孩也许在很远的地方就发现了这只小鸟儿，所以，才走了那么远的路过来看它。她扬起脸，好奇和专注的神情在双眸中隐约可见。周围的人来来去去已经不少，但没有谁留意到这棵树上的鸟儿。大人们大多时候都很忙，没有闲暇的心情打量这个世界。过了一会儿，鸟儿飞走了，它在起飞的时候将一片树叶碰落，小女孩的目光追随了一会儿鸟儿，便低头盯着地上的那片落叶。那片叶子正绿，从树上掉下后躺在尘土中，小女孩走过去将树叶捡起，出神地望着树枝。过了一会儿，她把捏着树叶的手举起，想把它放回树上去。但她还没有长大，而树又太高，所以，她最终还是失望了。她站在原地不动，时不时地抬头望着树枝，眼里依然充满迷惑的神情。终于，她意识到了现实的可怕，慢慢地低下头哭了起来。她的母亲在远处唤她，她扭过头看了一眼母亲，忽然放声痛哭着跑了过去。那枚树叶还被她捏在手中。

望着她，我突然痛心疾首地发现，不知从什么时候开始，我已经不会因为感动而流泪了。

5.最好的树变成纸

曾在墨玉听到两个关于桑皮纸的说法——“会呼吸的纸”和“能活下去的纸”。

“会呼吸的纸”一说，是因为在制作过程中，其自动吸水和挥发，犹如是在自由呼吸；而“能活下去的纸”一说，则是说其弹性好、拉力长、柔软耐磨、耐折叠、防虫蛀、不褪色、易保存，使用百年也不朽。

常见的桑皮纸，总是暴露着其纤维纹理，但正是这种粗糙风格，被当作特质开发，展示出了独特的文化魅力。面对纸张，我们常常忘记它来自一棵树，但一张桑皮纸摆在我们面前时，却会觉得是一棵树在寻找我们的眼睛，也在等待与世界一起合唱。

桑皮纸的用处多矣。清代和民国时，曾用于撰写买卖契约、分家文书、信件等民间文书档案。如今，桑皮纸还用于写字、绘画、印刷、制扇、扎风筝、包装中药，以及裱糊酒篓、油篓和咸菜篓，民间的贴膏药医治方式，一直用的是桑皮纸。

那些与桑皮纸有关的事情，如今都已经消失或结束，唯有桑皮纸，成为岁月的见证。

几年前在墨玉县的布达村，见到制作桑皮纸的吐尔迪一家人。吐尔迪那一年整一百岁，被誉为“地球上最古老手艺的幸存者”。他虽然年迈，但经常制作桑皮纸，所以来这里的人，有看他和看桑皮纸的双重目的。他们家的院子和制作桑皮纸的作坊经过规划，显得干净和整齐，隐隐透着一股浆汁的味道。

这股味道是对外来者的见面礼，人们一脚迈入这个小院，首先被这股味道裹住，然后便看到延续着的古老手工艺，以及双手在这股浓郁的味道中的劳作。特殊的气味和场地会让人觉得，人们忙碌的双手，沉下去便摸向久远的文明，而抬起来则抓住了生命。

吐尔迪一家正在忙着，两个小孙女在用木槌砸击一堆桑树皮，砸得差不多了，便挂在旁边的铁丝上风干。院子一角有一口大锅，里面沸腾翻滚着桑皮，想必是正在进行沸煮的程序。

问及桑皮纸的制作过程，却颇为复杂，有浸泡、剥皮、风干、锅煮、捶捣、发酵、过滤、入模、晾晒等。吐尔迪老人正在做桑皮纸，他从一盆浆汁中用模子一提，便有一层浓厚的浆汁浮于模子上，待他将模子放平，用平刷将浆汁刷平，一张桑皮纸便有了雏形。过了一会儿我们去看，那张桑皮纸已经干得差不多了，一揭便挺立而起，传出一种很强烈的质感。

用手摸一下，可感出纸质的柔韧，但因为比较厚，便又显得很结实。一棵桑树从桑皮开始，走上了一条被冶铸的道路，最后变成一张张纸，而整个过程都是在一个小院子里完成的。这一家人在做纸的同时，实际上是在挽留一种古老的手工艺。

院子一角的桌子上放着码好待售的桑皮纸，我挑选出十张买下，其中五张有明显的桑皮纹，似乎附带着桑树的生命脉息；另有五张带有浆汁凝块，显出硬朗凝重之感，让人爱不释手。

吐尔迪做了一辈子桑皮纸，有一肚子关于桑皮纸的故事。他在七岁那年被父亲带着去找桑树，因为一场风沙迷了路，几经波折仍找不到走出困境的路。他父亲感叹说，如果不让你学做桑皮纸，就不会出来寻找桑树，也就不会遇到这样的危险。如果咱们能够回去，你就去干你想干的事情，不要再学做桑皮纸了。后来他们偶然碰到一棵桑树，发现有人砍过桑树枝，便在桑树周围仔细观察，终于发现了一串脚印，他们跟着那脚印走出了困境。事后父亲又感叹说，咱们的命是桑树给的，这辈子不要离开桑皮纸，就是对桑树的感恩。自此之后，父亲做了一辈子桑皮纸，他长大乃至后来到了一百岁，亦将桑皮纸做了一辈子。

另有一事，让吐尔迪与桑皮纸一起经历了一次心灵嬗变。从六十年代开始，桑皮纸慢慢退出了人们的视野，吐尔迪做出的桑皮纸卖出的越来越少，使用的范围亦越来越窄，到了最后便没有人找他了，他孤独地坐在院子里，望着积尘的桑皮纸叹息几声，便进屋躺下睡觉。

第二天早上起来，出门的一瞬，他心中涌出一股异样的感觉，觉得院子里在弥漫一股光芒。他凝目细看，昨晚做出的最后一批桑皮纸已经干透，他提起一张一看，顿时惊讶得叫了起来，那纸融浆均匀，成色饱满，柔性适当，是他做纸几十年来最好的一批。他捧着那张纸呆立良久，发出一声感叹：没有人需要纸了，却做出了最好的纸，有什么用呢？他默默将那些桑皮纸收入屋中，心想如果有人用得上，他愿意分文不取地送人。

有一夜，他梦见很多人都来要他的桑皮纸，他的院子里人头攒动，热闹非凡。第二天早上起来，他仍走不出梦境的影响，居然忘了已没有人再需要桑皮纸，而是像以往一样又做起了桑皮纸。等他把一整套程序做完，才醒悟自己被神引领，又与一张纸融为一体，完成了一次嬗变。他又感叹，有时候一张纸在变，人也跟着变；有时候人变了，而一张纸却没有变，它对这个世界的忠诚，远远要比人强。

他在那天又开始重操旧业，不管有没有人需要桑皮纸，他每天都做一两张，时间长了，人们听说吐尔迪还在做纸，有需要时便来拿几张，那些年吐尔迪就靠给人送纸活了下来。后来人们又开始青睐桑皮纸，他的情况才好起来。一直到现在，他已经一百岁了，人们都在谈论他的年龄，他经常挂在嘴上的一句话是：我不是活了一百年，而是把桑皮纸做了一百年。

布达村有不少人做桑皮纸，但做得最好的是吐尔迪老人。这位百岁老人，他是每一张纸最早的书写者，无论别人从他这里买了桑皮纸去做什么，他都已经在上面写下了一生。

我们离开布达村时，他起身送我们，但他毕竟是一百岁的人了，身体趔趄了一下差一点摔倒。我们劝他留步，他站在那儿用眼神和我们告别。我无意一瞥，看见他的影子映在一张桑皮纸上，像浓墨写下的一个字。

草

1.行走

我决定随便走走，于是选择一条有草地、牧场、树林和村庄的路线，大约十公里，计划用半天的时间走完。

走到一半，一场雨下了起来。山里的雨曾遇到多次，没有多大的变化，亦不需费笔墨描述。但我没有想到，这场雨却带来了特殊的体验。雨下了一会儿便停了，我在湿漉漉的草地上坐着歇息。突然，一种隐隐的声音响了起来。我一惊，这是什么声音？虽然疑惑，我还是凝神倾听起来。很快，我就惊奇起来——一阵风吹过后，被雨淋湿的草叶悄悄舒展开来，有隐隐的声音响起，像是大地在轻轻扭动，这些声音是从内层悄悄传出的。

雨后的阳光更加澄澈，泛着光芒撒在草地上，草叶迎接上去，迅速舒展着，那些细碎的声音便一阵又一阵响起。这样的遭遇只需屏气凝神倾听，不用多想其原因是什么。过了一会儿，四周平静下来。我仍坐在原地不动，渴望那声音能再次响起。

额上有汗，用手一抹，手变得湿湿的。草地的湿气早已散去，它重新焕发了绿色。我不知道草原在雨中经历了什么，但草叶发出的细小声音，却给了我一个极好的答案。

万物皆有灵。这时，一阵细小的声音又突然响起。一种浓烈的感觉挤压过来，我又停下，静静地倾听这来之不易的声音。较之于刚才，现在的声音大了很多，我怀疑这可能是它的高潮期，因为力量使然，在到达一个高度后将跌落。果然，仅仅几分钟时间，四周就寂静下来，像一曲音乐戛然而止。我既迷惑又惶恐，在这样的场景中，人犹如从梦中走出，清醒了过来。

草场上彻底恢复了平静。在这片绿色的草场上，一股股绿浪纠缠着、挣扎着，跌下又起伏，到了远处，便汇集成一大片绿色，盖住了一座山。

我兀立原野，向远处看去，草场犹如一位躺着的汉子，着急地想站起来，但最终却无能为力，只能就这样躺着，懒得再动一动。

傍晚，我到达另一个村庄。

一次行走结束了，我疲倦得昏昏欲睡。但我在一丝惋惜里还是挣扎着睁开了眼——我想看看被我抛在身后的草原是什么样子。细看之下，我发现不论远近，草原都像是彻底把自己展开，严严实实覆盖着大地。恍惚中，觉得这是凝固，也是另一种向前涌动的姿态。

夕阳在落着，牧场、村庄、树林和河流，在夕阳的怀抱里，似乎已酣然入梦。

2.细草

那仁牧场的草，在阿勒泰很是有名。

好草必养好羊，所以，在那仁牧场长大的羊，都皮毛柔软，肉质鲜嫩，而且长得壮实。阿勒泰富饶，被誉为“金山银水”。而阿勒泰又是大牧区，所以有人便戏称阿尔泰的羊“走的是黄金大道，吃的是中草药，喝的是矿泉水”。牧民们对草的感情很深，一天，我看见一位牧民用手在草场上刨着什么，好半天都不离开。我走过去，见他神情专注，双手小心翼翼地在刨一株草周围的沙子。我问他："你在干什么呢？"

他说："我在帮这株草。"

我不解，便问他："你怎么帮它？"

"去年的风调皮得很，刮到这里，不光刮来了雪，还刮来了沙子，把好好的一株草给埋住了。草的力气小嘛，我帮它一下。"

"它今年能长出来吗？"

"能。能长出来。去年它在嘛，喂了我的羊，今年我们不能不再见面。"

我不再问他什么，牧民细致到这一步，外人便不能打扰他。他知道一株草今年没有长出来，就用手把压住它的土刨去，在他心中，一株草与牧场、牛羊一样重要。

细看那仁，几乎是碧草连天。这是一个草的世界，庞大由细微完成，伟岸由细致完成，极致由真实完成，美由纯朴完成……由此便可相信，生命的细致和真实，其实最为感人。

有一年牧场起了一场大火，火势很快就蔓延到了那仁，但烧了只有十几米，却奇怪地熄灭了。那场火使其他牧场都遭了灾，牛羊因为没草吃被饿死了很多。人们都不解那仁牧场的草为何不着火，便都过来看，出现在他们眼前的情景使他们惊讶不已。火烧到那个地方后，留下一道齐刷刷的痕迹，像是有谁在那里及时制止了火。那道痕迹旁边的草并无特别，却没有被烧伤的痕迹，让人们目光里浮出虚虚的敬畏。从此，关于那仁牧场的传说就多了起来。人们说，这个地方有神看着牛羊，牛羊都是上天的神降到人间修炼的呢！所以，上天不会不管它们，派另外的神在关照它们！在火烧过来的那一刻，神就用大刀将火斩断了。这是在中国常见的神话，让神力高于一切，使故事变得完美。

也有在现实中有意思的事情。一位牧民告诉我，看一只羊有多高，就知道它吃了多少草。我问他怎么个看法。他说，去年嘛，我有二十只羊和红梏草一样高，今年和麻黄一样高，明年就和柴胡一样高了。和柴胡一样高的羊，要吃五年那仁牧场的草；和麻黄一样高的羊，要吃四年；和红梏一样高的羊，要吃三年。我深信他这种算法是正确的，多少个日子，他就那样盯着羊看，看着看着，便看出了门道。后来，去他的帐篷里喝奶茶，见帐篷里挂有几根草，有麻黄、柴胡和红梏。他告诉我，他发现了草与羊的身高的关系后，便将这些草一一采来，与每一只羊测量，果然很是准确。于是，他便向外公布了自己这一发明，牧民们往外卖羊时，纷纷采用这一方法与商人谈论价钱，不按这个标准给价，死活不卖。

他成为规则的创造者。多少年后，牧民们也许仍将沿用他发明的这个方法。一只羊，瞅一眼就可以知道它吃了几年的草，有多重，值多少钱。

“你是白哈巴村的功臣！”我赞赏他。

他嘿嘿一笑说：“这是一个简单的事情嘛！草嘛，每年都长着哩；羊嘛，往草那么高长着哩。长到啥草的高度就值啥钱，每个人一下子就会算了嘛。我不是功臣，草场是功臣，是草场给了我们一切嘛。”

当晚，他给我们宰了一只羊，吃手抓肉的时候，他问我：“羊肉怎么样？”

我说：“好吃。”

他感叹一声说：“这只羊也长了一身好吃的肉。前年嘛，它红梏一样高，去年它一下子长得柴胡一样高，直接越过了麻黄，一年长了两年的身子嘛！这么好的羊，我舍不得卖出去，我放羊辛苦嘛，吃个好羊也是对我自己的回报。”

我停住刚抓在手里的一块羊肉，不知是吃还是不吃。一只好羊，对我来说应该预示着什么，吃下它的肉，我将怎样在感情中消化它？他发现我走神，一笑说：“羊是吃草长大的嘛！好草喂好羊，你就当自己是一只羊在吃草就行了。”说完，他诡秘地一笑。我不多想，抓起羊肉就吃。人生在世，无不就像一只到处觅草的羊，而能遇到好草，“一年长两年的身子”，实在万幸，我就当自己是一只遇到了好草的羊，放开吃吧。吃罢羊肉，体内燥热，似有火在烧。

入夜，从他的帐篷里出来，见月光洒了一地，草地上光芒一片，明闪闪地有什么在动。多么像一双双眼睛，正躲在细密的草丛中看着我。

3.向大地觅食

我跟在长眉驼后面，感觉自己很像一个牧民。

长眉驼们吃草，我看沙漠，看雪山，看两只鸟儿谈情说爱。一转身，我发现长眉驼们已经走出很远。我原以为，地上有草，它们可以吃一会儿，不料它们转眼间便把我扔在了后面。

被它们扔在身后的不光有我，还有沙丘、草丛和石头。它们的身躯太高大了，有很多东西都被它们一跃而过，变成寂静世界中的沉默者。

我赶到它们身后，紧紧跟上它们。说实话，被它们扔在后面便觉得颇为孤独，甚至有一种恐惧感在内心蔓延。我想，在很多放牧的日子，牧人与牲畜们之间其实是一种互相依赖的关系；人与牲畜彼此调解着对方的生活，时间久了，放牧反而变得不那么重要了，重要的是人畜共存的那种和谐和默契。游牧——这赤野蛮荒之地的古老生存法则，就这样维持了下来。所以，每一个放牧者到了这里，都自觉不自觉地坚持这一法则。慢慢地，人和牲畜变得像石头一样沉默。风从一个地方刮过来，又向另一个地方刮过去。就在风来来去去之际，地上的草绿了、青了、枯了，大雪也就落下来了。不管是人还是牲畜，顺应了一种规律，时间便也就过得平静而又舒缓多了。一年又一年过去，一代又一代牧人在沙漠中完成生命的担负，然后又一一老去。

我观察了一会儿，发现骆驼只吃一种草。怪不得它们跑得这么快呢，原来它们在寻草。这种草很少，往往走很久都找不到一株。找到之后，它们如视神物一般对其凝视片刻，然后从鼻孔里喷出鼻息，将草叶上的灰尘吹去，再伸出舌头慢慢将草叶卷入口腔里。它们嚼草的速度很慢，口腔里有“咔嚓咔嚓”的声音。沙漠中寂静无声，这种声音便显得很大，像是这些骆驼的到来终于唤醒了沉睡已久的沙漠。也许沙漠中的很多东西都在沉睡，在等待着富有灵性的生命来唤醒。

我有些好奇，被骆驼视若神物的究竟是什么草呢。脚边有一株，我蹲下身细看，这种草的叶子很少，而且还长在全是尖刺的枝上，骆驼们要吃到草叶，先受到尖刺的威胁。但骆驼们的舌头似乎很灵敏利落，总是巧妙地伸过去把草叶卷入口中。也许，这残酷的觅食现实早已教会了它们生存的技巧，那些尖刺已算不了什么。

一峰骆驼把枝上的叶子吃干净后，又卧下去吃根部的叶子。根部实际上也就两三片叶子，它完全可以将其忽略，它却小心翼翼将头伸过去，把草叶卷入了口中。它的头几乎贴在了沙土上，那几根有尖刺的枝划在它脸上，出现了明显的划痕。吃完之后，它站起身子又往前走了。如果不是我亲眼目睹，我又怎能相信一只高大的骆驼为了两三片叶子屈下了身躯。在平时，骆驼们遇上再大的风沙都不会低头，但为了生存，它们却无比艰难地让自己的嘴伸向了那两三片叶片。在这一刻，我看见了生命的艰辛，同时也看到了在这种艰辛中体现出的不屈。

下午，我再次看到了骆驼为生存而表现出的一种艰辛。一峰母驼带着两只小驼在沙丘中间不停地转来转去寻找草吃。草很少，它即使寻找到草，也只是为了两个小生命，而它几乎没吃上一口。它们就这样不停地在沙丘之间转来转去，把一个小范围重复着转成了一条艰难的长途。我从母驼的眼睛里看到了一种茫然，但同时也看到了一种不屈。我想，我只能从骆驼的眼睛里看到这种茫然和不屈，而我看不到但可以感受到的，便是隐藏在背后的爱。

终于，母亲找到了一株草，但它和两个小生命今天的运气实在太差，就在它们刚刚把要头伸过去时，一峰高大的骆驼却把头已经伸到了那株草跟前。母亲眼里充满了无奈，两个小生命眼里充满了失望。我不知道骆驼们之间有没有交涉，或者说，它们之间会不会产生一点同情。总之，这峰高大的骆驼横蛮地把自己的身躯立在了它们面前，嘴里“咔嚓咔嚓”地吃着叶片。母亲和两个小生命绝望了，不得不转身离去。

茫茫沙漠，它们去哪里觅食？

一只不知叫什么名字的动物已倒地多日，只剩下了白森森的尸骨。两个小生命好奇地跑到跟前，用嘴去拱。尸骨下本无草可吃，但它们却甚为好奇，拱着尸骨玩得很开心。母亲在一旁默默看着它们，眼睛里有了一层怜悯，同时也有了一层酸楚——作为母亲，今天带子女出来却一无所获，它内心一定很不好受，但看着两个小家伙这么高兴，它便让它们先玩一会儿，不急着带它们去觅食了。看着它，我突然觉得它身上在这时显示出来的，才是真正的母性。

玩了一会儿，它们才想起妈妈，回到了它身边。它们又往另一个沙丘走去。别的骆驼都因为有草吃而停住了脚步，只有它们得继续往前走。行之不远，它们运气转好了，找到了一株草。两个小家伙高兴极了，张嘴“咔嚓咔嚓”地吃了起来。母亲一口都不吃，只是站在一旁看着两个爱子，一副很满足的样子。不一会儿，两个小家伙吃完了，回到了母亲身边。一株草的叶子转瞬间都不见了，只留下了几根光秃秃的枝条。但母亲从这光秃秃的枝条上仍然看到了希望，它卧下身子，把嘴伸过去啃两个爱子忽略了的残叶，它甚至把它们啃过的地方又啃了一遍，将残剩的一点点叶根啃进了嘴里。有半片叶子藏在几根尖刺中间，两个小家伙怕受伤而放弃了，母亲却看成了一口不可多得的美餐，跪下前腿，把嘴伸到刺跟前，然后伸出舌头巧妙地把叶子卷入了嘴里。为了吃这一片叶子，它神情严肃，似乎在举行着一场神圣的仪式。

它们将草叶视若神物，所以它们甘愿为其跪下。

4.骆驼刺是沙漠中的“刀”

小草，从沙砾与沙砾之间的窄小空隙长出来，虽然没有多高的身躯，却生出坚硬的枝，到了春天，枝上不但生叶，还会开出花朵。

风吹过来，小草的叶片便摇动，将阳光反射出光芒。它们有的是骆驼刺，有的是芨芨草，还有一些则叫不上名字。一位哈萨克族牧民曾对我说，沙漠里有一半的草没有名字。有一次我在沙漠中见过一种草，没有枝，叶子直接从根上长出来，在地上覆成一片，很是显眼。

这些草，是沙漠中唯一能看得见的绿色。在万物中，草是最具有生命力的。“野火烧不尽，春风吹又生，”人类在多少年前就对草发出了赞颂。有史以来，这是人对草最高的赞颂。如果是大山里的草，想必生得并不艰难，而草长在准噶尔盆地这样的地方，就艰难得多了。此处虽不会有野火焚烧，却有一种更长久的磨难。或许，有很多种子都落进了沙漠，只有少数的种子发芽，得以生长出嫩草。

该怎样看待这些野草呢？它们是从死亡之路上走来的，在这个过程中，一不小心，就会被死神的双手卡住脖子。所以，在它们身后，站着一条长长的死亡队伍。但这些野草一旦得到生根发芽的机会，就再也不会放弃，哪怕只有沙砾与沙砾之间的小缝隙，也要努力生枝长叶，把生命袒露于大地之上。

几只鸟儿飞来，欲落向那几丛草，却恐于我们这些大活人，盘旋几圈后便又飞走。鸟儿们或许是要落在草根上歇息，抑或它们与这些草熟悉，飞过这里时，要落下来看看。鸟儿一天要飞很远的地方，会经历很多的事情。它们担心这些草会有什么变化，便飞回来了。但是它们却不能如意，因为这一刻的我们，亦将专注的目光盯在草上。等到它们飞走，我们才反应过来。鸟儿，对不起，打扰你们了。

我走到一株骆驼刺前，见它的枝很是尖细，虽已没有了叶子，但仍伸得很直。我见过夏天的骆驼刺，叶子泛黄，几乎与沙漠是同一颜色。据说，骆驼们见了骆驼刺，也绕道而行。在帕米尔的一个牧场上，一位柯尔克孜族牧民说，他一辈子走过了无数大山，从不畏惧，却从来没有去过门前的一个小山坡，因为那个小山坡让他“肚子胀得很”（生气）。问为何。他说那个山坡上长满骆驼刺，牛不敢上去，羊不敢上去，人更是不敢上去。人如果上去，不是脚被刺破，便是手被划伤，疼得很。牧民们谈骆驼刺色变，这是事实。

望着眼前的这一株骆驼刺，我突然产生了想抚摸一下它的愿望。我伸出手，握住骆驼刺的一根枝，它很坚实，给我一种硬朗之感。因为是冬天，它透着一股凉意。我松开它，突然感到手心一阵钻心的疼。摊开手一看，有血已经流了出来，隐隐约约的一道伤口出现在手心。

就这么一握，骆驼刺就刺破了我的手。但我却变得高兴起来，终于有了一种贴近，是如此真实。血，平时在我体内悄无声息地循环流淌，现在它流了出来，配合我完成了一次体会，而且还带出阵阵疼痛。血流出来的时候，才是生命真正有深刻体会的时候。

现在，我怀念准噶尔盆地的那株骆驼刺，被划伤的右手握笔写着这篇文章。我终于可以说，我握过的骆驼刺，是沙漠中的一把刀。

5.那不是野草

太阳炙热，我和金工低着头往山谷深处走着。我们的背部已经被太阳晒疼了，风一吹，便有一种钻心的痛。这种痛加上迷路的惶恐，似乎一阵更比一阵剧烈。

藏北阿里宽广、辽阔，一旦迷路，你便不知该往哪里去才好。这时候，惶恐和烦躁便袭上心头，让人感到头疼胸闷，身体似乎快要炸了。我和金工不想让自己曝尸高原，便强压着惶恐和烦躁，在绝望中往远处走着。

上午的时候，勘察完红山河的营房地基，老唐带车去寻找石料。我和金工好奇，想趁此空余时间在红山河溜达溜达。我们俩先是下到山脚的河套里捡拾花花绿绿的石头，后来跟着几只羚羊进入一条峡谷，出了峡谷，爬上一块石头偷看一只野公羊和一只野母羊交配……当时高兴得不亦乐乎，等从高兴中回过神，想起要返回时，才发现不知道路了。于是我们俩到处找路，与其说是在找，不如说是乱闯，闯来闯去，感觉每个方向都通向红山河机务站，但都不敢轻易迈出一步。高原以那种骇人的宽广呈现着死寂与恐怖，一种沉闷的感觉重重地压在心头。停下休息了一下，我俩觉得还得继续找。我和金工像太阳下的小甲虫一样，缓慢地挪动着身躯。望一望宽广的天地，唯一的感觉是往远处走，走远了，或许会碰到什么新的希望。

下午4点的时候，是藏北高原的正午。太阳像着火一样灼热，我和金工先是嘴皮裂开，接着是心肺阵阵嘶痛。我想到了水。我们车子的后箱里，放了许多矿泉水和八宝粥。出来的时候，根本没想到会遇到这种情况，一瓶也没带。在焦渴之中，它们无疑是天堂圣水，人间佳酿。过了一会儿，实在渴得不行了，我们于是没有了找路的心情，像两只慌张的野狼一样，瞪大了双眼向四周寻找，恨不得求老天爷能网开一面，给我们降下些水来。

在意志快要崩溃的时候，几根野草吸引了我们的目光。金工从地上一跃而起，一把抓住我的手，向那几根野草奔跑过去。这几根草长得神奇，在苍凉干燥的高原上，蓬勃着嫩绿的叶片，迎着太阳反射出几丝亲切的光芒，甚至还有两个花骨朵已经显形，估计过不了几天，就要绽放出美丽的花朵。我和金工屏住呼吸，缓缓蹲下凝视着它们。一阵风吹来，草迎风飘舞，妩媚婀娜的姿态把我的心撩拨得起伏跌宕。

“挖吧，下面绝对有水。”金工一声喊，我便像强盗一样将手伸进沙子挖了起来。没挖几下，手指头触到冰冷而又坚硬的东西。一挖，是骨头；再挖，就看得清清楚楚了，是一副骆驼的骨架，驼峰里有一汪清水。我们俩停住了，不是因为沮丧，而是被眼前这过于神秘的一幕彻底震撼了。一头骆驼死后，驼峰中居然水分不散，滋养了另外的生命。一头骆驼的死是神秘的，而它死后，岁月让几粒重负使命的草籽降落在它背上，在驼峰永不干涸的水的滋养下，静静地生根发芽，茁壮成长。生命永不枯萎的神秘的源啊！这是藏北高原用事实给我们讲叙的一则神话故事。

我和金工重新将驼骨埋好。我们已经忘记了干渴，一种圣洁的水在心间流淌，我们为目睹了高原的神秘生命而欣慰。骆驼的骨架又被埋入了高原，又进入了一个生命的梦中。但愿这个梦长久，与藏北高原齐头并肩，同生共死。

我和金工从一个梦的边缘返回，走在路上我们只说了两句话："那不是野草。""它是长在高原的梦里的。"

我想，我和金工是幸运的，在这场不大不小的灾难中，像两根草一样，浑然无觉地被一种潜藏在生命深处的水喂养，获得了信仰的威严，获取了心灵的力量。因为我们返回时，是憋着一口气走到红山河机务站的。

那几棵草被我和金工破坏了，但它们已经完成了使命。它们救了我们俩的灵魂，在另一种形式中属于了我们俩，它们经由我们俩由野草变成了精神意义中的圣草。明年，那个地方一定又会长出几株草。

野草永生。

山

1.凝视

转过身，发现身后站着一位老人。

是因为我仰望昆仑山太久，加之又太出神，居然没发现身后有人。他在地上蹲着，看到我便站起了身，表情凝重地笑了笑，用手朝一块石头指了一下。我走到那块石头跟前停下，觉得它没有什么特殊的地方。我回头望他，他又用手指了一下石头，说："石头"。

"是石头呀！"我觉得这个老人有点奇怪。

他用手指了一下后边说："去年它在那个地方，今年走到了这个地方。"

我蹲下身细看这块石头。它光滑，浑圆，细致的花纹呈现着天然的纹理美。它是怎样从"去年"的"那个地方"走到"今年"的"这个地方"的呢？忽然，我看到了惊心动魄的一条痕迹，是一块石头滚动时压出的，似乎还有流水的痕迹。这些欲隐不隐，欲显不显的迹象，一下子揪住了我的心，让我觉得它像一张在沧桑中平静下来的脸。我由于没有心理准备，被忽然呈现的、如此惊人的事实震撼了。

我坐在石头旁边，再次抬头向远处张望——正前方的群山依然巍然耸立，犹如用清一色的石块完成的大型雕刻；被铺了厚厚一层沙砾的戈壁已渐渐向上升起，即使无声地出现了裂口，但仍被沙砾涌起的漩涡淹没。这种自下而上，慢慢涌起的一座山的气势，远远地看上去，就有一种撩人的快感。

“石头会走到什么地方？”我问老人。

“不走到什么地方。”老人的语气让人觉得他俨然是一位哲人。

“那它……？”我疑惑不解，又问。

“它为了成为昆仑山。你看那座山，风把沙子和石头从低处一点一点向上吹去，它一点一点长高，最后就长成了一座山。我看了它几十年了，知道了它的秘密。山太高了，你一会儿的时间又太短了，你看不清。那么你看这块石头，去年它在那个地方，今年它在这个地方，明年、后年，好多年以后，它就被风吹到一座山上去了，就变成了山。”老人回答得干净利索。

昆仑山是被一块石头完成的吗？我又被震撼了。我知道这是神奇的一刻，昆仑山像是伸出了一双大手，紧紧地抓住了我。除了这块石头外，谁还能从赤野千里的昆仑山脉看出它的移动，它已经存在了无数个世纪，所以，它是拥有时间的。它的移动，甚至是时间也不能阻挡的。还有这些山峰，尽管它们因为谦卑和沉默不能给你明朗的感觉，但它却守着脚下的这块阵地，等着有一天你心境明朗时才与你对话，它们是昆仑山诚恳的小兄弟；它们满怀祝福，经历艰苦磨难而终不改忠诚守望的态度。

一座山，长成了启发你灵魂的箴言。它经历了时间，并从时间的缝隙中留下一条痕迹，等着你有一天走到它跟前，用呈现的方式启发你。从一块石头到最终的一座大山，展示出了最为真切的生命美，它真是够包容，够概括。

现在我身边的这块石头就是昆仑山最初闪光的泪珠。一块石头，有一种细柔、弱小而又坚实的精神在里面；它代表一座山的形象，每时每刻，一座山在原地，在一块石头上开始生长。

是昆仑山。

2.门户

零公里，从新疆叶城进入西藏阿里的起始地。

我和老唐、金工对着路边的沙土撒了泡尿，算是告别仪式，然后从零公里上路了。车没驶出多远，便人烟消弭。一条沙路和我们的车子垂直逼向了那几座山。这几座山人称“库地达坂”，车子盘旋回绕，一步一颠，一颠一惊魂。爬了四个多小时以后，我们的车慢慢到了山顶。在山顶向远处看，积雪的山峰在寂静中望着你，透过来一阵阵寒气，袭人魂魄……

开始下山了，一路不停地转弯，一口气转到了沟底。一问，小王说转了七十多道弯。他打开车窗玻璃，将烟蒂吐了出去。其实，他一路就根本没顾得上抽一口，那烟是自己燃尽的。上山紧张的是坐车人，下山紧张的是驾驶员。

“小王技术挺好嘛。”老唐说。

“跑多了，习惯了。”小王目不转睛，心不在焉地说了一句。待车子行到平坦处，小王才很踏实地将背靠在了座背上，脸色变得轻松了许多。他双手把定方向盘，这才说起了话：“其实也有害怕的时候，就是刚上的那会儿。爬到中间，神经就集中了，也顾不上紧张了，横竖只是往上开。有一次最绝，我这辈子恐怕忘不了——送完冬菜回来，走到库地半山腰，山坍塌了。怪得很，我的前后全都落了石头，堵得死死的，就我的车好好的。我一下子就愣了，进不能进，退不能退。前后的战友都停下来帮我，但谁都不敢动车，山上还在落着细土和石砾，万一启动马达，说不定就把山坡上松散的石头给震下来了。我们无可奈何，在车上傻坐，坐了半天，再没落下石头，于是大家分工把堵在车子前后的石头和沙土挖掉。挖完之后，小心翼翼地启动车，向前驱动。就在最后一辆车刚通过那一段塌方路面时，就听到山上一声巨响，一块比汽车大好几倍的石头落了下来。路没有经得住那块大石头的重压，就被砸断了。当时那情景真吓人，一条路从中间被砸断，露出一个大口子，像恐怖电影里食人兽的大嘴。那块石头一直滚到沟底。后来，修路的人听说了它干的坏事，用十公斤炸药把它炸碎铺了路基。其实，在昆仑山上像这样又惊险又幸运的事情很多。人家说，库地达坂是昆仑山的门户。你只要翻过库地，就等于被关在里面了。一切生死听天由命。”

啊，门户。我们算是进门了。回首库地达坂，它真是像一块门板，在天空中毫无表情地站立着，沉重而又冷酷，傲慢而又孤独。

一阵寒气袭来，恍若一只大手在用力将什么推了过来。已经进门了，就无须再回首。门，恐怕早已关上了。扭过头，就看见车窗前的路变得平坦多了。前面的一座小山上，有人用白色石块在半山腰镶嵌出一尊毛泽东头像，旁边是他的名诗：无限风光在险峰。

3.徘徊

汽车爬上一个山头，一个界碑突然出现在了眼前。

这就是界山达坂。

在这里，以山为界，一边是新疆，一边是西藏。从这里开始，藏北高原一点一点显示了出来。西藏是世界的屋脊，而藏北又是西藏的屋脊。所以说，藏北是屋脊的屋脊。

从新疆延伸而来的昆仑山像完成了使命似的，已经下意识地收住了脚步，那些雄伟的山峰到了铁隆滩便开始降低，最后变成几个山包。昆仑山走到这里已经没有力气了，这几个山包像是它最后敷衍潦草的几个脚印。而界山却突兀地隆起，以一种迅猛之势向西藏延伸而去。我想，名叫“新疆”的那个运动员已经跑完了，下面该这名叫“西藏”的队员接过接力棒开始跑了。远处，冈底斯山影影绰绰，在云雾中显露出几许雪山的轮廓。再往下，有更艰难的路程需要“西藏”这位运动员去跑完。

感到头疼，胸闷，这才想起这里是海拔6700米的达坂。车子在界碑跟前停住，大家下车，神情都有些恍惚，像昆仑山一样，我们也已经走完了新疆，接下来如何进入西藏，每个人都不知所措。但界碑像是在召唤，大家的脚步虽然犹豫，但还是走到了界碑跟前。界碑是用水泥浇铸而成的，有许多地方已经破损，过往的行人或牧民在界碑上绑了许多经幡，一阵风吹过，经幡随风飘扬。

我们默默地看着界碑，谁也不说话。系在界碑上的经幡使它散发出一股神圣的气息，让人觉得它不是一个划界的碑，而是一个被用来举行过无数宗教仪式的东西，隐隐约约间，它似乎传递过来了一股圣洁的气息，在浸润着人的身心。

站在界碑前，心里冒出一个模模糊糊的念头——在这里，一边是新疆，多沙漠戈壁；一边是西藏，多高原雪峰。两块土地，仅仅一脚迈过去，似乎就从一种境界进入了另一种境界。

一股又喜又忧的滋味在内心蔓延。喜的是，自己终于站在了一个有高度的地方，圣洁的感觉让我觉得自己正在经受一场前所未有的洗礼，似乎自己要在这里开始飞升，或者变成另一个人。

如此冥想一番，顿时觉得界山如中流砥柱，承受着双重的寓意与象征。人站在这儿，是轻易不敢挪动脚步的——一边是新疆，一边是西藏，犹如今生和来世，你该走向哪一边？

迷迷糊糊正要离去，忽然飞来一群乌鸦。仔细一看，飞在前面的一只在奋力逃飞，后面的一大群紧追不舍。原来，逃奔的那只乌鸦嘴里叼着一块食物，后面的乌鸦都想冲上去抢夺。于是，一场争夺在高原上开始了。那只乌鸦不愿舍弃叼在嘴里的食物，奋力逃飞，在界碑跟前躲避可恶的同类。于是，它绕着界碑来回转圈，那群乌鸦们对它紧追不舍，发出的哇哇声响成一片。界碑被那只嘴里叼着食物的乌鸦用来作掩护物，而追逐的那群鸟又把它当成了进攻的领地。

这样的情景在界碑旁出现，让人看着看着便惊呼：乌鸦们不经意在真主和佛之间打转，毫无顾虑，轻松自如。

不由得心生感慨，生命变得紧迫时，从一个地方到另一个地方，原本就是很轻松的事情。

4.神山在上

终于看见了神山——冈仁布钦。

冈仁布钦的形状雄伟高贵，在众山之上，如悬在湛蓝天空中的一颗明珠。它终年积雪，通体洁白，像端坐在天空中的王者，周围的众山峰皆俯首顺从。前往神山的人或朝圣者，远远地就能看见在众山之上的冈仁布钦，并被它非凡的气质所震撼。

我下了车，准备去一块大石头上坐下歇息，却发现神山周围的云雾被一阵风吹散，出现在我眼前的神山明朗无比，犹如一尊佛端坐于蓝天之下，而周围的山因为都比它低，像俯首跪拜它的信徒。这个感觉太强烈了，以至于让我觉得，是神山在一瞬间用它巨大的光辉照亮了我，让我看到了它的神奇。

神山的神奇，就在于它端坐如佛，而周围的山都是跪拜它的信徒。

“冈仁布钦”的意思是众山之根，也有人将其理解为众水之源，称它为雪山之王。每年，都有朝圣者不远千万里来这里转山。

朝圣者自上路的那天开始，便一步一叩首，五体贴地，向神山叩拜而来。一路上，他们等于用身体丈量了大地，一步也不少，如果遇到河流或难攀的高山，他们会在过河和绕过山之后，用目光估量出应该叩首多少次，然后在河边或山脚下补上。朝圣者大多倾其所有家产，全家集体出发，在路上花费很长时间，有的孩子甚至在朝圣路上出生。到达神山后，朝圣者便开始转山。他们认为转神山一圈，就可以消除一生的罪过。每逢马年，神山下人群密集，热闹非凡，因为如来佛修身成佛吉日在马年，而且还是佛教尊者米拉日巴战胜外道教徒的纪念年。在马年转神山十圈，可在五百年的轮回中避免下地狱，如果在这一年转山一百圈，就可以升天成佛。所以，马年对朝圣者来说，有特殊的意义。

神山，朝圣者灵魂飞翔的地方。

我有些激动，但我知道我应该把这种激动按捺于心，不外露丝毫。我已经走到了神山跟前，我应该自问：我一路而来具备了什么？

慢慢地，我的心静了下来。我向着神山举起右掌，立于胸前念了一遍六字真言——唵、嘛、呢、叭、咪、吽。这是我一直想做的事情，尽管很简单，但因为我把它看得很神圣，所以，从来没有做，现在是时候了。念完六字真言，我发现四周出奇的宁静。不一会儿，这种宁静就潜入我的身心。我感受着这种宁静，慢慢地，我明白了藏族人为什么好静的原因，原来，他们心念产生的力量，早已使他们灵魂飞动，进入一个冥然的世界。而我，却只有在走过一条长路后，才能领略这种由信念产生的美。

我怀着喜悦在神山下的旷野里走动。看见路边有很多小石堆，走近一看，成堆的小石头多则七八个，少则三五个，一直向神山延伸而去。

走到离神山五六公里的地方，回头细看神山，感觉颇佳。神山的魅力在于它的独特和高傲。它的四周是几座褐色山峰，皆沉雄挺拔，像是凝结了一层深褐色的颜料，太阳一出来，立刻就有一层光芒泛起，令人肃然起敬。而神山就高耸于这几座山峰之上，而且通体结冰，洋溢着圣洁的味道。

不远处就是冈底斯山，山顶正氤氲起团团大雾，如在仙境。近处是鬼湖，被一阵风吹过，湖面漾起一些奇怪的涟漪，反射出忽明忽暗的光芒。

黄昏，不知道从什么地方忽然涌出几千只羊，羊群慢慢从神山底下走过，平静变成了一种喧闹。在黄昏出现的羊群，似乎为一天的时间做了一个完美的总结——原来平静的一天孕育着巨大的喧闹，只是这种喧闹要等到一天结束后才出现。

羊群刚走过，便传来一阵祈祷声。我望过去，见一群朝圣者，正在对着神山五体贴地，虔诚朝拜。

5.冰山之父

终于等到了机会，我们去看“冰山之父”慕士塔格峰。

车子开过去，刚出车门，便被一股寒风裹住，觉得有冰冷的利刃刺在了脸上。我打了几个寒战，抬头张望慕士塔格峰，怕走得如此近了仍无缘贴近一座著名的山。细看之下才发现，慕士塔格是一座几乎被冰裹起来的山，稍不注意，便以为它就是一座冰山。

第一次听人说慕士塔格峰时，很为“冰山之父”这样的名字而激动，觉得能拥有如此名字的一座山，一定雄伟高大，具有王者风范。来之前曾听人介绍过慕士塔格峰，说它是所有山峰中积雪最厚的，每年以十几厘米的速度递增，时间长了，就变成一座被冰完全包裹的山。离它不远就是公格尔峰，气势上比它大很多，却不如它晶莹明亮。相比之下，公格尔峰像沧桑的老农，而慕士塔格峰像白衣洒脱的王子。它脚下是卡拉库里湖，天气好的时候，它倒映于湖中，随着湖水波动，让人觉得它俯下身正踏着湖水在走动。

我们在卡拉库里湖边闲走，风这时候又吹了过来，让人冷得忍不住发抖，但谁也没想到此时的风却像一双大手一样扯出了高原的另一种风景。因为风的缘故，卡拉库里湖上起雾了，并很快弥漫上了慕士塔格峰，变成了乌云。太阳似乎很讨厌这些乌云，将光芒照射下来，从乌云缝隙中照射到慕士塔格峰上去。这时细看慕士塔格峰，感觉颇佳——一束一束阳光投射到洁白的冰面上，反射出刚烈的光芒。也许是因为太阳过于炽烈，反射出的光芒形成密集的光束，像刀子似的向上刺去。这时候，感觉冰峰上有一场无数兵刃对峙的战争，太阳是一个指挥者，派出了千军万马在搏斗……

几只羊的咩咩声，把我从畅想中唤醒。塔合曼乡离慕士塔格峰不远，所以，乡里的人和牛羊便天天在“冰山之父”跟前走动。那些羊在吃草的间隙抬头望一眼冰峰，极为畅快地叫上几声。我走到它们跟前，几只羊朝我欢快地叫起来，头上盘角甩出很美的弧度。那盘角的骨节很有层次，似乎是内部的力量无以释放，鼓胀成了那种样子。

太阳终于从云层中出来了，天气又变得明亮起来。这时候，那些羊全都停下来，一个巨大的影子投在地上，小羊走进大羊的影子，一边乘凉，一边吃草。大羊此时就像父亲和兄长，长久地为小羊站立着。有一刻，它们全都停了下来望着我，我觉得它们都十分信任我，便忍不住高兴地笑了。也许是被我的笑感染，它们竟一起欢叫着奔跑向远处。它们的四蹄把沙地敲出一阵紧似一阵的声音，且泛起一片飘飞的沙尘。等我定睛看时，它们已全部跑过山冈。一片激荡而起的沙尘像一层细浪，弥漫于山冈之上。

后来在一个冬天，又到了慕士塔格峰下。当晚天降大雪，我出门赏雪。落雪使帕米尔一片寂静，抬头看慕士塔格峰，它在夜色中仍是一片洁白。人们都知道它是“冰山之父”，但谁也不知道它是怎样长成的，只有在下大雪的夜晚，才能看见它明亮如同是在白昼。它等待一场大雪把它照亮，然后展示出高贵和宁静。

一扭头，看见一群羊伫立在一个小山包上。它们紧紧挨在一起，像守卫着的战士。落雪使它们全部变白，稍不留意会以为是积雪的山包。牧民此时不知去向。也许牧民知道羊群会这样过夜，所以在大雪刚下起时已经回家。过了一会儿，雪下得更大了，风也吹了起来，我不得不返回住处，在进门的一瞬，我心中闪过一个念头，羊会不会在大风雪中站上一夜?

熬了一夜，第二天早晨一出门，我惊叫一声，那群羊仍一动不动地站在那里。一夜大雪，使整个山野一片银白，而它们整整一夜间都一动不动，就那么站在落雪中，给帕米尔增添了一道厚重的风景。

我推迟离开的行程，留了下来。我等到了我愿望中想看到的那个时刻——当太阳升起，羊和人都一一抬起了头，久久地凝望着慕士塔格峰。

再次走到慕士塔格峰跟前，已是一年以后，我在一户塔吉克人家里住了下来。房东是一位六十开外的老太太，她每天很早起来给我烧奶茶。一次，她一扭头发现灶膛里的火快灭了，便赶紧到户外去掰木柴，木柴很脆，她很快就掰下一根。掰第二根时，她的手被划破了，而她惦记着灶膛里的火快要灭了，便抱着木柴急急进来加了进去。她手上的血流了很多，但她只是快速把木柴加进去，让火燃了起来。少顷后，她才擦去手上的血，又把地上的血一一擦干净。我有些难为情，便用歉意的话安慰着她。但她却不以为然，一再强调烧奶茶是小事，但火不能灭。她说着这些的时候，扭头看了一眼慕士塔格峰，当时的太阳正好把慕士塔格峰照彻得通体泛光，她的神情顿时肃然起来。

我在一旁看到了这个过程。这个明亮的早晨，在这一刻变得深刻起来。还有她对火的维护，她看慕士塔格峰时的神情，让我从她身上看到了不会被苦难逼退的坚持和执着，同时也看到了她的信仰，她的内心得到抚慰的过程。

接下来的日子里，我经常与她闲聊。慕士塔格峰在我们背后若隐若现，我们随便说笑着，似乎人生的欢乐在这一刻，可以长久存留，也可以转瞬即逝。偶尔我们也发出大笑，笑声把在草地上吃草的羊惊得抬起了头。

几天后发生的一件事再次证明，在这些高原人的平静背后，有一种惊人的坚强。一位牧人的马丢了，他出去寻找，在外面过了六天六夜。第七天早上，他牵着那匹马回来了。人们细问后知道了事情的经过。他在外吃了不少苦，受了不少罪，但仍然没有找到马。当他爬上一座山顶，看到慕士塔格峰时，突然决定不找马了。在那一刻，他在内心产生了一个坚定的信念，在慕士塔格峰下等马，它一定会回来的。第六天早上，慕士塔格峰被初升的太阳映照得光芒四射，这时候他听见了马的嘶鸣。他转过一个山头，就看见他的马正对着光芒四射的慕士塔格峰边跳边嘶鸣，似乎为不能跑上慕士塔格峰而焦虑不安。他走到它跟前，用手抚摸着它。太阳慢慢升高，马平静了下来。

我激动起来，爬到高处去看慕士塔格峰。它随着升起的太阳，把一股柔和的光芒流泻下去，把山脚的房子和人罩裹在里面。无言的“冰山之父”，我目睹和倾听到了与你有关的美妙故事，你却依然如此平静，似乎要不动声色地装下一切。

离开时，我没有回头去看“冰山之父”。我不能回头，我知道回过头看到的仍是平静。我只能离开。感动我的，是无言中耸立的“冰山之父”，我应该把它装在心里。就像那句谚语所说：每天看一眼山，心便会像山一样高。

离别时，我感觉飘下来的大雪，像一只手一样，在我肩头拍了一下。

雪

1.对一场雪的叙述

雪一直下着，每家每户在门前扫出一条路，以便去泉边挑水，或者去羊圈中给羊喂草。横横竖竖的雪路，使村庄变得有了活力。

上午的雪下得猛烈，一层层落在树上、地上和石头上，树变得相当壮了，大地浑然不见痕迹，石头只剩下模糊的形状，就连村中央的那条小河，也没有了往日的喧响，在冰下面悄悄流淌。

我喝过一碗奶茶后，发现雪下得更大了。我突然觉得这些雪在跋涉，它们从高处上路，向着大地降下，经过云层、冷风和众多雪花的击打，才到达大地的怀抱。它们多么勇敢啊，虽然选择的是下降的方式，但却有上升的精神。

因为这是早晨，我便感到我与一场雪有很多感应，它有很多诉说，我有很多倾听……我倾听一场大雪的诉说，感到自己已被雪带走。就这样在雪中幻想，感到雪已经有了生命，它掠夺了大地，开始了自己的生命。就像等待已久的琴弦，终于发出了声音。这时候再看看村庄，它被寂静笼罩，像我一样在静静地倾听。这样想着，突然觉得我蜗居的这个小木屋，因无边无际的大雪，而变得辽阔起来。

中午时起风了，飘下的大雪被风吹动，变成了飞雪。飞雪是大雪的一种剧烈运动。也许，它们意识到即将落入大地，而浑身的力气还没有用完，就借助大风在天空中奔跑一次。飞雪在天空中也是密集的，仿佛一群鱼游动在海洋里。这时候，不知谁的一匹马跑了出来，看见飞雪便奔跑起来。马总是难耐天性，看见猛烈的东西总要去追一追、比一比。所以，马经常处于激奋和猛烈之中。有一位牧民曾告诉我，在牧场上放牧时，马每天都会选一个时间奔跑。想必在那个时候，它不奔跑，身体里便痒痛难忍。

这匹马跑得很快，看得出它是一匹好马。它的头高扬着，似乎盯准了天空中的某一片飞雪，要把它追下来。但很快它就发现自己的追赶显得很是徒劳，飞雪飞到村西头的上空，毫不费力地就飞过去了，而它却无法从山上一跃而过。它不得不停住，低着头返回。

密集的飞雪，从此便进入了这匹马的梦里。这个想法让我兴奋——我想象上苍的很多安排或旨意都变成了雪花，在天空中飞舞。有很多生命像这匹马一样都看见了它们，看见它们后，能奔跑的就奔跑了起来，不能奔跑的便久久地出神凝望，比如庄稼、森林和河流。这个想法使我变得很兴奋，让我觉得自己的身体里也有很多雪花在飞翔。

下午的时候，雪下得平静了许多，天空也变得愈加宁静，天地沐浴在空蒙的落雪中。这时候，大地上才显出自己的站姿。树被装扮一新，静静站着，似有悟性；山像是坐了下来，变得矮矮的，似乎永远不打算再站起来。积雪的山，因为有了坐姿而充满禅意。

真想在这样的大雪中像一棵树一样站着，像一座山一样坐下，让大雪把自己覆盖，使自己变成另外一个自己，然后置身于诸多无言的事物中，迎住一场大雪，让自己的心灵裸露，然后被彻底覆盖。

这样便又想起了一件事。是我刚来村里时，一群羊和一辆汽车在村子里相遇，汽车司机按喇叭，有几只羊却不让道，站在那里挡着汽车，让另外的羊从村道上穿过，直到所有的羊都走过去了，它们才离开。羊的这种坚执，经常在新疆碰见，你坐在汽车上从一群羊身边经过，它们不服气汽车超过它们，跑起来要和汽车赛跑，窄窄的山道上会上演车羊赛跑的一幕，直到最后，羊见汽车顺山而下，或穿过河流，才会把四蹄停住。

第二天早晨，我坐在对面的山冈上，发现这个村庄在这场大雪的围裹中，像坐着的一个人，或者说更像一个停歇下来的人。我以为这个村庄是沉静的，就像这一刻一样，过上百年千年，还会是一副冷峻的样子。但是转瞬出现的一幕，却让我倏然一惊——一匹马突然嘶鸣一声，扬起四蹄奔跑出了村庄。也许是受它嘶鸣的震荡，树上的积雪唰唰落下，飘旋出一层迷蒙的弧光。

在这一刻，我感觉一个村庄苏醒了过来。一座村庄，能怎样睡去，就能怎样醒来。

2.雪崩

起初，似乎有一道幽暗的光芒，在半山腰一闪，便转瞬即逝。

但很快，山顶上的雪像是被什么推了一下，突然裂开一条缝，成团的积雪便向下滚动。它们越滚越大，有的垂直向下落着，有的被山坡上的岩石碰得飞起，甩向空中，向四周飞出细密的小雪块。

明亮安静的雪山，突然被这道雪崩划出了动感。向下的雪块将四处的雪推动起来，雪块越来越大，向下滑动的速度越来越快。很快，所有的雪块便堆积在一起，像一只大手一样从高处挥舞了下来。

发生雪崩了！

村里到这时才有了反应。人们都跑出来，为雪山上移动的“大手”惊愕不已。好多年都没有发生过雪崩，对很多人来说，从出生到现在都没有见过这样的事情。雪在平时只是一场又一场地落着，人们对它见惯不惊，说不出与雪有关的事情。人们只是知道，第一场雪开始下的时候，冬天就来了；最后一点雪化掉的时候，冬天就过去了。而现在，雪似乎不愿遵守固有秩序，在向下狂奔。它们像是汇成了庞大的集群，响应着统一的号角向山下冲来。山坡对于它们而言，是非常有地理优势的战场，那些陡坡，一如等待已久的骏马，在它们涌到的那一刻，便驮起它们，让它们飞腾。

很快，山上的这只“大手”显示出了美感。它向下移动过后，雪山上留下深深的痕迹，像一把刀在那儿划过一样。有几只乌鸦被惊起，惊惶地飞过山顶，很快就没有了踪影。也许，它们看见那道痕迹太骇然，怕掉进去丧了命。就在乌鸦飞过山顶后，突然一声巨响，向下滑动的雪块冲起整整一面山坡上的雪，腾空而起，很快便落下，向山下冲来。这才是真正的雪崩。顷刻间，成团的雪雾弥起，向下落的雪像长着大脑袋的怪兽，后面的雪雾则像这只怪兽的长尾巴。很快，这只怪兽便从山坡上冲下，一头扎入村庄后面的松林里。松林倏然被掀动起来，齐刷刷向一边摆动起来。好一会儿，落在松树上的雪才落了下去，松树又露出了枝条。

四周平静下来了。

雪崩这只怪兽，大概是因为不认识路，看见前面有松林，只顾一头撞上去，结果把自己撞了个粉碎，散于一地再也不能复活。

一场惊心动魄的雪之狂奔，就像不顾死活的一个人，只想快活一下，一旦快活了，死，便也死得痛快。

我痴迷雪崩真正成形的那一刻的情景。那只有着大脑袋的怪兽的奔突，多么像一个人奋力一搏。那是激情的极致，是生命的飞扬。在那一刻，由于内心的果决，它的身形幻化出一种决绝的美。在生与死的交接片刻，它变成了另外一个自己——现实中的自己义无反顾地走向死亡，完成死亡，另一个自己进入美中，与天地共存。

一个人如果能够这样，该是多么好啊！

雪崩后的下午，我发现村子里的牛羊对此都毫无反应。我不相信它们会是这样，来这个村子这么长时间了，我深知它们是灵异的。我曾听说过羚羊跳涧的故事，母羚羊和小羚羊被狼追赶到涧边，因无力跳跃过去而着急。过了一会儿，母羚羊和小羚羊一起跃向涧对面，到了中间，小羚羊在母羚羊背上一点四蹄，再次起跳，落到对面的山坡上，而母羚羊却落到涧底传出一声惨叫……羚羊既然会思也会想，为什么会对一场雪崩无动于衷？我走近羊圈去仔细看羊，这才发现，如果雪崩再凶猛一些，就将羊圈淹没了，还有可能进入村庄。它们目睹了刚才的雪崩，并感觉到了危险，但它们却很冷静，似乎早就知道，村庄会把一场凶猛的雪崩挡住，终归与它们无关。

下午，一户人将他的羊圈打开，让羊到村中的那条小溪中去喝水。所有的羊都急切地奔向小河边，只有一只小羊羔贪玩，扭头跑向雪崩带下来的雪块，一会儿用嘴去舔，一会儿跳上跳下，很是高兴。一只不懂事的小羊羔，它不会想到那其实是一场近在咫尺的灾难。小羊羔玩够了，便向羊圈走去，像是什么事情都没有发生似的。

在一只快乐自由的小羊羔眼里，世界似乎什么事情都不会发生。

多少天过去了，现在我写着这场雪崩，以及大羊的冷静和小羊的欢乐。我觉得很有意思，经由一场雪崩，我看到的比经历的多，而且让我感动，似乎苦难一旦不被视为苦难，就会变成幸福。

就连我的这支笔，也会受到挽救。

3.大雪飘飘

我真正体验到大雪的凶猛，是在西藏阿里。

1997年的一天，我们的车子离开红山河十余公里时，驾驶员小王突然想起将眼镜忘在了小于的帐篷里了。驾驶员在高原上不戴眼镜是不行的，于是老唐、金工和我下了车，让小王独自开车回去拿眼镜。

阿里的天气很奇怪，我们下车时还一片晴天丽日，不到十分钟，就阴云骤起，大雪满天飘飞。因为大雪太急，空气对流速度加快，氧气变得更为稀薄了。我们的呼吸紧促起来，双耳开始鸣响，脑袋上像是有一根绕了一圈的绳子在不停地拉紧，整个头部胀痛和发麻。

我们开始高山反应。

老唐走到路上，喊我和金工往回走，这样，一则运动着避开寒冷，二则等一会儿车来了好先上去。“还是在这儿待着吧，到风雪中去，说不定马上就被冻趴下了。”金工躲进一条沙沟，有些自我安慰地喃喃自语着。我也不想动，将身子挤进一面土崖的凹缝，将头缩回，竖起衣领护住耳朵，昏昏沉沉地等待着车子。

车啊，你快些来吧！我在心里祈祷。金工被冻得不行了，爬出了沟，跑到一座石山后面避风去了。我的嘴唇发烫，大概是冻裂了。我不敢伸手去擦，一擦弄不好会把皮扯下来。雪更大了，胸间有一种快要窒息的感觉，我已无法忍受，开始胡言乱语：“雪啊，你小些吧，求求你不要冻死我，我是个苦命的孩子，我已经吃了很多的苦……”

飞雪迅猛得像一只扇过来的巴掌，打得脸生疼，很快我便感到浑身有些僵硬了。我害怕了，不由自主地祈祷起来：“雪啊，你小点儿吧。求求你，千万不要冻死我。我并不是胆大妄为，想指点昆仑，我其实胆小，是个老实人。我叫王族，原名王小利，也用过王晓利。雪啊，你听我说，我们家的通讯地址是甘肃省天水市北道区党川乡花庙村庙川队。我1991年底入伍到了西藏阿里，我不当兵没别的办法，考大学不行，不会挣钱。当兵以后，我干了好多事情，先后在部队当过文书，开过车，做过新闻报道，发行过影视片。现在我是少尉正排，一杠一星，部队最小的军官。当兵后我回过两次家，七年了，老家没什么变化。现在我每次想起老家，就觉得自己的心很疼。”

雪下得更大了，寒冷已进入我整个身体，我开始发抖。“雪啊，你小些吧，求求你，让我活着回去。你听我说，我从小就命苦，母亲在我最需要她的时候去世了。我可以说是连滚带爬长大的。小时候我对什么也不敢幻想，一个没妈的孩子真是一根草啊。所以，长大了的我，直到今天仍是一个很忧郁的人。我十一岁就开始干体力活，砍过竹子，运过木头，种过地……我活到今天，有时候觉得已经把一辈子都活完了。我现在很疲惫，但还是咬着牙在活着。人常说，人生在世，咬着牙就是咬住了命运。”

雪依然下得很大，我有些害怕，感到有一把刀子在往我身体的深处刺进，我近乎企求般的又开始说：“雪啊，你小些吧，你听我说，我把我自小干过的坏事全部向你坦白。我上二年级的时候偷过别人的作业本，后来怕被抓住，又偷偷地放了回去。上四年级的时候摸过李娜的手，当时我觉得她长得好看。上四年级的时候我还强迫班上胆子最小的琴子借给我一块钱，我买了一包烟，那是我第一次抽烟，被呛得一天没吃下饭。琴子后来长得很漂亮，胆子也大了，借她的一块钱看来是没办法还了。我打过人，看着别人被打得大哭，我的心莫名其妙地发抖。后来，我买了营养品去给人家赔不是。从此，我再没打过人；我知道，我打别人，难受的也有我自己……雪啊，我干过的其他坏事一时想不起来，求你现在别跟我算账，我以后想起了会改的。”

雪依然凶猛，我不敢在雪中挣扎，怕耗尽力气昏晕过去，我也不敢停止喃喃自语，我怕我的身体被风雪击打着失去运动的功能，只有说话能证明我还能动，还活着。

“雪啊，你小些吧，求求你不要把我冻死在阿里高原上。你听我说，我真是活的不容易，一个农民的儿子从土堆堆里爬出来，就已经脱了一层皮，没等我缓过神，这世界就让我晕头转向。我伤心过，哭过，像个孙子似的抹了几把泪之后，发现没有人可怜我，从此后我就用笑代替了哭，别人怎么活我就怎么活。我给连长送过两瓶五粮液，他爱喝酒，收下酒以后让我去学开车。后来我又给一个处长送过3袋大米，他不抽烟不喝酒，但家里人口多，二三袋大米可以吃到年底。人都说，给人送东西不好，可我是农民的儿子，我不那样做，我怎么办呀。当然后来那位处长给我调换了工作。雪啊，人活着太累，我想办法使自己活得轻松点，难道不对吗。”

雪依然很大。我不停地说着，嘴皮发麻，火辣辣地痛热。我有些欣喜，只要有一丝热气，说明我还活着，而且有可能活下去。

“雪啊，你小些吧，你听我说，我现在在写诗和散文，写作是我想活得更好的一种方法。这几年发表了三百多首诗和一百多篇散文。诗坛现在得病了，我的诗至今没引起什么轰动。散文还行，写得比诗顺手，有一种无心插柳柳成荫的感觉。诗也好，散文也好，还得写下去，丢了这些东西弄不好就丢了自己。当然了，我相信自己能把诗写好，因为写作中的我变得更真诚。不过我得注意身体了，经常熬夜，一对小眼睛变得更小了。我还得多读书，有时候看到好作品，想想别人为什么写得那么好，就找到了自己的毛病。雪啊，你听我说，我现在也谈恋爱了，我女朋友大学毕业，写诗和散文。所以我现在觉得我已经很幸福了。我被她爱着，找到了一种生活着的感觉。活到今天，只有爱情给我带来了幸福，以后，不论日子怎样改变，我都一定好好地爱她。”

我一口气说了很多，只觉得压在心头的许多沉重的东西被倾吐了出来。大雪一直在落，但我没看见，我只看见自己变成了一个影子，和往事一起在眼前走动。我靠在崖缝里的脊背微微发热，我的脸上有热乎乎的东西，伸手一摸，是眼泪。我已在刚才的喃喃自语中哭了。我有一种释然的感觉，我真的已经变得很轻松了。于是我放声再一次哭了。

慢慢地，大雪落得稀疏了些，看样子要停。我擦干了眼泪，从崖缝中钻出来。我像一个经历了苦难，终于走向幸福的人。我甚至有些不能自抑，想挥舞手掌欢叫。在一场大雪中我终于明白，无论我活得多么艰难困苦，多么不尽如人意，但我活的是一个真真实实的自己。就像在这雪场中，当我濒临绝境，唯一维护着我快要崩溃的精神的，是我的经历。人活在这世上，只要顺着自己的意愿认认真真地干一些事情，从而拥有记忆就够了。

雪停了。从远处跑来一群野羊。它们团结得很紧密，一头挨一头快速前行。我想，它们中的每一只都是熟知其他伙伴的，所以，它们才步调一致，心心相印，在没有尽头的昆仑高原上前行。它们是一群充满敏锐感应的羊。多么像我的那些心事啊，选择了一个大雪天，在我心灵的高原上奔跑，跑完了，就剩下一个真诚的我，轻松地站在太阳下。我眼前的这条天路，变得像柔软的绸带，而且冥冥传来一些话语。

我的泪水忍不住又要冲涌出来。这时候，车来了。我还将走入西极的阿里，路还很长，于是，我没有让泪水流出来。

一场大雪，我似乎看到了一个真实的我，而我将一如既往地沉默。

4.巨大的冬天

大雪把藏北覆盖得严严实实，我把门户关好，把炉子烧旺，过了一会儿，却觉得屋子里还是冷。

这时候，我才发现堆在屋角的牛粪不多了。扎西说，这是最好的牛粪，他们都舍不得用，给我这位远道而来的朋友用。这些牛粪确实给我带来了温暖，昨天晚上炉子烧得很旺，一场大雪落下，我居然没有觉察出寒冷。但是现在我很不安——牛粪已经这么少，而大雪下得正紧，我将如何过冬？

第二天早上，我背一个麻袋，去村后面的牛圈旁背牛粪。这是我到藏北后第一次干活，心里想着那些藏族朋友干活时极有韵律的姿势，我感到很快活。

我深一脚浅一脚地踏入雪地。四周一片漆黑，人们在沉睡，藏北也在沉睡。那段路平时就不太好走，因为有很多大小不一的石头铺在上面，所以路总是高低不平。一场大雪已把那些石头盖住，但踩上去，一不小心就在石头上打滑，有好几次我差点摔倒。一个多小时后，我走到了那个牛圈旁。已经有不少人来这里背牛粪。他们跪在地上，用双手小心翼翼地把牛粪堆上的雪一点一点地扒到一边去。牛粪堆已经露了出来，但谁也不急着先往自己的麻袋里装，而是齐心协力地扒着雪。

雪依然下得很大，寒冷使我知道，此时在我面前努力维持着友好秩序的这群人，实际上是因为面对的困难太大，不得不用最认真的态度对待。在通常情况下，他们都用祈愿和坚韧去对待苦难，而一旦苦难忽然压迫下来，使这个早晨变得寒冷和饥寒交迫，他们就不得不跪下身子，去一点一点地扒命运中的雪。这时候，他们都是最真实的高原山地上的人，信仰是另外一回事，你从他们身上看到的是对生活的挣扎。

第二天，有很多人冻坏了。

我去看望让我担心的那位老太太。我记得她往麻袋里装牛粪的时候，手脚显得极不灵便，后来，是我帮她把牛粪装上，帮她扛起，她才走了回去。走到一段有石头的地带时，她的身子变得摇摇晃晃，而密集的大雪仍在落着，像一张罪恶的大网，要把她裹走……走进她家，感到与置身雪地没什么两样，炉子里没有火，她大概是想节俭牛粪，所以出门时便将火熄了。她为了不让我挨冻，拿几块牛粪放进火炉点燃，但很快又觉得太多，于是赶紧用手往外掏。她太着急，掏到了火上，立刻，她把手抽出来不停地乱抖着。我抓住她的手一看，被烧坏了，几根指头和手掌心全变成了黑色。她的嘴唇也在颤抖着，目光中流露出一个老人的痛苦。

我把她安顿好，把炉子加旺，然后离开了她家。

这之后的好多天，我足不出户。我把炉子烧旺，然后坐在它跟前烤着自己。有时候我都烤得浑身出汗了，但心里还是寒冷。那股寒冷像一把小锤一样不停地敲打着我，让我的心在丝丝凉意里发抖。我再也没办法看书，只是挨紧了炉子不停地烤着。我知道我内心发冷的原因，我希望所有的人在这样的冬天里，什么都别干，像我一样挨紧火炉。

据说老太太的儿子已经回来了，这个消息让我的心稍微暖和了一些。老太太的儿子回来后，会使他阿妈得到一丝温暖。这样想着，我的心才暖和起来。

入夜，我很舒坦地睡着了。半夜，屋外狂风大作，间或夹杂着一些巨大的声响。我怕冷，便裹紧被子一动不动。过了一会儿，我听见屋外又响起了那种声音。我想，这场雪看来又下大了，明天，不知道又有多少牛羊要被冻死。

第二天早上推开门，果然昨夜一场大雪，四周都变白了，没有什么能裸露在外面。忽然，我看见不远处有一团黑乎乎的东西，走过去一看，大吃一惊，是一个人被冻死了。村里人很快就来了，他们把他身上的雪弄掉，把他的身子扳了过来。他身上几乎没有带什么东西。后来，人们又从他的尸体旁边挖出一个经铃，上面已经结了冰，经文全被冰裹在了里面。经铃引起了人们的关注，他们放下他的尸体，都来弄经铃上的冰。不一会儿，冰就被他们揭掉，一个老人把经铃摇了起来。

直到现在写着这篇文章，我还在怀疑，那天晚上，那个苦行僧是敲过我的门的。他也许已经发现自己扛不过那场大雪，想寻求别人的帮助。然而，在那一刻我畏惧于寒冷，在那种巨大的声响中把被子裹紧一动不动。我内心懊悔不已，寒冷其实在什么时候都没有停止对我的侵袭，当黑夜过去，我面对的是一个人的尸体，和一个结了冰的经铃，我感到更冷了。以后，每当我看见西藏的大地上到处都有被人们握在手中，转个不停的经铃时，我都会痛苦地想起那个结冰的经铃。

我变得更沉重了，长期以来所向往的东西，它并不是最完美的。你走近了它，就会发现有许多苦难在其中，而那些苦难在很多时候，我们却无法承担。

日子就这样被每个人挨着，一天天地过去了。

那个老太太记住了我，她让儿子来找我，说等开春了给我杀一只羊，让我好好吃一顿。我期待着春天快些来临，吃一顿羊肉倒不是很重要，重要的是让我和老太太一起维持这种来之不易的期待。她有了这个期待，每天可能就会快乐一些。出于这一想法，我经常在她跟前提起春天吃羊的事，她总是很高兴，脸上绽放出笑容。

然而，灾难再次发生。一天早上，老太太的儿子发现那只羊被冻死了。我跑过去一看，那只羊已经僵硬，身上结着冰。我想起有一年在狮泉河遇上雪灾，牧民的羊一见有人来了，便一起拥到人跟前，抬着头张望着人们。羊在高原同样也是很难挨过冬天的。

老太太被儿子扶着，站在羊尸旁边泣不成声。我无法去安慰她，事情成了这样，她的心里一定很难受。按藏族人的习惯，死了的牛羊是不能吃的。老太太的儿子把死羊扛走了。老太太双手发抖，仰面朝天，用藏语不停地嘶叫着什么。

我抬起头，看见天空中的大雪纷飞得更快了。

5.大雪与花朵

雪下了五天，大地变成一片白色。

我披上大衣走到石崖跟前，望出去，正是一片雪海涌动的美妙时刻，所有的路都没有了，就连那条河也结了冰，冰上面又落了一层雪，显得寂静无声。

回到住处，却发现屋里落了雪。窗户忘关了，雪涌进薄薄的一层，一直落到了书桌前。但桌上的花盆里却有一朵花开了，香味扑鼻而来，好像一个开花的季节已经来临。我只是出去了一小会儿，一朵花居然在如此短暂的时刻开了，这真让我高兴。

我不想打扫雪，我觉得涌进屋子的雪和在雪中开出的一朵花，使沉寂的时间变得很亲切。我默默站了一会儿，感觉花香又浓了几分，而地上的雪也显得更加洁净了……这真是一个幸福的时刻!

花朵对着窗户，外面的积雪又厚了，看上去酷似白色的大花朵。我把那盆正在开着的花放在窗前，雪反射进来的光亮马上笼罩了它。

然后，我又一次出了门，很快就又看到了让人欣喜的景象。几位老太太从家里走出来，走进被大雪包围着的黄昏。雪落得正猛，风把雪花掀起来，拥入一条峡谷。她们很快就走进峡谷，大雪几乎要把她们淹没。她们弯下腰，在雪地里寻找着什么，后来寻找到了，拔出来一看，是一种草。老太太说，如果没有这场雪，这些草就出不来了，它们必须要等到天最冷，雪下得最大的时候才长出来。她们经常骨头疼，拔它们回去熬药喝。

老太太们无比欣喜地回去了，我在原地不动。我突然觉得有一股洪流在内心流动，这些草——被大雪孕育出的花，只要大雪下起，它就开了。

远远地过来了一位朝圣者，他一步一叩首，五体贴地，目光里满是肃穆的神情。在漫天大雪中，他到了河边，起身涉水而过，到对岸后回头张望河床，估计出过河所需的叩首数量，然后在岸边一一补上，才又上路了。

他前面的路无人涉足，显得无比洁净。很快，他将一步一叩首的身影向前推进，不一会儿，他的身影便不见了。

雪下得更大了，我始终觉得有一朵花正在开着。

6.苍茫蔓延

我等了很长时间，都没有看到那些积雪融化。

我觉得它们从天上落下，到在地上积存的过程都是伟大的。它们占有了时间，这种占有几乎是不可战胜的。我想看看它们在融化时，是怎样的一种情景，它们会不会再把一些事物改变？

但是什么也没有出现。

阳光那么明亮地洒在积雪上，人人都觉得它会融化，但事实证明，它始终没有化掉，只是那么从容地进入了另一个季节。在西藏，不论春夏秋冬，随处都可看见积雪，积雪似乎高于所有季节。

夏天来了，天越来越热，我从窗玻璃上望出去，一位藏族妇女要踏过那片雪地去山后背水，她踏进雪地没走几步，就蹦跳着跑了出来。她一边用手摸着腿，一边用疑虑的目光望着积雪，可以看出她被冻坏了，不敢再迈进去。我不知道那片积雪中蕴涵着怎样的寒气，但我一直记住了那个场面。我为那片积雪担心，如果那个女人拿出朝圣者的精神，一定会走过那片雪地的。当她走过那片雪地，一种无可避免的失败就出现了。这种失败是积雪被人征服后的失败。而我作为旁观者，由于内心的感觉会被破坏，无疑也会变成一个失败者。

但那个女人绕道而行，对积雪表示了恐惧或者敬畏。

我想，终有一天会有人踏过那片雪地。那时候可能会刮一场最大的风，山摇地动，一切都无法阻挡。在那样的命运之下，积雪自然而然地就失败了。但这只是一种假设，生命时时充满意外，所以，这个假设也许永远不会变成现实。

这样想着，发现那片积雪正泛开一丝光亮。

它是在岁月深处凝视着人的一只明眸吗?

岁月多么平静啊，就连那片积雪，也似乎懂得让自己永生。

当晚，我梦见那片积雪中开满花朵。

之后，我再没有去看过那片积雪。

风

1.在风中站立

一场风刮了起来。

风在新疆往往只是一个打前站的黑客，它后面还有沙呢！果然不久，风沙刮了过来。风沙一会儿快，一会儿慢，我们的车子拼命往前赶，好不容易冲出风沙，但是没有走多远，很快又被裹了进去。如此折腾几番，司机有一种被戏弄的感觉，索性放慢速度前行，但这时候风沙却奇怪了。

快到名胜古迹千佛洞了，却因修路不得不走便道。车在沙土中前行，有风再起，尘土便拥到车前，撒开一片土雾。好不容易冲出尘雾，从倒车镜中发现车后有一条“土龙”紧追不舍。后来风沙慢慢小了，土龙悄无声息地消失。突然，前方出现了一片绿色。呵，风沙散去后见到的绿色真让人心悦。稍近一看，是一棵大树。这棵树长得可真是不易，四周一片苍凉，唯有它独立而生。人们为了保护它，在它周围用土坯围了一圈。车子驰近，见一匹骆驼在树下卧着，大树投下一片绿荫，为它创造了一个安逸的休息之地。我因为刚穿越了风沙的缘故，便在心里为骆驼感叹——风沙散去多难得啊，骆驼，好好休息吧。走远了回头一看，旷野独树，树下卧着骆驼，这些都是新疆独有的风景。

车子走了不远便被人拦住，因为前方修路，不让我们过去。我们只好往回走。失落是无可避免的，但总得找个理由开脱，于是，我给大家讲起千佛洞的来历。吐鲁番最早的宗教是佛教，千佛洞在唐、五代、宋、元等七个世纪中，一直是这个地区的佛教中心。以后随着印度凿窟造像技术传入，绘画，雕塑等艺术形式，由西向东发展，千佛洞正是这种艺术发展过程中的产物。从魏晋南北朝到元代，吐鲁番修建了很多佛教寺院和石窟。交河、高昌的大旨殿，柏孜克里克、吐峪沟千佛洞都是这一历史时期建造的，足见当时佛教的辉煌。吐鲁番千佛洞的历史，比起敦煌、云冈石窟要早一些。最早的壁画大概是三世纪的，最晚也到宋元，洞窟以隋唐时候最多。令人不无遗憾的是，自近代以来，屡屡遭国际友人的恶意光顾和风沙侵袭，现如今已满目疮痍，不见千佛，几乎洞洞空洞。

大家听我这么一说，全都欢呼起来，大有不去是福的感觉。我想，去与不去，都将与佛擦肩而过，就算是千佛洞今天依然完好，作为游人，除了为它的建筑发出感叹，不会深刻地体会到什么。

一场更大的风沙又袭来，车子不得不放慢速度。天地间已被风沙占据，光线暗淡了许多。想想在这样的天气里，千佛洞能不斑驳脱落吗？在新疆，有什么能抵挡住风沙的侵蚀呢？车内有从内地来的朋友，终于知道了什么叫飞沙走石。这样的遭遇对生活在西南的他们来说，无疑是幸福的体验。

车子迎着风沙又驰到那棵树跟前，树叶被风沙吹打着在纷纷飘落。此时的能见度只有两三米，我费了很大劲才看见那匹骆驼。令我吃惊的是，刚才卧着的它在更大的风沙中没有躲避，居然站了起来，像一座山一样。

我突然明白，骆驼在风沙刮过来时，会迎身而起。

2.另外的风

有一年在库车的艾力家，一场大风过后，院子里的白杨树发出响声。

不知风是不是留在了这里，只等着一切平静后才悄悄把树叶弄响。艾力说，好几年了，每次刮大风后都是这样，真是奇怪。

我问艾力，大风刮过来时，这棵白杨是什么样子。他嘿嘿一笑说，不动也不响，叶片儿像是天天吃羊肉的巴郎子（小伙子）一样，结实得很。

一扭头，看见有一堆沙子，已经拥到了艾力家的院墙下。因为受到院墙的阻挡，它们堆了起来，形成一个沙包。我观察了一下，突然发现了这些沙子走过的一条路——艾力盖房子时，在院墙四周清理出一条渠，以备下雨天排水，但不知从什么时候开始，这些沙子慢慢向前涌动，一直到了现在这个样子。是大风帮了它们的忙，但现在大风已逝，它们就这样倾斜着，在困惑中保持着静默。如果大风再起，它们就又上路。那时候，你好好看看吧，它们和奔跑的人群没什么两样。

我上街去买鞋，突然刮起了大风。因库车处于沙漠边缘，所以街道上总有犄角旮旯里落了不少沙子。沙子和大风是脾气相投的朋友，这会儿，它们一拍即合，在大街上狂飞乱舞。

我买了鞋，飞奔向库车宾馆。我想跑到风的前头，但很快就发现这一想法是错误的，风呼的一声从我身边擦过，立刻将整个街道淹没。而我的奔跑速度在这样的风中更是无济于事，如果说风乱撞乱碰像个疯子，而我跟风赛跑，则像傻子。

我不跑了，停下来看风。地上的树叶和尘灰被风卷起，摇摇摆摆，像是不愿意离开原地。尘灰在一个地方待久了，也许也会恋家，不愿意被流浪的风带走。但它们却抗拒不过风，很快就被风带走了。街道像失落的孩子一样沉默在那里，尽管街道主要由楼房构成，但尘灰一层层落下，它便变得像是不堪命运的样子。大风必将停歇，而街道会变得越来越迷蒙。

回到宾馆，我已是满身灰尘。大风仍在呼啸，刘亮程正在记东西，他把窗帘拉上了，屋内变得温暖了一些。

与刘亮程在一起，很多话题是谈论乡下的事情。我20岁以前一直在农村生活，对农村的事情有很深的印象。说起老家的女人在麦子被大雨冲走后骂天的事情，他会心地一笑。我们俩都觉得那不是粗野的发泄，而是绝望后的愤怒。我们又说起晒太阳的事情，乡下人有一段日子只管晒太阳，闲着就行了。他们明白，鸡狗家禽，它们的事情它们自会去解决，人最好不要管得太多。

后来我们又说到风，风跑到远处去，说不定会发现还不如这里好，它们就会回来。春天时，其实有不少风是带着悔意回来的。人也一样，如果一块土地看上你，就会使劲地为你长庄稼；如果看不上你，你使再大的劲，它都不好好长东西，让你在晚秋失望。

这时候，孙江回来了，他在风中遭受了不少罪，一身尘土不说，表情也颇为沮丧。原来，刚才他也在街上走，大风突至的一刻，搭在肩上的衣服被刮跑了。孙江曾向我说过，他的衣服是什么名牌。他去追衣服，跑出很远，才抓住衣服的一角。他生气了。便骂了一句：这破风。不料这三个字刚说完，一股风钻到了他嘴里。风中含着难闻的东西，他被呛得咳嗽起来。他又气又烦，但咳嗽仍然不止，而且越咳越厉害。有人劝他：你不能骂风，不然它会报复你。孙江又想骂，但看见一股尘土又被风挟裹而来，便赶紧闭紧了嘴巴。

回到宾馆后，他才松了口气。大家都觉得，没有人会是风的对手。

风来了，人就应该避一避，不然就会被它捉弄一番。风是喜欢胡闹，一会儿往这个东西上扑，一会儿又往那个东西上撞。它的习惯是，把凡是它能够毁坏的东西，毁坏得越多便越高兴。但人面对风时却老犯错误，风来了，人便跟风斗，风走了，人又想把它拽住解解气。所以，人在风中常常不冷静，容易干傻事，使自己变得像个傻子。

说着这些，我们才真正地认识了风。

但外面的风却已经停了。

3.风中的守护

我们在中午时分抵达达坂城，不一会儿便起风了，大家都觉得这风刮不大，吃过午饭便又出门了。

走到街上，突然奇怪地发现，街上空无一人，所有的人家都关上了门，好像一场灾难就要来临。我想，是不是达坂城的风与别处的风不一样，一有风的消息，人们便关上门再也不会出来。这个念头刚在脑子里一闪，就听得身后呼的一声怪响，一股猛烈的力量拍击到我身上。我心中暗惊，坏了，遇上大风了。

阿珑是聪明女子，她大喝一声："大家手拉手，千万不要分散。"于是大家手拉着手，顺着风向一座小房子靠近。小房子的门半开着，被大风一吹，便发出咣咣的声响。也就是这种声响，提醒我们应该到小房子里面去。几个人吃力地靠近小房子，一头钻了进去。待把门关上，才发现刚才仅仅在外几分钟，大家已变得灰头土脸，活像从土里冒出来的一样。小房子有一个玻璃窗，大家顾不得拍打身上的尘土，拥到窗前看外面的风沙。屋外一片迷蒙，风沙正大，打在窗玻璃上，发出叮叮当当的声响。

我朝外面看了一会儿，惊异地发现，在这么短的时间内，大风沙已使达坂城改变了模样，密集的风沙像是从大漠上泼洒了过来，在低处打着转，似乎只要找到可蹂躏的缝隙，便会一拥而入。能见度很低，三四米之外一片模糊，被风刮过的杨树和墙壁早已没有了颜色，但密集的风沙一再扑上来，在上面击打出很大的声响。

达坂城是有名的风城，虽然比不上巴尔鲁克山的“老风口”，但从今天的阵势看，也够吓人的。风沙无影，因此人们便总结了对付风沙的方法，比如在大风沙里，千万不要躲在低处，那样会被风沙淹没；与此相反的是，你只要趴在沙丘或高一点的物体上，准保你没事；遇到大风沙时拉住大树也是可行的办法，大树根深，就算地上所有的东西被刮跑，大树仍然会岿然不动。当然在风沙中也发生过极有意思的事情，有一个人正在撒尿，大风忽至，而他又是正对着风向，所以大风将尿冲起，洒在了他的脸上。他用手抹去脸上的尿，骂了一声，娘的，尿洗脸了。

大家在窗前看得无聊，正准备离去，突然看见一株小树被风沙吹得弯下了腰。它被吹弯的速度很快，但快要着地时，却像是被什么弹了一下似的，又弯了回来。但风沙却像一双无形的大手一样，很快又扼住了它，将它再次吹弯。与被风沙打出巨大声响的杨树不同，这棵小树像勇敢的孩子，对大风做着不屈的反抗。

突然，一团黑影扑了下来。是一只麻雀，准确无误地落在小树上。小树仍然在左右摇晃。麻雀用双爪紧紧抓着树干，一股股扬起的沙石打来，它埋下头，但仍然紧紧抓着树干。大家屏声静气看着这一幕，与风沙拍打出的声响相比，这一幕更让人吃惊。

大风沙刮了一个多小时后才停住。在这一个多小时里，谁也没有说一句话，只是紧盯着小树上的麻雀。大家走出房门时，麻雀“唰”的一声飞走了，小树终于站直了身子。大家无比惊异地发现，小树上的枝叶间有一个麻雀巢，麻雀在风沙里用身体保护着的，就是它。

4.大风

大风突然刮了起来。

我和叶赛尔把长眉驼赶到沙梁上，以防在大风中被狂沙埋没。沙漠中的风大，一刮起便将沙子掀到半空，让它们密密麻麻地飞舞。不一会儿，风更大了，沙子密集地落下又飞起，像是在寻找着可以被它们蹂躏的东西。这时，前面突然传来一两声歌声，激奋，热情，像是与风沙在较劲。是谁呀，居然在这样大的风沙中唱歌，而且还有些自得其乐！

“快停住啊，不然要被风沙淹没的。”一个年轻的小伙子紧张地叫起来。我想阻止他，可是已经来不及了，一大片风沙刮过来，他的声音像是被什么突然罩住，而且因为颤抖，一下子就被淹没了。

歌声依然隐隐约约，风沙依然凶猛无比。过了一会儿，便明显地感到歌声高过了风沙的声音，而且似乎在和风沙较劲。呵，在风沙刮起的时候，几个人放开了歌喉在歌唱，这应该是牧民独有的一种方式。

终于风停了，沙漠也像发够脾气的少女一样安静了。我赶紧寻找刚才唱歌的几个人。是三个人，赶着几峰骆驼，已经越过了我们。他们没有被风卷走，而且在风中准确无误地前行了一段路。他们是怎样从风中穿行的？是从草丛中，岩沟中，还是从河岸上的灌木丛中？我无法知道。大风过后的天空更高，依旧觅食的鸟儿，起起落落地在天地间扯出又一道风景。

他们慢慢地走远了。在沙漠中，我亲眼看见了人在风沙中唱歌前行的故事，在这一刻，风沙似乎变得悄无声息，只有人的歌声响彻天地。我坐在一片草上，点燃了一支烟慢慢抽，内心仍不能平静。同行的人都像我一样惊讶，如果不是今天亲身经历，谁都不会相信在风沙刮起后，有人唱着歌从中穿越了过去。在大风沙刮起来时，很多人都在寻找地方躲藏，只有这些在高原上出生并长大的人，在用唱歌的形式穿越。也许，对于他们而言，这并不是对抗大自然的一种方法，而是他们的一种生存方式。

当晚，坐在“霍斯”（帐篷）昏暗的油灯下，我写下了这样两句诗：“汉子们在风中丢失的心/被沙漠藏在甜蜜的音乐里。”我觉得，对于白天的神遇事件，只有用诗记录才合适。

5.帐篷被风刮走

一天，一位牧民放羊回来时，发现自己的帐篷不见了。

帐篷里的东西散了一地，奶子从倒了的奶桶中流出，在地上白晃晃的刺眼；被子和衣服没剩下一件，几张羊皮沾着尘土，已变了颜色。他的羊也为眼前的情景惊恐，咩咩地叫成一片。他被它们叫得心烦，喝一声，它们便跑开了。有人告诉他，他今天出去后，这里刮了一场大风。

是风把帐篷刮走了。他有些不相信，风怎么能把帐篷刮走呢？进入牧场后，他选了四根粗壮的木头做了桩子，把帐篷的四角牢牢系住。他往下钉那四根木桩子时，感觉就好像在钉四棵树，让它们生根发芽，长大成材。他以为那样扎下的帐篷是牢固无比的，但没想到却被风刮走了。他想象不出那一刻风是怎样把一个帐篷掀走的。那四个桩子还在，而连接四个木桩的绳子却齐刷刷地全断了，好像被刀子割断了似的。

他曾遇到过大风，那是牧民们谈之色变的黑风，但他都安然无恙。他实在不明白，还有什么样的风比黑风还厉害？他有一点生风的气，有本事你直接对着我来嘛，干吗乘我不在使坏呢？他曾放倒过一头牛，如果那场风刮过时他在，他就会和风斗一斗，风虽然是无形的东西，但只要保住帐篷，就等于打败了它。但他却没有碰上风，风因为无形所以显得很厉害，它专挑你不注意时袭击你，说不定它这会儿又躲在什么地方在酝酿袭击你的办法呢？

没有了帐篷，他只好赶着羊群提前返回村子，走到半路时，他在一棵松树上看见了自己的衣服，他在心里骂风，把我的衣服刮到了这么远。他爬上树把衣服拿下来，衣服完好无损。但他拿着衣服却心里不是滋味，衣服虽然失而复得，但却不是跟风争斗后得来的，他心里仍充满失败的阴影。

又往前走了不远，他看见地上到处是帐篷的碎片。一顶好好的帐篷，被风撕成了这样。他捡起一片，他的羊也许都已经知道了他的心思，低着头默默往前走着。路多崎岖不平，羊不时地把石头踩响，叮叮咚咚，在山野里响起一片撞击声。

当夜，他宿于一个山谷中。山谷里没有风，他和羊挤在一起互相取暖，一夜倒也平安无事。但天亮时分上路时，他发现两只羊丢了，他不知道它们是怎样丢的，想想他不在时，一场风就把帐篷刮走了，夜宿山谷虽然无声无息，但两只羊却丢了，他觉得这真是咄咄怪事。他一气之下，不去找它们，赶着其他羊快快回到村子里。

村子里的一位老人知道了他的遭遇后说，我们放牧的人有时候就是这样，走了很远的路去放牧，一年下来，也不知道一场风是怎么把帐篷刮走的，更不知道一夜之间羊又是怎样全丢了的。

他想，风刮过来时，谁也看不见它；风刮走时，更是没有谁能够追上它。

风有一双无形的脚。

雨

1.雨中的一匹马

这匹马是在早晨走出村子的，它站在一块石头上望着远处，时间久了，变得像一座雕塑。

这场大雨下起来后，很少有人走动，偶尔有人出现，也是在村子里走走，很少有走出村子的。一场大雨，似乎已将白哈巴村包裹在了酣睡的梦中。这匹走出村庄的马显得特别，它打破了在大雨天不出村子的常规，不知有什么意图。一阵风吹过，地上的水汽飞起，弥漫出一团一团的水雾。这匹马在雾中变得恍惚，但它仍一动不动，等待着雾停后散尽。在等待中，它的头始终高扬着，望着远处一动不动。

它在望着远处的什么？

索伦格去村中的那眼泉中挑水，回来走过我身边，我叫住他说：“你看，那匹马。”

“怎么啦？”他问。

“它一直在望着远处。”

“对呀。”

“它一大早就走出了村子。它在望着什么呢。”

索伦格没有回答我，看了一会儿那匹马说：“下午你到我房子里

（家）来，我们喝茶，到时候我告诉你一匹马为什么望着远处。”

我往回走，心里有些牵挂，那匹马仍站在那里望着远处，它如此执着的站姿，似乎在强调着内心的某种渴求。大雨已将一切都裹在寂静中，唯独它的执着，像从寂静中燃起的一把火，向四周传递着一丝丝灼热。

下午，我急急去找索伦格。不知什么时候，那匹马已经不见了。太阳钻进云层，天便阴了下来，地上的水雾在寂静中似乎又厚了几分。那匹马离开后，那个地方留有一处空白，我看一眼，心便急切起来，想知道一匹马望着远处的答案。到了索伦格家，发现他早已为我准备好了最好的奶茶，喝一口，便觉得那个答案也会像奶茶一样津津有味。索伦格见我神情急切，便不再等我催促，说出了那匹马望着远处的答案。原来，马在奔跑时都是高扬着头的，越是在开阔的地方，它的头越是扬得高，而且速度也越快。牧民们的心与马的心是相通的，很快他们就发现，马高扬着头，是望着远处的一座山。那座山必然是高过众山的。马有望山的习惯，所以就像这匹马一样，在不能奔跑或下雨的时候，便向远处眺望。

原来如此。

这是一个神奇的故事，但在故事内部涌动的，是一种生命热情！这时，我想起一句哈萨克谚语：好马一鞭，驽马千鞭。这是多么好的谚语，是从游牧生活和草原得来的，是人和马之间至深的关系。

从索伦格家出来，天已暗了下来。我走到插在院中间的那根长矛前，静静地站了一会儿。长矛的绳穗迎风飞起，簌簌作响，像是谁发出了话语。

大雨，又哗哗而落。

2.马车翻了

这几天的雨奇怪，说下就下得地上一片汪洋，好像有无数条小溪在急速流淌。

下午的时候，我们的车在草场中行驶，刚看见远处有一朵巨大的乌云飘了过来，还没想到雨，雨珠子就铺天盖地地落了下来。天地顿时一片暗淡，草场和远处的山像是害怕似的，都躲进了黑暗之中。

偏偏有一辆马车这时仍在草场上行驶，由远及近，从一个小黑点慢慢变大，也慢慢驶近。是一辆拉着马草的马车，驾车的人也许觉得在雨天无处躲藏，索性就赶着马快速向前。雨丝已变得密集，他挥动的马鞭有些缓慢，也有些迟疑。

我抬头看看天，那朵巨云占据了整个天空，远处的草地也已被笼罩在阴影里，驾车的人如此这般能跑到雨的前头去吗?

雨带来的凉意浸入我体内，我打了一个寒战。我为他的这种徒劳感到无可奈何，但我又不能阻止他，草原上的人怎么会听一个外人的话呢？我们只能躲在一棵大树下，怀着复杂的心理看他怎样在雨中奔跑。看着看着，我想起了小时候在故乡的雨中经历的一件事情。那一年正是酷夏，乡里人收了麦子，把黄灿灿的麦粒晒在场上。中午，被大家称作“白雨”（暴雨）的雨忽降，于是每家都忙着收麦，与天争斗，好在收得及时，许多人都将麦粒收了回去。雨下起来时，大家扭头一看，张二娃家却无人在场上，雨泼洒过来时，眼看着那些麦粒被冲下场，场下面是陡坡，麦粒钻进了陡坡上密密麻麻的石缝和土渠里。张二娃的老婆后来哭喊着扑到场里，顿时就傻了眼。少顷，她发出一声惨叫，一屁股跌坐在地上。这时，雨像干了坏事要逃跑的孩子似的，拖着一条白色的雨丝尾巴又向前移去。张二娃的老婆从地上一跃而起，指着那朵云骂开了。那朵云渐渐往前移去，她的手指随之紧跟，像是要把它戳下来。她的骂声已经无法控制，一声声犹如心被撕下一块块般痛苦。多少年过去了，想起她骂天的情景，我都能体会到她在那一刻的悲凉心情，多少个辛劳的日子换来麦子，就这样被一场雨轻而易举地弄没了，这才是真正的天灾，是老天爷干了一件恶事，她能理智地控制自己吗？那些麦粒被冲入石缝和土渠，那里是老鼠的家园，说不定，它们由此反而度过了一个幸福的冬天。如果那些老鼠能够良心发现，在以后走到张二娃家的地头时，或许会掉转身去。

想着往事，不由得为这辆雨中的马车担心起来，它前面的坡越来越陡，它这样跑怎么能行呢？雨并非要做恶事，但人却偏偏要跟雨争斗，结果呢，悲剧就被这种争斗酿成。雨过天晴，一切都恢复原状，唯独人落下了心病。

驾车者又加快了速度。马几乎已经撒开四蹄奔跑了起来，而雨显然又下得大了很多，雨水打在马身上，把它洗亮。它的蹄下是泥淖，一经踩下便有脏水溅在它身上，但它却不顾这些，仍将马车拉起快速往前驰去。有好几次，两个轮子都已离了地。

我担心马车会翻。

然而，正应了人们常说的，不好的事情有时候只要你一想，它马上就会发生。我担心马车会翻的念头刚一出现，它突然翻了个底朝天。马车夫被摔出，像一只大鸟一样跌落在一堆石头上。马在车子翻倒的一瞬奋力一挣又向前窜去，它太有力量了，翻了的马车居然又被它拉动了起来。它拉着马车向远处跑去。

我们跑过去，先救马车夫。他摔得不轻，脸上有血，胳膊已经抬不起来了。我们要把他抬到我们的车上去，他却不停地喊着马、马……那匹马仍在奔跑，马车被拖着翻来翻去，其中的一只轮子掉了以后，就开始在地上滑行。马显然已经受了刺激，越跑越快。它也许是要甩开拖在身上的马车，也许从刚才的迅疾中还不能停下来。但它还是摔倒了。那根套在它脖子上的绳子慢慢滑下，套住了它的两只前腿，将它绊倒了。它倒地之后，不再动了。

偌大的草场突然安静下来，飘拂的雨掠入额际，人不由得又打冷战。

马车夫脸上的血糊住了眼睛，我帮他将血擦去，却看见他眼里的泪水在往外流淌。他不停地喊着马、马。我突然觉得他的泪水并非为疼痛而生。在他的要求下，我们将他搀扶到了马跟前，他请求我们把马身上的那根套绳解下，并把马放开。他说着这些的时候，一直在哭。

我为眼前发生的这一幕而感到伤心，但令我不解的是，在刚才的疾驰中，他难道就没有想到会出现这样的结果吗？他是不是为了保持一个马车夫和一匹马的原则，不落得这样一个下场，就一定不会停止呢？

马身上的那根绳索被解了下来，我原以为它会站起来，但它却一动不动地卧在地上。一匹在刚才还奔腾如飞的马，此时却像是再也没有了力气似的一动不动了。

我们平时已经对马赞美得太多了，为它身上所表现出的阳刚之美所迷醉，并长时间在感情和潜意识中把马的形象统一成了高大和雄壮，并由此幻想着它们将一直存在于我们良好的愿望中。但是今天，我却看到了马的失败，就像一个非常善战的士兵，击倒它的并非是他的敌人，而是这个复杂的世界。

我震惊地发现，马也在哭。我们已经无法再说什么，只得默默离去。身后，一个马车夫和一匹马依靠在一起，像两个从擂台上败下来的武士。

多少天过去了，我无缘由地总想起马的眼泪。马在强大的另一面是什么样的，比如它们的痛苦，它们的沉默，以及对这个世界的忍受等等，看到了这些，才会看到一匹马是否真实。即使是一匹刚烈的马，它也不可能是单一的，它肯定有复杂的一面，唯其复杂，才更容易让我们接受，才更能让我们敬畏这个世界；一匹马有时候就是一个人，显露着生命的多样性。但如何才能看到这些呢？这个世界虽然有它的多样性，但它却也有麻木和无奈的一面，我们深囿其中，着实难以自拔。

今年，我不可能再有外出的机会，生活的大致情况可能就是书斋和日常规则，我很想再去看马，看马的挣扎、马的忍耐、马的眼泪、马的血、马的伤口、马的尸骨……看不到这些，就看不到马的命运。

以后，我将如何写马？

3.谁是强者

那场雨下起时，我和础鲁正顺着河道在行走。

础鲁说，望着雨，心就静下来了。我和他在雨中随便走着，雨把衣服淋湿，浑身变得凉，但却不冷。雨下到后来越来越大，大风也吹刮而来，天气很快变得寒冷。远处的山丘上有树，但此时都似乎垂下了枝条，有些不堪重负的样子。前几天，有许多鸟儿在那里乱纷纷飞动，现在，不知道落到哪里去了。

我和他离开沟边，在林子里走了一会儿，在一块石头跟前停住。这块石头上长了一根草，它绿色的枝叶与褐色的石头交相辉映，显得很特别。仔细一看，才发现了让人惊奇的一幕——这根草是从石缝里长出来的，由于石缝细小，它的根盘旋了好几圈才将枝体长出，远远地看上去，它就像石头长出的一个枝体。这又是草原的一奇了，可能与不可能融为一体，形成了一种不平静中的平静。

雨越下越大，我和础鲁坐在石头跟前静静地淋雨。雨弥漫了整个山谷，天变得暗淡起来，但有一股奇异的亮色却像在暗暗游走着一般，把低处的草照亮了。因为这股亮色的原因，草场像刚刚被大水洗过一样显得洁净无比。这是多么难得的一景。在新疆和西藏两地生活得久了，地域色彩和人文景观反而给了我更多的东西。就像这场大雨，像一双大手似的将昔日的尘灰洗去，悄悄地使大地恢复了清新的面容。我知道面对此景只宜看不宜说，但此时于内心涌起的激奋却使我不由得还是想说，这就是美。美应该是无处不在的，但有多少是在等着与一个人相遇呢？

离开那块石头时，雨下得更大了。风不知因何而起，猛烈地吹动着，一片片雨丝被风吹动着掀起了细密的白浪。也许是受了风的惊吓，一些鸟儿从树丛中飞了出来，白的、黑的、灰的、浑身布满斑点的，多得如云似雾，不倦地上下飞翔。

我和础鲁又被吸引，跑到树跟前看鸟。鸟儿们在雨中乱飞一通后，像是听到了命令似的形成了一个队形，掠过树冠向树丛后面落去。雨天随着它们的消失突然变得寂静下来，我们已被逗得兴起，快速穿过树丛，追着它们不放。然而当我跑出树丛时，顿时为眼前的情景惊呆了。树丛的前方有一潭深水，湛蓝湛蓝，犹如草原将多余的水滤去，只剩下精致的部分。在草原上已经见过不少海子，但唯独这个是如此的赏心悦目。鸟儿们像扬着帆的船只，在水面上飞舞。过了一会儿，我才发现它们全都斜对着风，在一点一点地往远处飞。在离我最近的地方，有一只黑色的鸟始终在飞。过了一会儿，我才发现那是一只鹰。很显然，一场大雨和同类的行为正鼓舞着它，它飞着飞着，突然将身子缓缓降下，待接近水面的一瞬突然伸出长喙，向河中扑去。

它是不是要去啄水里的一条鱼？

础鲁大叫一声，完了，那是狗鱼。果然，狗鱼比鹰强大得多。鹰的爪子扎入鱼身后，鱼迅速向水底游去，鹰尽管扇起双翅欲挣脱飞起，但狗鱼的力量更大，几番挣扎，鹰还是被狗鱼拖入水里去了。水面上冒出几个气泡，随之便和搏斗的痕迹一起消失了。别的鸟儿像熟视无睹一般，独自向远处飞去。水中强者把空中猛禽拖到水里去了，一场不动声色的战斗让我和础鲁看得惊心动魄。我们赶过去，想看看那只鹰是否能够从水中挣扎出来，但深蓝的水已经阻隔了一切，什么也看不见。强者选错了对象，悲剧不可避免地要发生。所以说，强者并不是唯一的。

我们转身往回走，草场上依然风急雨密，鸟儿们已经飞过海子，树木似乎仍无法抬起垂下的枝条。走出林子，我们看见远处有一匹马慢慢向这边走来。它走得很慢，以至于让我们无法分清它的背上是否有骑手。我们等了很长时间，它仍在远处。我已经变成了村里的闲人，所以就耐心等着它走近，待它慢慢走过来，我们才发现它的背上没有人。我和础鲁有些吃惊，是不是它的主人在雨中遇难了，受了远去的鸟儿和命殁的鹰的影响，我们迫切想见到一个人。就在我们正担心的时候，从马的后面出现了一个人，拿着东西迅速向我们走来。由于雨大，我们看不清他的脸。

他这样出现，我们几乎高兴得喊叫起来，尽管我们不知道他为什么这样做，但就在我们在这样的雨天盼望从马后面出现一个人时，他果然出现了。

4.挣扎的鹰

几天大雨，鹰一直都没有捕猎。前天，鹰发现了一只红狐，我和依布拉音合力抓住了那只红狐，但我却为它浑身的灼红起了怜悯之心，劝依布拉音放了那只红狐。之后，依布拉音便不高兴，加之放了那只红狐后只捕到一只黄羊，他的脸上便明显地浮着错失了机会的懊丧。那只黄羊被我俩剥了皮之后，放在了一块石头上，依布拉音的儿子在明天要经过那儿，会把黄羊弄回家去，让一家人吃上香喷喷的黄羊肉。

看着依布拉音脸上不悦的神情，我心里有些内疚，如果不放走那只红狐的话，他这次回去就有一大笔收入，但我却因为太喜欢那只红狐，怜悯它的美，建议依布拉音把它放了。我干了一件善事，我心安了，但痛苦却在搅扰着依布拉音的内心。由此可见，善在有些时候并不一定就是美。

从依布拉音的另一种神情上可以看出，他还想再努力一下，争取这次出来不要收获甚微。我也是这样想的，在内心希望他多捕获一些东西回去，他每年这个时候都出来一次，每次都收获颇丰，如果这次两手空空回去，村里人会笑话他，他老婆做好饭后或许不会让他吃，让他在一边难受。而这一切都是因为我，我以后也会难受的。

雨好不容易停了，依布拉音马上决定要出去，我在一旁像做错了事极力要改过自新的孩子一样，帮他收拾东西，并不停地把设想的情景说给他听，他慢慢地变得高兴起来了。

我们俩出了牧场，进入一片松林，下雨天让很多动物都躲进了林子里，我们想在这里完成一次捕猎。但林子里静悄悄的，似乎所有的动物都躲了起来，不见一丁点动静。我们着急，鹰也同样很着急，可以看出这几天的大雨也把它憋坏了。走到一个斜坡下，突然听见坡上有动静，鹰从依布拉音的胳膊上一跃而起飞了过去。

坡上有东西。

但鹰飞了好几圈，却什么也没有发现。依布拉音唤它回来，它却不甘心地仍在盘旋寻找，似乎不找出什么便不会回来。

我突然为这只鹰产生了一丝怜悯之心，它拗不过自己的秉性，同时也不愿让自己的捕获历史有空无所获的内容，所以它像赌气似的在盘旋寻找着猎物。以它的灵性和捕猎的经验，应该知道刚才的声响并非是动物弄出的，它完全可以飞回依布拉音的胳膊上来，但它却不回来。没有猎物，它却还在盘旋寻找，它与自己在较劲，与内心的那股怨气在较劲。

直到飞累了，它才飞了回来。鹰的情绪不好，人的情绪更不好，依布拉音一言不发，架着鹰又往前走。我望着他的背影，突然觉得他很孤独，他这一辈子几乎只干了驯鹰这一件事。平时，他被荣耀和赞誉包围，享受着别人享受不到的幸福，而一旦当驯鹰这件事与他的人生发生冲突，他的路就变得很窄，几乎不容许他再走下去。这个世界上的很多事情就是这样，它会在一些时候被改变，让你的人生郁闷、苦涩和痛苦。依布拉音和这只猎鹰现在就是这样，他和鹰不知道该往哪里走，所以就只能这样一边倔强，一边郁闷下去了。

我们又往前走了一段路，鹰再次被一阵声响吸引，它迅猛飞过去后发现是几只松鼠，便飞扑下去要抓它们。其实松鼠并不在它和依布拉音的捕猎范围内，但它憋着一口气，所以要通过抓捕松鼠来发泄一下。依布拉音在一旁看着它，有一点像纵容孩子放肆的家长。他心里也憋了气，所以他也需要发泄一下。

然而，松鼠却并不好抓，鹰数次飞扑下去都扑了空，而且松鼠还很聪明，往往能准确无误地识破鹰的意图，让自己的身躯巧妙地躲过鹰的一双利爪。鹰被激怒了，加大了飞扑的力度，似乎恨不得把松鼠一爪子拍到土里去，但松鼠却变得更加灵活了，它蹦蹦跳跳躲避着鹰，而且用一双忽闪着嘲讽之意的眼睛不时地看鹰，意思好像在说你没什么了不起，你就是费再大的力气也奈何不了我。

鹰受不了这种委屈，不顾树枝的阻挡，径直一次又一次往下扑，树枝把它的羽毛挂掉了，像落叶一样往下飘着。但它似乎已豁出去了，用双爪分开树枝又往下扑，碰在一根很粗的树枝上，被碰得失去了平衡，差一点摔在了一块石头上。尽管如此，它仍然没有抓住松鼠，等它快要扑到松鼠跟前时，松鼠闪起一团灰影，转瞬间便不见了踪影。

我想让依布拉音唤它回来，眼前的事实让我相信，无论鹰怎样努力，都不可能抓住松鼠。松鼠，这些动物中最灵敏的攀登运动员，它们只需拿出一般技能，就可以把鹰对付过去。但依布拉音却并不唤鹰回来，他此时的内心反应和鹰一样，不抓住松鼠发泄一下，他也不能平静。

但这种发泄带来的却是血淋淋的痛。鹰不光被树枝碰得左右乱晃，而且身上还被划伤流出了血，猩红的血染在乌黑的羽毛上，看上去让人心颤。鹰发疯了，今天不抓住松鼠，便不足以解恨。但松鼠似乎已没有了和它再玩下去的兴趣，在它再次扑下去时身影一晃便不见了踪影。鹰不甘心，仍在四周飞了好几圈，在确定再也找不到松鼠时，才茫然若失地飞了回来。

依布拉音抚摸着它，他的手在发抖。今天的这种情景大概是他猎捕生涯中从来没有过的，鹰失败了，也就等于他失败了；鹰伤在了肉体上，而他伤在了内心。我不知道该如何去安慰他，以眼前的这种情景，只有让鹰捕获让他满意的猎物，才足以消解他内心的凄苦，但这片林子里没有一只可猎捕的动物，我又有什么办法呢？

往回走的路上，我不忍心去看鹰，它的挣扎和它的伤，让我的内心很痛。

5.大雨在拍打骆驼

雨越下越大，“哗哗”的雨声，像是高处的河流倾泻了下来。

我坐在帐篷里，透过敞开的门，看附近的几峰骆驼。看着看着，我突然觉得奇怪——雨丝从天空中落下，狠狠地抽打在骆驼身上。而这几峰骆驼像是被拍疼了似的，发出了惊恐的叫声。

雨在拍打着骆驼吗?我说不清。这几峰骆驼都长得十分健壮，在大雨中纹丝不动，像训练有素的队伍。雨水一经落下，它们身上便发出声响。尽管它们始终没有动一下，但我看到它们在战栗。在冬天的大雪中，或在风暴中，骆驼们都可以纹丝不动，毫无惧色。但一场大雨却让它们在战栗，你说奇怪不奇怪。

如果说，雨在此时是无意落向大地的话，那为什么会把几峰骆驼拍打出声响呢？而且这种拍打显然带着一股恶意，狠狠地落到它们身上，似乎对大地生长出如此大的牲畜有些妒忌。

也许，是生存物之间的一种历练吧。大雨在此时是一个柔软而又无处不在的占领者，世界已被它悉数占尽，骆驼除了忍受它的拍打之外，无处躲藏。这场大雨仅仅是天空在春天例行的公事。它必须下得这么大，必须狠狠地拍打骆驼，让它们疼痛得发出声响。除了这场大雨，也许大风也能把它们拍打出声响。

也许对于骆驼来说，必须要接受大雨的拍打，才能知道雨也并非只是轻柔的，它们一旦从天空中落下，有时候也会变成刀子。骆驼们在平时经历了那么多的事情，它们一直显得那么坚强，但现在却要经受雨水的拍打，在大雨中浑身发抖。这场大雨，正在实施对骆驼的锻造，让它们经历了风雪之后，再经历一下这些柔软的刀子，它们就变得更坚强了。

但我想，这一切都是神秘的，是世界蕴藏已久的风暴和另一种方式；是大雨和骆驼联合起来的一次生命表演。

如此看来，苦难有时候是一种秘密。

中午，雨停了，一场狠狠的拍打也结束了。我们随骆驼上路，而大雨拍打骆驼的声响还在我心里响动。多么幸福啊，因为是亲身经历，我把大雨拍打骆驼看成是一种弹奏！

6.最后一场雨

一场雨像赶时间一样，下在了牧场。

前几天的天气一直很好，牧民们算了算日子，到该下那场返回的雨的时间了。那场雨一下，一年的放牧就宣告结束了。果然不出所料，雨从早晨下起，团团大雾笼罩着牧场，浓密的雨珠好像从大雾中滴下似的，响亮地落在地上，草丛发出窸窸窣窣的声音，像是张开了嘴在痛饮上天赐予的甘露。草啊，好好喝吧，一年的时光将尽，牛羊们都要走了，留下你们，脱去绿衣服，在这里度过一个寒冷的冬天。牛羊们不会忘记你们，人不会忘记你们，明年，人们和牛羊还会再来。

牛和羊都已经有了反应，站在雨中不去吃草，时时望着远处出神。它们在想什么呢？在这几个月时间里，眼前的这个草场喂养了它们；它们虽然每天除了吃草还是吃草，但谁又能知道，它们在内心对草场保持着怎样的感情。

一头牛很快就有了具体的反应。它从牛群中走出，走到一块石头跟前便不动了。人们走过去一看，有几只在草场上叫不出名字的小鸟正在它的腹下避雨。那头牛天天经过那里，知道那几只鸟此时无处可躲，就走了过去。这样的事情在平时可能也有很多，但因为不是牧场上的最后一场雨，所以人们都没有留意。而此时，人和牛羊都变得敏感起来，这样的事情人们一眼就可以发现，内心随之便一波三澜。

中午，雨下得更大了，牛羊们站成一片，在雨中一动不动，它们已经像人一样知道，迎接了这场雨，就意味着马上要离去了，所以都静静地等待着什么。寂静，像一块更宽大的毡子一样，将牧场覆盖了。

这时候，发生了一件事。一位牧民骑马去赶羊，马也许被雨刺激，在雨丝中狂奔起来，跑着跑着，他突然从地上飞出，像一只鸟一样落了下去。很不巧，他落在一块有尖利棱角的石头上，他的腿伸了伸便不动了。人们跑过去一看，只见雨水从他身上流下后变成了红色。那匹马也惊了，跑出很远了仍停不下来。人们把他抬回帐篷时，他已经咽了气。有人回忆说，几年前有一头牛也摔死在那个地方；那个石头简直就是刀子嘛，那头牛和他一样，摔下去后也是一动不动地就流出了血，很快就死了。平时，有人走到那块大石头跟前时都小心翼翼，但这个人怎么就忘了呢？

牧场上出现了难耐的凄冷。这是今年放牧将尽时的一次意外的死亡，那匹马不知为什么要在雨中狂奔，把主人甩在了那块像刀子一样的石头上。人们怨恨这块石头，也怨恨那匹马。那匹马自从主人出事后，就躲得远远的，不走近牛羊，也不接近人。过了几天，危险的事情差点在那里又再次发生，一只羊吃草吃到那块石头跟前，不知怎么的就滑倒了。眼看着它要一头栽到那块尖利的石角上，但它的臀部却甩了过去，碰在了石头的边沿。它险中得幸，没有丢掉性命。一位年长的牧民便给大家讲，看好自己的牛羊，不要接近那块石头，人更是不能接近，要保证转场时再不要发生死亡的事情。那只羊受了惊吓，跑进羊群后不停地乱窜，把羊群吓得骚动起来。雨还在下着，它们把地上的积水踩得溅起，啪啪几声像刀子一样飞出。牧民们跑过去将它按住，它才依在一位牧民的怀里，像一位依赖着母亲的孩子。

接下来的几天，牧民们开始收拾东西。雨还在下着，整个牧区都裹着一层阴霾。人们终于变得烦闷起来，加快速度收拾毡房和生活用具。这时候，大家才知道这场雨没有什么罪过，只是人因为返回的心情急切，一切都乱了；秩序一乱，便难免要出事。

“不要着急，不要着急！”一位上了年纪的牧民叫喊着，让大家平静下来。实际上，这时候是没有秩序可言的，秩序只是在牛羊进场后明显一些，但那是少数民族沿袭了几千年的古老游牧方式，到了牧场上，牛羊就开始自由自在地吃草，人不用去多管。但这时候首先是人乱了。人就是这样，忙忙乱乱一生，一忙，必然要乱，无乱不忙，人与许多事物比较起来，其实最没有规律。

终于在一个下午，人们将全部家当收拾停当，闲了下来。牧场上暂时出现了一种平静，但这种平静只是表面化的，从收拾好的东西上就可以看出，人们在极力按捺着要离去的种种躁动，明天一早所有的牛羊就都上路了。那将是一次大规模的转场，山野里会响起牛羊们密集的蹄声，大地将为之颤抖。

那天晚上，牧场上响起一声沉闷的声音，像是石头与石头碰在一起发出的，羊群中一阵骚动，有羊发出几声惊叫。有好多人都听到了那个声音，但没有谁出来看看，很快，牧场上便又平静下来了。

第二天早上，人们发现有一块石头砸在了那块石头的尖角上。

不知道是谁砸的。

歌

1.一位母亲的歌

这次来，我最大的心愿，是去看看吐尔洪八十岁的老母亲。

不料刚到不久便得知，她老人家几天前去世了。听到这个消息，猛然间感到有一股郁闷的东西堵在了心头，直至晚上回到旅馆，才好受了一些。一年前我曾答应给她弄一副老花镜，后来被忙乱的事情弄得四处奔波，这次虽然把东西带来了，但却用不上了。多少次我曾在心里想，她戴上老花镜后该是多么好的一件事，不再为昏花的眼睛痛苦，也不再因为老是数不清归圈的羊而苦苦地等着孙子早一点放学回来。

一年前到她家时，她紧紧抓住我的手说："不要老吃方便面，要多吃羊肉拉条子。你一年四季跑来跑去，身体没力气怎么行呢？"

不用说，那些天她给我做了好几顿可口的拉条子，我吃得肚子饱饱的，心里美滋滋的。有一天，我去查资料，临走时告诉她我下午可能会回来得晚一些，不料她从中午开始就给我炖羊肉，我下午一进门，就闻到了扑鼻的香味。

我当兵出身，吃饭时速度很快，她坐在一边高兴地看着我，偶尔会发出一两声佯怒的叹息。她的眼睛里一直对我充满怜爱之情，好像在她面前，有一匹马驹要蹦跳着上路了。

听她说过去的事情是一种享受。她小时候跟着爷爷在戈壁滩上放羊，她爱唱歌，看着辽阔的戈壁滩上白花花的羊群，她的心里就有一种想歌唱的冲动。于是，她就随口唱了起来，爷爷听着她的歌声舒心地笑了，羊群则把嘴深深地伸进了草丛中。

一天，有几只乌鸦循着她的歌声飞来，先是围绕着唱歌的她盘旋，过了一会儿，便向着一条小河飞过去，落入水中扑棱着翅膀洗自己的羽毛。河水被它们激起了浪花，发出声响。她继续唱着歌，并没有在意乌鸦的举动。但不久她便十分惊异地发现，乌鸦扑打着水的节奏完全是在跟着自己的歌声，在她的歌声里，乌鸦似乎要把自己羽毛的黑色洗去，原来乌鸦也是爱美的。她在心里这么一感叹，便不由自主地停住了歌声。歌声一停，乌鸦马上僵在了那里，她的歌声像是它们身体里的筋骨，被突然抽走了。乌鸦绕着她盘旋了几圈，鸣叫着飞走了。

回到村里，她告诉人们，乌鸦会听歌。但人们都不相信，认为她胡说。她不再去和人们争论这件事，只是以后去那条小河边，她仍唱那天唱过的歌，但乌鸦们却没有飞来。从那以后，乌鸦们一直没有飞来。但她一直坚信乌鸦会听歌。

她唱着歌长大后，像所有适龄的姑娘一样嫁了人。嫁人之后，身为一家主妇，她不再去放羊了，但她喜欢唱歌的性格却一直没有变，在庭院忙着家务，她会随口把心里想说的话唱出来。只有唱歌的时候，她才觉得特别幸福，好像又回到了少女时代，脚下是一望无垠的大戈壁，头顶是蓝蓝的天。

几十年的岁月就这样过去了。

一年前，因为她儿子吐尔洪生病，她又去放了一次羊。吐尔洪很勤劳，几年间已经把自家的羊发展成了一大群。她把羊群赶到山坡上，坐在一块石头上眺望远方。当她发现自己看不清远处到底有几座山时，才知道自己的眼睛花了，她从内心发出一声感叹，自己老了。

中午，羊群吃草到了山顶，山顶上的草很好，羊一直都把头低下吃着。忽然，正在专心致志吃草的羊群发出惊恐的叫声，她扭头一看，有几只狼已经逼到了羊跟前，正与羊对峙着，随时准备进攻。羊群显然已经慌乱，东张西望，惊恐地叫着。狼紧盯着羊，前蹲后立，已做好了进攻的姿势。

她尽管已经双眼昏花，但还是看清了眼前的局势。怎么办？自己年老体衰，根本不是狼的对手。一着急，她突然开口唱了起来。她的歌声几乎是不假思索的，嘴一张就唱了出来。狼和羊都被她的歌声一下子吸引住了，扭过头一齐看着她。她不停地唱着，一会儿看看狼，一会儿又看看羊。狼在她和羊的注视下，似乎忘了自己所处的环境。慢慢地，羊发出了轻柔的咩咩声，狼眼里的凶光也悄悄退去。她继续唱着，她不知道歌声会使今天的遭遇发生怎样的变化，但她觉得就这样唱着歌内心很舒服，她甚至在内心唱起了那次乌鸦洗澡的情景。过了一会儿，狼站起来，发出几声轻柔的叫声，转身走了。羊群一起拥过来蹭她的腿，她停住歌声，这才意识到了什么。少顷，一股泪水止不住冲涌而出。

几天后，她去世了。最后一次唱歌，成了她一生中唱歌的高潮。

2.听歌

好几天，大家不停地说起巴哈台唱歌的事。

索伦格感叹着说，他哪里是在唱歌，嘴一张，简直就是在说你心里的话嘛，一动一荡的，弄得人的眼泪止不住往下掉。

细问之下，才知道巴哈台就唱那么一首歌，而且整首歌只有一句歌词，大意为母亲站在蒙古包前呼唤着儿子归来，一遍又一遍。我在心里揣摩那是一首什么样的歌，期待能早日听到。当然，最迫切的心情还是想见到巴哈台——我想看看他是怎样一个“嘴一张”，就“弄得人的眼泪止不住往下掉”的人。

去他家的路上，又间接地听到了他的来历，巴哈台祖上曾迁移过好多地方，属于较为古老的游牧者。我比较心仪这样的游牧者，他们有一个共同的特点，身上兼具了原始和冷峻两种气质，他们的命运中有着被歌声承担了的某些东西，因而到了巴哈台这一代，生存便不是唯一的，或者说，当他们把生存问题解决了之后，唱歌就成了首选的生命方式。

这是不是因为他们没有了根之后，对现实生存更迫切的一种要求呢？但我仍然隐隐约约感觉到，正因为他们面临的世界有这么多的无形变化，他们的生命才被一次又一次地刺激着，变得鲜活和兴奋起来。

在这之前我已经听过一次蒙古歌。一次酒宴上，几位蒙古族少女边唱边敬酒。下午到达那个地方的时候，实际上已经喝了下马酒，看着大家那般豪饮，心里就想如此这般得多少酒才够。刚这么想着，一扭头就看见院子的一角酒瓶堆积如山，当时少女们也刚好将酒敬到了我跟前，我端起一碗一口喝下。酒入肚，感到心里有一股火立刻腾起，脸也烧了起来。很快，大家趁着酒兴就唱了起来。少女们重复着那几句歌词，大意是山美水美酒更美，歌声迎远客，请为草原留下你的心等等。歌声的美，在这里我无力描述，因为那类似于一种天籁，但那天的感受却是很强烈的，我只觉得像是被什么牵引着，正走向一个无比宽阔的地方。

这之后就迷恋上了腾格尔的歌。马头琴和笛子响起的时候，歌声却不是一种腔调，而是呈现——它先将草原、蓝天、云朵、蒙古包、马匹、炊烟、羊群、河流、树木、人群等等一一推到我面前，然后才能听到旋律。在这时候的旋律中，腾格尔才开始向草地深处走去。女诗人王小妮说："鹰在峡谷间上下滑翔，鱼在海的深处光一样转身。人很少能得到鹰和鱼的感受……但腾格尔把两种自由动物的幸运都体验了。"是什么在这里面起着作用呢？通常情况下，人们臆想的天堂是至高和至美，是最后的停歇，而在腾格尔的内心，天堂大概是一片稀无一物的太空，是更自由的一种行走。

值得一提的是，继腾格尔之后，我又遇到了一次真正的倾听，是李娜的《青藏高原》。我已在另一篇文章中写过李娜，但我仍固执地认为，能把歌唱成那样，李娜一定听过母狼在深夜里的叫声。

骑着马，缓缓地但又有些按捺不住急迫似的到了巴哈台的家门口。他家在坡东头，他听说来了客人，惶恐地注视着每一个人，有些难以适应这样的场面。从表面上看，巴哈台无疑是一个普通得再也不能普通的人。一番介绍，他紧紧握住了我的手。进入屋内，巴哈台一提议，大家便一致让我坐上首。我不敢，但在推让的同时，我立刻感觉到再谦虚就对不住这帮子兄弟的情义了，于是便利索地脱了鞋，恭恭敬敬地坐了上去。

巴哈台给大家很快弄好了茶。这个穿着破旧，表情木讷，甚至还有些羞涩的图瓦人，一直不和大家搭话。但把茶递过来的时候，却用一种非常诚恳的目光在望着你。起初我以为那就是一种诚恳，但很快我发现他的这种目光其实是一种傲气，一种只属于他这种人的傲气。

我一下子喜欢上了他。

喝完茶，吃毕饭，没有任何开场白，巴哈台唱起了那首歌。听到第四句，我就坐不住了。巴哈台的歌和我在新疆伊犁听过的阿拉木图女歌手的磁带《一句歌》如出一辙——把一句歌词反复地唱，只是在音调上变化着，但厉害的地方就在这里——我不懂蒙语，但估摸着想，歌词的意思大概就是：回来吧，儿子。歌词用望、等、急、悲、痛、忧、想、思、恨、呼、骂、哭、忍、盼、寻等等具体的场景唱出了母亲等儿子不归的种种感情。简单的一句歌词，却表现出了母亲不同的心理，具有不同的感情渲染。

巴哈台不停地变化着母亲的心思，不停地唱着。随着他的歌声，我感觉自己似乎被牵引着走上了一条笔直的长路。被歌曲征服是一件多么幸福的事情，但要想有这样的经历，必须在偏僻的地方，等到空气中浓浓地飘起了一个民族的味道的时候，才能开始。好歌就是梦的行进，人无法接近。

现在写到这里，我已经无法向读者再细致描述巴哈台的歌声了。我想试着写出我的感受，这些感受应该是真实的，应该是经过巴哈台的歌声表述后显得更逼真和确切的生命经历。假如有一天读过此文的朋友听到了这样的歌声，我想，你一定会产生和我同样的感受。

从歌中听出的真实感受很多，这里仅举四例。

一、想

母亲站在蒙古包前，久久地向远处眺望。太阳已经下山，儿子该回来了，但草原上一直没有他的身影。

天色慢慢转暗，大风吹打着蒙古包，已经发出了吼声。

母亲仍伫立在原地，目光迷离。她坚信儿子正在翻越最后一座山冈。

二、望

夕阳慢慢地转暗，母亲望着远处的最后一抹夕光。

突然，那抹夕光浮动起来，犹如一群正在奔跑的羊。

母亲紧张地屏住了呼吸，紧盯着那个地方，过了一会儿，夕阳落下，那抹夕光快速消失，一切都归复平静。

泪水挂在母亲的脸上。

三、呼

母亲终于放声喊开了儿子的名字。大风吹来，吹乱她的头发。她一边用手指捋着头发，一边仍在喊叫。

风越刮越大，她的喊声一直持续着，似乎大风要把她的儿子刮走，而她的喊声就是紧紧拽着他的一双大手。

后来下起了雪，她的呼喊声在风雪中直冲天宇。

四、等

母亲背靠着蒙古包，坐在地上等儿子。蒙古包的门半掩着，只要一看见儿子，她就会将门打开，里面有正在燃烧的炉火和铺好的床被。

母亲的身边放着一件皮袄，是儿子这次出去之后，她给他新缝做的。

……

文章写到这里该结束了。只是，因为巴哈台与我们告别时的神情，我在这里再写几句。我没有想到，他唱完之后立刻又恢复了木讷和羞涩的神情。我们与他交谈，他客气了两句便不再说话，临走时大家合影，他死活不坐中间，用索伦格的话说，“像被钉子钉了一般，只站在边边上”。照片洗出来一看，他一脸的无可奈何。

为什么会这样呢？是不是无可奈何的现实生活和他唱歌时的感受有着很远的距离？这之后我经常想起巴哈台表情中的复杂。直到在一次大风雪中，我才突然理解了巴哈台。那次的大风雪是突然从天而降的，一瞬间就使大地变得模糊起来，我在忍受着大风雪折磨的同时，突然想起巴哈台开始唱歌时的气势就是大风雪从天而降的这种。

巴哈台缺少使自己迷失的大风雪！

我们每个人都缺啊！

我在大风雪中跪下，双手向天，做一个“都洼尔”（请允许吧）——为了让母亲的爱永存，请让大风雪再凶猛一些，请让儿子回家的路更艰难，更缓慢些吧！

3.悬崖乐园

十几年前，我为一本书起书名时，想用《悬崖上的歌声》。“悬崖”与“歌声”，前者是危险的处境，而后者则是一种姿态，我想这个书名应该有一种精神的对峙，比较适合我散文中写到的新疆与人的特殊境遇，以及奇特的地域氛围。

之所以打算要用这样一个书名，其实与一首《我不敢》的哈萨克族民歌有很大的关系，那首民歌中也提到了“悬崖”。

我不敢行走悬崖
我害怕它突然塌垮

我不敢喝河水
我害怕里面有泥巴

我不敢和你们交朋友
我害怕在我最困难的时候
你们会牵走我的马

我很喜欢这首民歌的内容，但我没有听过人们是如何唱这首歌的，我想它的旋律一定很美，因为哈萨克族的民歌都很好听，比如《送你一朵玫瑰花》，我第一次听到那样的旋律时便喜欢得不得了。

不久，我在一次草原的盛会上听到了人们的放声歌唱。当时的盛会，其实也就是一个活动，主办方把日程安排得满满的，直到晚上吃了烤全羊，喝了酒，人们开始唱歌时，气氛才热烈起来。让我惊讶的是，原本不认识，在白天还显得羞怯或矜持的姑娘小伙子们，在这会儿却很快便挤在了一起，不管是民歌，还是流行歌曲，彼此都唱得很默契，声调起起落落，好像经过了训练似的。我在一旁听着，看着，突然被这些姑娘小伙子们感动了，心里冒出一个无缘由的想法，他们在这会儿一个爱上一个，原本就是很轻松的事情。

不久，我却决定将《悬崖上的歌声》改为《悬崖乐园》。相比之下，我觉得后者更具冲击力，有一种更为强烈的精神自赎。之所以改用《悬崖乐园》，是因为我对喀什的了解有了更进一步的了解。在那一年冬天，我有了完成一本新疆题材的书的机会，于我而想，我应该好好写一写现在的喀什。再次走动在这座古城，我心中窃喜，六年前我还是毛头小伙子，不消说，那时的这座古城就在我心里激起了波澜，一股神秘让人不敢近前，而一股情调又推动我迈动着脚步，从清凉的小巷到老城的土质建筑，让人始终难以触摸。

也就是那天，我一脚踏进一条小巷，立刻被眼前的情景惊呆了。一位维吾尔族少女坐在一个庭院的门前，正在吃葡萄。她的躯体凹凸有致，把女性身材的美淋漓尽致地表现了出来。阳光照在她的脸上，那双大而黑的眸子楚楚动人。她就那么安静地坐在那儿，对周围的一切好像无从察觉。那一刻巷子里的光线明明暗暗，而悠然的少女却像一幅画一样装在了我心里。

不久，我倾听了一次歌声。那天，我见到了一个长六指的老年人。本来他对自己的六指习以为常了，但在我的注视下却好像意识到了什么，藏起手，匆匆向小巷深处走去。下午，朋友带我去看一个

“热瓦甫奇”（弹琴手）弹奏，不料这位热瓦甫奇琴手就是上午见过的六指老年人，他已年届七十，一双眸子深邃得如同宝石。我很快就被琴声淹没了。

一曲将终时，他突然把那根弦拨出一个强音，好像一个饥渴至极的人痛饮一番后，终于发出了一声过瘾的舒畅之声。这一声太美妙了，将整个曲子推向了高潮。我在浑身发出颤抖的那一刻，发现这个强音是他用长在食指上的六指蓄力拨出的。那一刻，他让停留在那根手指上的神说话了。

4.唱歌的乞丐

我第一次见到乞丐乞讨时居然唱着歌。

早晨，他就坐在这里开始唱了。他有意识地与其他摊位拉开距离，猛一看，他似乎不想影响人家的生意，但仔细一琢磨，便发现这里面有文章，他之所以在这个位置坐下，是等着那些购物的人购完物后，再注意到自己。那时候，别人已满足了购物需求，而且恰好又有找回的几角零钱，就会顺手给他。我的猜测对了，果然，不一会儿他的面前就有了一些零钱，一些从乡下来的人掏不出钱来，便从背包里拿出几个苹果或梨子放在他面前。凡是给他施舍的人都神情庄重，放下东西后默默离去。但他并不对施舍者致以感激之情，仍专注地唱着歌。

我不知道他唱的是什么歌，从音调上可以听出，歌中含有赞吟什么的意思。他一边唱，一边敲着羊皮鼓，鼓声咚咚，很是悦耳，与他作为乞丐的身份极不相符，倒像是秋后丰收的喜庆。羊皮鼓大概已被他敲打了很多年，上面有明显的损痕。远远地看着他，我想，新疆的羊皮鼓大多都是这种敲法，也许他小时候学的就是这种，当了乞丐后，自然而然又用上了。

人们从他身边来来往往，他始终没有分神，一直专注地唱着歌，始终把羊皮鼓的节奏和歌声扣得很和谐。

太阳升了起来，把他的脸庞照亮，那些很深的皱纹堆在一起，像年月久远的树皮。与所有贫穷的人一样，他戴了一顶黑毡帽，尽管是盛夏，却紧紧扣在头上。他将两件衬衣叠加穿在上身，里面的一件袖子短了一截，外面的一件袖子更短，只到肘部。这样破烂的衣服，只是被他随便套在身上，他也许感觉不到窘迫，亦无羞耻。

经由观察那个乞丐，我在后来写了一首《乞丐》：

没有被逼到那个份上
你不会去当乞丐

被逼到那个份上了
你便会打开乞丐的内心世界
一粒米能够代表天空
留下残汤剩饭的人
就是上帝

哦乞丐的黄金风度

冬天缩在他的身体里
灯光一点一点黑下去
居住在小草内心的十字架
开始一点一点泛绿

致敬他们打开了

许多人不敢打开的门

我想，对于一个乞丐而言，他也许有着比常人更难得的勇气——要当乞丐，就不能对任何东西有强烈的期望，直到让自己对所有的痛苦都麻木不仁，才能坦然地坐在大街上乞讨。一般人都没有这个决心，哪怕长期默默地忍受痛苦，也不走乞丐这条路。所以，人其实是欲望的动物。我想起乌鲁木齐地下通道内有一个五六十岁的乞丐，整天坐在地上，朝过往的人喊叫："给两毛钱吧，行行好，好人有好报。"他的声音洪亮，面色也很红润，我一眼就断定他并没有吃过苦，而且他喊叫的"好人有好报"明显地含有诱导，先给你戴一顶好人的帽子，你能不产生怜悯之心给他钱？相比之下，在偏远的小城看一个唱歌的乞丐，倒有意思得多，听着他的歌声，能感觉到一个乞丐与众不同的内心。

离乞丐不远，一位年轻的母亲正在挑选毛衣，抱在怀中的小孩发出了哭声。母亲先是哄他，哄不住便解开上衣给小孩喂奶。小孩的嘴巴吮吸住母亲的乳头，便不再哭了。

看看这个小孩，又看看这个乞丐，我的心突然隐隐作痛——谁能料到啊，就像这个乞丐一样，他小时候也是在母亲温暖的怀抱里长大的，但长大以后，生活却让他变成了一个乞丐。

5.早晨的歌声

天不亮，我被一阵歌声吵醒。

"呀——啦——索——"是藏族歌曲，我赶紧起床，向发出歌声的方向寻去。是三位藏族小伙子在合唱，其中的两位小伙子在和泥巴，像是准备要抹一堵墙，另外一个刚把火点燃，微弱的火苗在晨曦中透出几丝光亮。“呀——啦——索——”他们反复将那句唱了几遍后，像是完成了歌曲的过门，然后就开始唱了。

我第一次听原汁原味的藏族歌曲，我不敢相信，他们的音域是那么辽阔，跌宕起伏，一泻千里，如车子在长路上疾驶着一般。他们唱到高音处，奋力翻动起泥土。歌声似在手臂内游动着，起起落落，极富旋律感。唱到低音处，他们仔细收拢细土，或举起水桶倒水，歌声低缓、沉着，如一条小溪在缓慢流淌。这时候，他们的身体是凝重的，双眼微闭，似乎只有一颗心在跳动……好一曲劳耕三人唱啊，他们给自己伴奏，为自己演唱。

我站在一边，感到有一股风在黎明中弥漫。太阳尚未出来，而三个藏族小伙子却火热地开始了一天的生活。歌声对这个民族来说是必不可少的，在长长的称作“天路”的路途上，他们站在玛尼堆前、山脚下或者任何一块石头上，一唱就可以持续一整天。

而眼前的这三个小伙子同样也很虔诚，虽然在劳作，但歌声却像一种神圣的仪式。我听了一会儿，才知道他们唱的是《斯巴宰牛歌》，那是一首关于天、地、山和川形成的歌。是以问答的形式唱的：

问：斯巴宰杀小牛时，
砍下牛头放哪里？
我不知道问歌手；
斯巴宰杀小牛时，
割下牛尾放哪里？
我不知道问歌手；
斯巴宰小牛时，

剥下牛皮放哪里?

我不知道问歌手。

答：斯巴宰杀小牛时，

砍下牛头放高处，

所以山峰高高耸；

斯巴宰杀小牛时，

割下牛尾栽山阴，

所以森林浓郁郁；

斯巴宰杀小牛时，

剥下牛皮铺平处，

所以大地平坦坦。

藏北是让灵魂飞翔的地方。人们把每一次劳作都当作是在顺应神的旨意，歌唱是心灵律动的唯一方式。

天亮了，他们停止歌唱，和泥巴的两个小伙子身上和脸上都挂满泥巴。他们在偶尔的停顿中，不是将泥巴抖掉，而是欣悦地低头浏览一番，似乎身上沾染泥巴是劳作的快乐与满足。一团泥巴已被他们俩弄得细腻光滑，他们把铁锨从泥中抽出，泥巴便被拉出柔软的泥条子。但他们俩似乎还是不满足，仍将铁锨伸进去不停地翻动着，一团泥巴似乎被翻动成了一曲精美的歌。

烧火的小伙子已经把火烧旺。他不时用一根木棍将正在燃烧的木柴往里推，推进去后，再塞进一些木柴，把嘴贴近火堆，用力鼓起腮帮子吹。火便慢慢地烧大，但他仍不停地吹着，火被他越吹越旺，他吹了大概有十分钟后，火上的钢筋锅盖子被沸腾的水冲了起来，他双手捏住锅盖两沿，轻巧地放在身后。

锅里煮的是酥油茶。水在翻滚，酥油花和包茶叶的小布包翻动着，给人一种诱惑。他的眼睛盯着锅里的东西，目光里有高原人特有的那种幸福。看了一会儿，他拿起一个小水瓢把锅里的水舀起，举到半空，半斜着倒入锅内。他如此重复了十余次，锅内的油花已变得匀融，一锅酥油茶大概煮好了。他向身后的两个小伙子问了句什么，他们的答话好像是不忙，等一会儿。于是他又拿起水瓢舀起水，举到半空，再倒进锅里，然后盖上锅盖，安详地坐在一边。

我注意到了他的眼睛，一种古老的执着像舒展的蚕蛾一样在里面爬动。他看见我在注意他，将头扭向一边，但他的神情依然沉着、古典。我知道，那“蚕蛾”先是爬进他心里，在他无数次歌唱之后，他成熟了，更善于用心灵唱歌，于是那“蚕蛾”就从他心里爬入眼睛，就成了刀刻斧凿的“执着”二字。这两个字散发成力量，于是，在轻盈或沉重的日子，他们放声歌唱，包括今天的这个早晨。

天已大亮，三位小伙子被笼罩在扎达特有的尘灰中，像三块凝重的石头。但他们已经平静下来，似乎在告诉我，日子就应该这样过。其实，高原的人们，一生无不都是这样度过的。

太阳很快升起，我想起该回去吃早饭了。

一转身，阳光撞入了我怀中。

酒

1.酒神

第一次见图瓦人喝酒，是在几年前的白哈巴村。先前曾听说这个村的人很能喝酒，突然碰到了仍大吃一惊。两位二十出头的姑娘坐在河边的一块大石头上，各自举一个酒瓶在对饮，不一会儿半瓶酒就下去了，但她们却仍无醉意，各自举着瓶子向对方示意，一口接一口地喝着。她们喝得很镇定，偶尔抬起头看一眼远处的山，似乎又有了兴致，便举起瓶子又喝一口。离山近的人都喜欢望山，望山望久了，人便也变得像山一样。在绵延不绝的阿尔泰大山中喝酒确实是一种难得的享受，辽远的山地影响着人的心胸，这时候再有烈酒助兴，人便有了飞翔的感觉。这只是我在一次酒醉后的感受，长期生存于此的图瓦人一定有着比我们更强烈的感觉。就像那两个对饮的姑娘，在挑水的间隙买两瓶酒喝一通，喝完了挑着水回去做饭，有谁知道她们在喝酒的间隙，望一眼远处的山时心里想的是什么。

不久又见到一个小伙子喝酒，更是让我惊叹。他骑马从山里出来，像是按捺不住急切的心情似的打马奔跑到一家小商店前，将马拴好，进商店大喊着让店主拿酒。店主递给他一瓶酒，他递给店主一张钞票，就在店主给他找零钱的这一小会儿，他举着酒瓶咕咚咕咚全喝完了。店主见状，问他还要不要，他竖起一根手指头，店主又给他拿了一瓶，重新找了钱。他举着那瓶酒边往外走边喝，等走到马跟前时又喝完了。他转身返回，又买了一瓶，上马一边喝着一边离去。马越跑越快，他的身子左右摇晃，却掉不下来，走远了，见他手一扬，白色的酒瓶便划出一道漂亮的弧线落入草丛。短短时间，他便喝了三瓶酒。

后来又听说了几个有关喝酒的故事。一个故事说，村子里到了深冬便被大雪覆盖，两个老朋友想对饮，却苦于无法接近，于是两个人想了一个办法，从雪地里挖一个洞钻过去。两个人挖呀挖呀，用了很长时间，终于在两家之间的雪地里挖通了一个洞。掘掉最后一层雪的时候，两个人兴奋至极，各自从腰间掏出一瓶酒，在洞中就对饮了起来。

另一个故事说，有一个人一天晚上住白哈巴村，第二天早上起来晨跑。村中寂静，空无一人。他正跑着，有十几条狗将他围住汪汪大叫，欲做扑抓之状。他左冲右突跑不出去，情急之下，突然想到了一个办法，装酒醉的样子东倒西歪。众狗知道村中多有醉汉，以为他是村里人，便低低地“支吾”了几声，将身影闪进了栅栏内。

住在山顶上的图瓦人很少到村子里来，但凡下来必有一次盛饮。他们平时多以挖药材为主，山上有很多药材，他们按照它们生长的规律从春挖到秋，收获颇丰。在这期间，他们总要下几次山将药材卖给收药材的人。有了钱，他们先去买一袋面粉，这是生活必需的，然后就去买酒喝。他们可以畅饮一天酒，喝醉了就敲开朋友家的门，进去倒头就睡。人们对喝醉了酒的人都很尊敬，只要见到醉倒在地的人都要扶到家里好好照料。有时候，善饮是男子汉的一种表现，据说古时候的马上英雄皆以善饮为首要标志。电影《东归英雄传》讲的也是蒙古人的故事，里面有两个极其感人的画面均是在马背上完成的。一个是一对恋人在奔跑的马背上拥抱接吻，男子将女人的衣衫褪去，衣衫被大风刮着飘飘荡荡飞向天空，而那一对燃烧的男女已奔驰出很远。另一个画面是几个兄弟在纵马奔驰中，将一个酒壶丢来丢去，凡接住者便饮一口，复又丢给另一个。马匹奔驰得很快，一个酒壶却被他们灵活自如地传递着。在马背上饮酒，是一种激烈得能让人的魂魄飞扬的时刻。回过头再说那些从山顶下来的图瓦人，他们知道生命中的畅饮就是一种幸福，生活的要求也就是养一群牛羊，从春到秋挖三个季节的药材，但一次畅饮却是必不可少的。那是生命的一种飞翔，是平日里不可能有的一种奇妙感觉。或许，他们在平时坚守清贫，就是在等待着让生命在激扬中飞翔。

在村子里，经常能见到醉卧在地的人，这时候他自己似乎不存在了，另一个被酒精唤醒的他出现了，歪歪扭扭，胡言乱语，一旦倒地便以大地为床，天为被，舒舒坦坦地躺在了那里。偶尔，他会高兴得大叫，手舞足蹈，这时候的他是另外一个自己，处在极度的自由之中，几近于飞升。人们从他们身边走过，不打扰他们。村里人说，不能打扰一个喝醉了的人，他们在这时候是最快乐的。在地上躺一会儿后，他们就会起来，歪斜着身子往家走。路边有水渠，他们朦朦胧胧看见了，便一跃而过，向栅栏贴近。

醉后归家，再长的路，再不好走的路，被酒醉者走得云飘雾飞，不一会儿便一头撞进了家门。

2.快乐饮

村里人大多都喝得平静而又从容，过节或遇到高兴的事了，他们便宰一只羊，买来一两箱酒，邀三五个好友坐在家中喝。这时候的礼节很多，主人倒满一碗自己先喝了，然后给客人轮番敬下去。一轮转毕，主人又喝一碗，又敬下去，一般的汉族人勉强可以喝完第一碗，但第二碗却是无论如何喝不下的。村里用来喝酒的碗很大，一斤酒一般只能倒三碗，酒量不行的人喝第二碗酒后，人随碗便倒在了地上。对图瓦人来说，这只是热身，朋友之间互相敬酒和用一些斗酒的喝法还没开始呢！主人敬三碗酒后，便将酒瓶递给其中的一位朋友，他马上接住敬一圈，再递给另外一个人。一天下来，一箱子酒往往不够喝，主人吆喝一声，老婆或孩子便出去又搬来一箱。最后，所有的人都喝醉了，骑着马，任由马自己走回去。家里人知道外出的人肯定喝醉，便亮着灯，开着门等候，听见栅栏外有马的叫声，便知道喝酒的人回来了。

冬天，大雪将村庄与外界隔绝，村子里喝醉酒的场面比比皆是。冬天需要烈酒驱除寒冷，再加上无事可干，酒就变成了生活中必需的内容。有人曾做过统计，白哈巴村人有一年一共喝了45吨酒，按人口算，一个人一天平均喝两瓶半。

时间长了，酒瓶子便在每家屋后砌成了一面墙，阳光一照，闪闪发光。

有一对夫妇，有一天双双喝醉了，别人上门来要欠款，男人不省人事，女人接住话题说，你来嘛要钱是不是？我告诉你，他有钱，有钱得很，就是不想给你。那个人很生气，说，今天拿不上钱就不走！男人慢慢酒醒，知道了他的来意，便请他喝酒，一番痛饮之后，那个人也醉了，不再提要钱的事情。第二天，他又想起了钱，便又找上门去要。那家男人开玩笑说，我昨天把钱给你了，你请我们喝酒全花光了嘛！他只记得昨天喝酒了，但记不清昨天是不是自己请的客。那家男人见他愣怔，嬉笑一番，便把钱给了他。

村子里也有整天喝酒不干事的人，把自己的钱喝完了，便去喝别人的酒，慢慢地就把整个村庄全喝遍了。有些人喝坏了身体，手脚干什么都抖个不停，到了这种地步，人已经无法再离开酒了，只能借酒精麻醉被酒弄坏的身体。

当然，更多的人还是无比快乐地喝了一辈子酒，巴车的父亲年轻时善饮，到年老后仍有能喝两三瓶的酒量。后来，他在去打猎的时候带上一瓶酒，等到猎物出现时就打开瓶盖，一边喝，一边瞄准。乘着酒兴，他往往百发百中，弹无虚发。

一次，他被两只狼逼到一个山洞里，子弹已经打光，枪也不慎掉入山谷，他一着急从腰中抽出酒瓶，准备打狼。一只狼爬上斜伸入山洞的一根朽木，慢慢向他逼近。他隐藏住身子，待它接近后突然闪出，一瓶子砸向狼的腰，他当了一辈子猎人，知道狼的腰像麻秆一般细脆，轻微一击就断了。那只狼被他打个正着，惨叫一声落入谷底，在一堆石头上摔得粉身碎骨。他成功了。然而，他在取得成功的同时却遭到了更危险的袭击。另一只狼以摔死的这只狼作掩护，选好一个进攻的最佳位置突然向他扑来。他只觉得眼前有一条黑影一闪，左臂便发出一阵钻心的疼痛，他低头一看，那只狼已用双爪攀在自己的腰上，咬住了自己的左臂。他怕狼再次蹿起咬自己的脖子，便慌忙用右手去按狼的头。狼死死咬住他的左臂不放，嘴张得很大，发出很难听的呜呜声，无论他怎么按都不松口。一急之下，他打开酒瓶盖将瓶口塞入狼嘴里去，使劲给它灌酒。一阵火辣辣的灼痛漫过伤口后，狼叫了一声，身子一软跌倒在了地上。他在狼跌倒的一瞬，又用劲把酒瓶往里塞了一下，塞入了它的喉咙。他想，这样狼就没办法来咬自己了。狼大概被酒呛着了，在原地打滚，好不容易才把酒瓶子甩了出去，但狼已经醉了，东倒西歪，不知该往哪里去。他嘿嘿一笑说，毛驴子生下的狼，酒量不行嘛？不一会儿，狼便倒在了地上，他走过去一看便笑了，狼和人不一样，喝醉后浑身抖个不停。他见那只狼的皮毛不错，就又一挥手一瓶子将它的腰打断，用一根粗藤把它缚住拉回了家，在路上，狼没发出任何声响，他停下一看，发现狼早已死了。他想，狼可能是喝酒喝死的。

现在，那张狼皮被他每天晚上铺在身下，变成了他温暖无比的褥子。

我快要离开村子时，听说他已经躺在床上不能动了，人们给他吃任何药都无济于事，眼看着他一天不如一天。有一天早上，他突然有了精神，让家里人给他拿酒，喝下半瓶酒后，精神更加焕发了。家里人想让他吃点东西，他说自己有点累了，想休息，说完就躺下了。这一躺下，他再也没有起来。

家人给他张罗后事，他的身体已经枯瘦无比，但脸色却很红润，跟活着时一样，家人对此都很惊讶，想着他喝了一辈子酒，下葬时，就把两瓶酒放在了他身边。

3.面子酒

有时候人们会说，喝酒喝的是面子，喝得好了面子自然就保住了，喝得不好面子自然就丢了。丢了面子的人，其痛苦是他自己也无法预料的。

刚来村子里的那天，我听说了这样一件事：离村子不远的一个地方有一位哈萨克族老师因为要面子，在一天晚上自杀了。细问之下才知道，他本来是一位十分优秀的老师，教了近三十年学，教出了不少有出息的学生。他在那个学校很有威望，不光学生，就连老师们都很尊敬他。前几天他和几个朋友一起喝酒，说一些早年间的事情。也许是酒喝多了，有一个朋友突然说起了他小时候偷过别人家的羊的事情。酒是火，喝多了可以让人燃烧起来，忘乎所以。朋友的话刚说完，他脸上的颜色就变了，大家意识到问题很严重，谁也不说话了，酒桌上的气氛一下子变得沉闷起来。过了一会儿，他喝了一杯闷酒，未向任何人打招呼就转身走了。他走到院子里的时候，大家听见他把院子里的木头踩得啪啪响。多少年了，他的这件事早已被人忘记了，他在大家心目中的形象就是一个好老师，现在突然把这件事提出来，让大家觉得他一下子没有了面子。当晚，他就自杀了。

面子没了，人便也就没了。有时候，一个人其实是为面子活着的，他觉得自己有面子，便会活得顺心和自在；突然之间没有面子了，他便不知道该怎么去活了。面子有时候在一个人身上，有时候在处事的方法中，有时候在别人的嘴里，而在更多的时候，则在虚无之中，人摸不着、抓不住它，而人又是有血有肉有感情的，所以，它容易让人出问题。

在村子里，有好多人就这样一不小心把面子丢了。丢了面子的人，轻则丢人，重则丢命。有一个人在家里请客，大家从中午一直喝到天黑，喝得兴高采烈，突然间没有酒了。那个人年轻，按捺不住心头的怒火，抡起巴掌就给了老婆一下。他老婆被打傻了，捂着火辣辣灼痛的脸，不知该如何是好。少顷，他见老婆还没动静，便怒吼了一声，老婆急忙跑出去从甘肃老王的商店里搬了一箱酒。那天客人们都喝高兴了，到最后一个个东倒西歪，摇晃着离开了他家。客人一走，他老婆“哇”的一声大叫，扑过去就给了他两个耳光。他一声不吭，蹲在角落里默默地收拾酒瓶。其实，他怕老婆，平时在家里都是老婆说了算。这次请客，客人喝到中间没酒了，这是一件没面子的事，因为酒壮胆，他给了老婆一个耳光，现在客人走了，他脸上被老婆打得火辣辣的痛，但他感到自己的面子还在。

以上两事，皆与喝酒有关。可惜我酒量不行，喝不了多少就醉了，而且一醉便不省人事，呼呼大睡到第二天才能醒来。人们都说新疆人能喝酒，但对于我这个新疆人来说，只是背了一个名声，其实喝不了多少。这次到村子里来，多遇热情的酒场，但我喝不了几杯就支撑不住了，看着大家热情豪饮，我便只好打一声招呼，离开酒桌去村子里走动走动。我虽不胜酒力，但我明白酒场上的规矩——不喝酒的人干坐在那儿，影响大家的情绪和酒桌上的气氛，索性还不如离开。

我在村子里闲散走动，见一个小男孩肩扛一个蛇皮带，颇为吃力地从村中走出。袋子中装着酒瓶。他的个头实际上和袋子同高，而身子与装满了酒瓶的袋子相比则显得很是单薄。但他却用劲将袋子扛了起来。他的力气不够，扛着袋子摇摇晃晃走不稳，但他仍坚持着向前走去。我猜他的年龄不会超过十岁。这么小的一个孩子，何以要扛起这样的重负，他的肩膀还太柔嫩，随时都有可能被压趴下。他走到泉边时，让袋子顺着脊背落到地上，然后趴下身子去喝泉水。他喝了很长时间，似乎随着甘甜凉爽的泉水入腹，他顷刻间获取了许多力量一般。爬起来后，他用手抹抹嘴，朝我一笑，又扛起袋子走了。他的步子比刚才迈得更结实了，走了几步后居然跑了起来。我很诧异，他肩扛如此重的东西，为什么要跑呢？我更不明白的是，他何以有突然能够让自己跑起来的惊人力量呢？他跑得很快，进了村子后很快就没有了身影。

望着他的背影，我突然觉得自己一下子醉了。

4.醉话

一次，我见到了一个喝醉了的人。下面是他喝醉后说的话：

我没醉，我还可以喝。

我们再喝一会儿，然后我回去找我的羊。

什么，没酒了？没酒了你去买呀，没酒你请什么客？

什么，小卖铺里没酒了，没酒他开什么小卖铺？你去，他小卖铺里没酒，你去布尔津县买；布尔津县没有，你去乌鲁木齐买；乌鲁木齐没有，你去北京买……

去买了，好。

我告诉你，山上的草好，河里的水好，我的羊长得好。你下次跟你老公来我房子里（家）喝酒，我给你们宰没结过婚的羊，喝个一天一夜。

好，一定去，就像今天我说来就会一定来一样。

酒买回来了，好！你是去布尔津县还是乌鲁木齐买的？

没去，噢，小卖铺里有酒，那刚才他为什么说没有酒？他的舌头坏了吗，他的牙齿坏了吗，他的喉咙坏了吗？

什么，他怕我喝醉了。什么话嘛，有酒不给喝酒的人喝，他有罪。

好，现在咱们接着喝。

为阿尔泰的山喝一杯。

除了山，水也好，也为水喝一杯。

为草喝一杯。

也为草场喝一杯。

为草场上的风喝一杯。

为羊喝一杯。

为马喝一杯。

为牛喝一杯。

为风喝一杯。

为水……

啊，为水喝过了！

那，为你喝一杯。

为我喝一杯。

还喝呀？

你喝不了了？

我还能喝，好像也喝不了了？

那咱们就不喝了？

酒还剩一瓶，留着，我下次再来喝。我下次来一定要吃没结过婚的羊，喝上个五六瓶，我喝不醉。

那，我走了。

我的牛啊，我的羊啊，我的马啊，我的草场啊，我有你们，我喝醉了。

5.他在乡政府门口敬礼

一个人向我们的车子走来。他的身子东倒西歪，有好几次都要摔倒，但他却及时将身子站直，没有让自己趴在地上。我们的车子离他近了不得不停下，以免撞上他。

他醉了。

见我们从车上下来，他摇晃着走到我们跟前，看了看我们。我发现他虽然醉了，但他的眼睛里明显地对我们有一种不屑的意思，似乎我们的到来打扰了他。但他的这种眼神很快便转换成醉后的迷离，他向我们举起手，在快要举到平肩时像是改变了主意似的晃了晃，又放了下去。我们要去办事，他见状便又挡在我们面前，嘴里含糊不清地说起了醉话。本来，他说的是哈语，加之又醉了，所以我们听不懂他在说什么。他见我们听不懂他的话，有些急了，语速更快了，以至于急切地在表达着什么，但我们还是听不懂他所要表达的到底是什么意思。

我们办事完毕后返回时，看见他仍然站在原来的位置，酒还没有醒，还在说着什么。我们去乡政府，他跟在我们身后，到了乡政府门口，他突然停住，嘴里又快速地说着什么，并很快便哭了起来。他看着乡政府，似乎满腔的委屈，变成酸涩的液体从双眼中涌了出来。看着他的样子，我觉得他此时的哭泣并不是因为喝醉了酒，而是确实到了伤心不可抑制的时候。他为何如此伤心呢？我问这个乡政府的女乡长，他是你们乡的人吗，他的情况你了解一些吗，他为何这样？女乡长说，他是这个乡的人，经常喝酒喝得大醉，醉后说的都是伤心的事，他这个人经历太坎坷，经历了很多伤心的事情，平时还好，一喝醉了便全想起来了，所以便想对人倾诉，便哭……

我们建议女乡长安慰一下他，劝他不要哭了。她说，劝不了他，也安慰不了他，唯一能起作用的办法就是给他酒。

给他酒吗？大家都觉得这个办法不好，于是便只好看着他哭。女乡长实在看不下去了，便过去安慰他。女乡长说的是哈语，他听懂了，但却哭得更厉害了。女乡长无奈，便不再劝了。我想，对于他而言，让他不再哭的唯一办法就是给他一瓶酒，让他再次喝醉，但他醉了之后万一内心仍很清醒，又抑制不住伤心哭泣，该怎么办呢？

女乡长实际上不愿意让我们在乡政府门口看到这些，客气了几句，她劝我们早一点返回阿勒泰市，不要在路上耽误了时间，误了晚饭。我们要上车走了，他一急之下，突然举起右手向我们敬了一个礼。应该说，他这是一个标准的军礼。我们中间有三个人当过兵，见状马上给他还了一个军礼。他高兴了，嘿嘿嘿地笑了。他喝醉了，但他用敬军礼的方式一下子和我们沟通了。他很高兴，转身对着乡政府又敬了一个军礼，大声用哈语说了一句什么。

我问女乡长，他在说什么？

女乡长说，他在叫毛主席。

呵，一个喝醉了的人，在乡政府门口敬军礼，嘴里叫着毛主席，这时候他心里想的是什么呢？

我们上车离去，走远了从倒车镜中看见，他仍站在乡政府门口。

路

1.天路

我们的车子飘荡在天路上，之所以说飘荡，是因为海拔一会儿高，一会儿又低，车子上上下下犹如处于浪尖的船只。

我很佩服驾驶员小王，他一米八的个头，体重八十五公斤，一会儿钻进那辆三菱车，一会儿又钻出来，如同一座移动的山峰。老唐笑眯眯地开玩笑说："小王像个藏族人呢！"

我其实更愿意相信小王就是一个藏族人，那样的话，他就会把车开到让我们意想不到的地方，让我们目睹或经历更多的神秘的事情。我相信，很长很高的天路，藏在每个藏族人的心里。但我又明白，这只是一种想法而已，我们只是一个过客，必须随小王走在一条现实世界的路上。小王驾着他的铁舟从山石堆中挤过去，车子被乱石颠得左右乱晃，崖下就是水流湍急的江水。有一次，车子被颠得乱了方向，小王干脆开着车直往外撞，下坡时，眼见前面有一块比车子还大的石头威风凛凛地拦在路中央，而车子速度又太快，一时无法刹住。我们都吓得张大了嘴，感觉自己被罩裹在了一片巨大的黑暗中。而小王临危不惧，待车子快撞到石头了，忽然打一把方向，车子"忽"的一声冲到石头右边的草地上。他朝我们扭头一笑，我发现那已经完全是藏族化的笑。

路的上方是悬崖，一尊彩绘的大佛注视着过往的行人。小王摘下帽子向大佛致敬，他的目光变得有些痴迷，仿佛我们的这辆车子就是佛所钟爱的一部分；仿佛沿途的所有遭遇都像小石块一样被撒落在激动的风尘和平静的神话中了；仿佛车子行进的时候，高原也随之行进。

在这条路上，一个人就是一个故事，一则神话，

走在这条路上的人，目光专一，缓慢的脚步运转在幻想的净土圣光中；一生始终浸泡在苦难与幸福亲切的转换之中，一生潜行在心灵与神对话的幽深意境之中；一生集中各种苦难，在半现实半幻想中行走，把身体的各个部分当成了祭品，长久地祈祷、诵经，仿佛是被佛呼唤着走向强大，并让灵魂飞升。他们露出笑容时，仿佛是佛宣布他们修成了正果。面对这些浑身散发着佛的味道的灵魂远行者，我们就不得不反思自己，当我们无可奈何，很牵强地在城市的文明中进行自我争斗时，我们往往内心布满伤痕；纷扰地旋转着的这个世界，让我们再也不能在内心一隅用目光和灵魂去触摸一些东西，我们必须身体力行，像个亡命杀手一样，狂劈乱砍，直到把自己也砍下伤口，再从容地捡起残凋的花瓣，轻轻抹平伤痕……走在天路上就不同了，通过苦难领会意义，苦难是藏族人行走在世间的通行证；苦难是对宗教的证明。在天地之间，忍受痛苦而毫无怨忧，藏民族在这一点上做得非常出色，堪称佼佼者。

我们走累了的时候，就会停下来，而藏族人不会，成群或单独的朝圣者轻轻地越过我们走向前去。人活在世间，是改变不了以行动带动躯体这种基本方式的，眼前的这些人，就是最令人感动的行路者了，姿势沉稳扎实，脚步所到之处就牢牢占住大地的一角，从没有被世俗挟裹。走路是他们唯一的信条，在路上把握生命中的向往，一生

一世。与别人相比，他们虽然表情淡然，但坚执自信，不因目标遥远而茫然，不因苦难重重而痛苦。他们必须朝前走，永远朝前走，因为他们的梦属于一生。

啊，天路。

孤独在这里自由飞翔……

不可能出现人的地方出现了人，那一定是藏族人。他们出现之后，向着更遥远的地方伸展开一串串脚印，那就是天路了。

在这条路上，每片风，每块石头，每条河流都可能秉承了命运的旨意……

为了赶路，我们连夜穿行在日土和多玛之间的山野里。车内的录音机放着潘美辰的歌，正当她唱到“想要一个家”的高潮处时，灾难降临到了我们头上。飞快的车子在穿行一条小溪时，忽然“咣”的一声栽了下去。车头似是撞到了什么硬东西，被弹得跳了起来。一开车门，水就涌了进来。山上的雪经过太阳一天的暴晒，在夜里融化成水，流下来把路冲断了。

我们下车掏沙子，垫石头，忙活了一个多小时，仍无济于事。车被陷死了。我们只好求援过往的车辆，在许多辆车给我们扔下残忍和无情，毫不犹豫地开走之后，一辆东风牌货车停下了。那辆车上装了满满的一厢木材，白晃晃的，在车灯的照耀下，生出几份暖意。开车的是两个藏族小伙子，说是小伙子，也就十六七的样子。他俩问明情况，查看路线之后，用很丰富的经验将我们的车拖了出来。然而他俩的车子却陷了进去。于是他俩下车，将腰间的衣带解开，三两下脱光衣服，钻入水中掏沙石。水越来越大，他俩掏得越来越快。那水肯定是冰凉刺骨的，但他俩看上去没有一丝冷意，手臂一起一落，干得专注而从容。

或许他们是徒劳的，水太大，堵住他们车子的那道沙坎又太高。但我坚信，他们不会停下，将一直掏到最后，直到把车开到路上去。他俩不停地掏着，或许这一丁点儿苦难在他俩眼里根本不算什么，他们天天在这条路上穿行，把这样的事看作是神给他们学习飞翔的机会。我确信神就在他俩心中。车一辆辆从他俩身边驶过，他们始终没有求救。水哗哗地击打着他俩的身子，像一曲柔软的，韵味绵韧的老歌。他俩的身上一直响着一首老歌，把我唱得泪水冲涌，把寒冷的夜晚唱得发烫。

两个多小时了，他俩始终没抬起头来。一首老歌始终在他俩的身上响动。我知道一首老歌是古典的苦难，在两个男人（他们怎么能被称作小伙子呢？）身上像白云一样舒展开了。两个男人的身体和心灵像天空一样干净，任一切圣洁的东西在上面飞翔，尽管处在寒冷的黑夜中，尽管那辆车将长久茫然地陷在河水中。我知道他们经过无数次苦难，无数次被一首老歌颂唱之后，他们的身上就会面对着一切长出两个字："神圣。"他们的心里就有了游动的神。

那是一个幸福的夜晚，恍若被一团火照亮了一样，当我从阿里返回，就成为我一路艰难行程中最亮的闪光点。

我自从爬上库地达坂，经历了太多太多意想不到的东西，有热烈之中的寒冷，有寒冷之中的燃烧，有高处的多种沉静，有低处的激烈。我被感动了，在甜蜜之中，我变得像个藏族人，像一块石头默默地在太阳下前行；我聆听着每一天来自天空和地表发出的声音，我变得坚强、冷峻、执着、幸福……

我想，今生今世，我将永远牢记着藏北阿里。牢记一条天路。我的心，将永远温暖。

2.屋脊

“空间无限。”十九世纪，探险家亨利·萨维奇·兰多用这句话概括了西藏。我们在无限的空间里颠簸了7天，爬到达坂，感觉马上不一样了——山峦在天空的大背景之下，被淹没成堆在一起的小土块。放眼望出去，就看见小土块连在一起，排成山峦的长队，像远征的队伍。站在屋脊上，相信也是站在了心灵的高处。

爬上达坂顶部，又看见一个大境界——达坂海拔近七千米，却出奇的平坦，恍若一个浑圆的大馒头突兀压在众峰上。四面的天空被这个大馒头撑着，有一种跌下来的感觉。周围一片寂静，只有丝丝冷风在游动，似是达坂冷漠的呼吸。最高的地方却最平坦，最平淡。西藏就是这样，一点一点吃力地往高处上升，上升到了高处，却一如仍在低处徘徊，像个安详的老头。

屋脊——一种更平和，更隐约的高度。高到高处，恍若只剩下灵魂；灵魂随大风每天散落，于是，就有了那些在平静之中发生的神秘的事情——托林寺的殿堂里至今仍供奉着一块石头，上面印有小孩的脚印，据说是仁钦桑布大师在五岁时留下的。仁钦桑布生于札达县的底雅区。一天，母亲背着他到山下去挑水，到了山的半腰，小仁钦桑布非要下来自己走，在他的苦苦哀求之后，母亲只好答应了他。小仁钦桑布走到一条大河跟前，他高兴地赤足踏入河水。他找到河里一块最为坚硬的石头踩上去，边踩边叫：“妈妈，妈妈，你看这块石头像棉花一样软。”他母亲看到他的双脚踩进了石头，顿时惊呆了。传说仁钦桑布是佛派入人间的大师，他一生在民间游说，传授关于太阳底下万般苦难养育一个真身的“菩提光”禅说。

还有一位母亲，儿子长到四岁时，就背着他爬到鹰聚集的山上，每天早上给他吃饱饭，把他送到鹰群中，然后她只身返回。有人担心她儿子会被鹰啄食，但她一笑说，不会，我儿子也是鹰呢，他现在跟鹰学飞翔！确实如她所望，那个小家伙整日在鹰群中走动，对鹰说话，以一个儿童固有的模仿天性学鹰的动作，时间长了，鹰的习性便悄悄进入了他的内心。一年以后，母亲携子归乡。要是遇上下雪天，她儿子就在风雪中伫立不动，丝毫不畏严寒。他睁着一双鹰的眼睛打量着天地。他的心已经变成了一颗鹰的心。

屋脊之上，伟大潜行在平凡中，潜行于一腔热忱的烈焰之中。有多少母亲，将初生的婴儿缚在马背上，然后狠抽一鞭，让婴儿在马的狂奔中享受高原的摇篮曲。在措勤，母亲们喜欢下雪天出门，让儿子在寒冷中穿行，让大雪把儿子的眼睛和心脏烤热，等到他们长大，就实行万里之遥的朝圣，那时候，儿子就是一团在天地之间燃烧着前行的火焰。

温和的屋脊。没有记忆，永远饥渴的屋脊。这多么像一个正在完成生命长旅的朝圣者。

从祥光遮天的经幡和玛尼堆前绕过，就开始下坡了，拐过一座小山，视野一下子开阔起来——一个个吉祥的村庄高高地坐落在屋脊上，被群山托举在蓝天温暖的胸怀里。

在阳光中，它们像熟睡的婴儿。

3.孩子的眼睛

将双手高高地举起，双掌合拢，然后分开，身体“唰”的一声仆地，这就是朝圣者。朝圣者也是高原神话的讲叙者，生命之谜的维护者。

走向那些满脸沧桑，身躯上已经隐隐约约呈现着山的影子的老人，我宁愿相信他们的肉身和血液早已飞向天国，留下的，只是陪伴岁月的一个苦难的真身；他们为了向神靠近，更加珍惜在大地上的修行。

西藏，在一种无尽的界限里珍藏了每一座山，每一条河，每一场雪，每一片风，每一匹马，每一只羊……那些把生命放在梦里，把心交给神的人，认定自己的一切都被神山呵护在宽厚的手掌中，自己历尽苦难之后，将攀上那双大手，获取向往的果实和祥光。

当我宁愿相信神山温暖的双手每天在呵护着每一个朝圣者时，我从他们中间发现了几双孩子的眼睛。如果他们再大一点，不用父母照顾了，那无疑又是一个个虔诚的朝圣者，一座座移动的小山，随着大人们在天地之间起起落落，默默前行。他们不用学就会，朝拜是天生的，是出于心灵的。大人们拜到河边，起身涉水而过，到了岸上，围着沙滩将过河时落下的叩拜补上。孩子们这时被放在一边，他们爬上石头，像是一尊尊小佛一样端坐着。

我注意到了一个三岁左右的孩子，她由于被剃了光头，猛一看是个男孩，但从装束上依然可分辨出是个女孩。她两眼直直地望着远处的一座雪峰，那座雪峰在正午的阳光里一片明净，散发着光芒。她的目光已经变直了，像两条伸展开的长绳，飞向那座雪峰。她身边的大人们正在用心灵一下又一下地叩击着大地，而她一直用两眼直直地望着那座雪峰，一种非常隐约的执着正像流水一样漫在孩子的眉宇之间，而她浑然不知，因此，那流水又漫入了她的心灵。在西藏这么一种特殊的场景中，人多么幸福，每一天都可能有神秘的“流水”降临在他们心中。无数次凝望明净反光的雪山之后，她的眼睛就不会再被世俗和杂乱的东西所牵引，她只能看到一种东西，她的心里有路，于是，她被牵动着在那条路上远行。

在多玛，我遇见了11岁的会讲汉语的欧珠。他给我讲了一则他自己创造的神话：欧珠的父亲在他5岁时去了四川，再没有回来。欧珠与母亲相依为命。他母亲是日土县有名的“鹰王”的女儿，她深谙安身立命之要领，从欧珠8岁开始，每夜让他睡在帐篷外，不论刮风下雨，不论他哭喊痛叫，丝毫不产生怜悯之心。欧珠慢慢学会了与黑夜相处，与狗相处。下大雪的时候，他练跳石头，一练整整一夜，寒风冷雨与他丝毫没有相干；练了一年多，欧珠就能跳上那块比他高的石头了。

“我现在11岁多，快12岁了，等满了15岁，我就有资格出门了，我要带上藏刀和青稞酒，到四川去找我阿爸，找阿爸是我要干的第一件事情。”他说话的时候，有些激动。

“找回阿爸以后，你还要干什么？”

“去像外公一样到高山上找小鹰，找到了就带回来喂。我要喂出飞得最高的鹰。我要当‘鹰王’。”他能数载风餐露宿，有跳跃巨石的本领，还有什么事情能将他难住呢？欧珠与我告别，他双手往马脖子上一按，便弹跳而起，稳稳当当地坐在了马背上，然后他双腿一夹马腹，那马便撒开四蹄跑远了。我目送他消失在山野里。我记住了他那双翻滚着语言的眼睛。在一个幸福的日子，那片翻滚的语言铺天盖地覆盖了大面积的高原。

西藏给每一个人留下了驰骋灵魂的天地，每一个人在这里听到了生命中哗哗流动的河水声。

而最先听到的，应该是那些孩子。

4.风雪的路

我永远都忘不了那场大风。那是我踏入藏北的第一场大风。当时，我和战友们在昏沉沉的假寐之中被叫醒，过了好一会儿，才知道到普兰了。我们是被派到这里的边防连来当兵的，但我们对这里一无所知。迷迷糊糊地下了车，风呜呜呜地刮着，而且还出奇的冷。我的双眼有沙眼的毛病，当时尽管努力看了看四周，但因为怕沙子，再加上风，所以什么也没看清。

我迷迷糊糊地走上了通往边防连的那条路。

多少年以后，我固执地认为，我第一次踏上那条路时，为我日后艰难和模糊的行走埋下了种子。我甚至觉得，我从那时候开始就走上了一条一直被大风吹刮，难辨方向的路。到连队后不久，我就发现了那条路是错误的。它有很多地方无缘无故地拐了几个弯，而且它的延伸似乎总选择不平整的地方。我们连队在山坡上，我们经常要下山去到村子里办事，所以，必须得走那条路。一次，我走在路上想，得向连长建议一下，把这条路改一改，这么想着，我就观察路应该朝哪边修。这时候一场大风刮了起来，起风之快，速度之猛，令我猝不及防。我光顾着保护自己，顿时忘了改道的事。等我跑到山下，回头一看，那条路如同一条粗绳一般紧紧地缚在山坡上，四周有雪，唯独它上面干干净净。后来我才明白，路上一般都是最早化雪的地方。再后来，改道的想法又在我脑子里出现了好几次，但每次都被大风雪阻隔。一年多的时间过去了，我都没有为那条路寻找出更好的一个方向。我想，以前肯定也有人想到过改道，但就在寻找改道方向的时候，被大风雪所袭，不得不拖了下来。风雪不会停止，由此可以肯定，以后也不会有人轻易能把这条道路改变。

我就这样在这条路上走着，我很悲哀——我知道人都是要天天选择路的，大到通往理想的人生之路，小到为抄近和图方便的路，但由于风雪，我却不得不在这条不明方向，让我难受的路上痛心地走着。

后来，我对那条路习以为常了。上山下山，拐来拐去，也不怎么感到难受。我想，人时时刻刻都想改变世界，其实，世界对人的改变也是不可抗拒的。就拿这条路来说，好像是我们对它适应了，实际上是它以一种坚强改变了我们对歪路不愿接受的毛病。

普兰的冬天总是来得很早，从九月份开始飘雪，到次年的四月份才能收住。我们每天都要扫雪，从连队的院子前后，到那条歪路，一一打扫得干干净净。起初，我们把扫雪当作维持正常生活的任务来完成，后来，因为天天如此，大家便把扫雪当作调节生活的手段。大雪一般在下午下起，我们坐在房子里时，都希望雪能下大一些，以便让我们第二天把时间更多地用于扫雪。如果哪天没有雪扫，大家便觉得无聊透顶。

有一天晚上，狂风大作，密集的雪花布满了整个夜空。我们把炉子加旺，把门和窗户关好，然后躺在床上静静地挨着时间。外面风雪的狂叫一阵紧似一阵，像是有许多怪兽在地底下奔突，整个大地都要被掀翻。一位年龄很小的战友说，这场大雪别把西藏给掀翻了，到时候，我们又有了修复地球的使命。大家都不与他搭话，一一沉默着。说实话，在这块土地上，人与风雪的抗争显得软弱无力！我们所能做的，也就是在雪停之后，把通行道上的那些雪清扫掉，除此之外，我们又干了些什么呢？宿舍后面的雪已经堆得比房檐还高，我们亲眼看见一只鸟儿掉进去后，再也没有出来；而连队那么多人，没有谁敢向积雪迈出一步。（第二年积雪融化后，那只鸟儿的尸体才露了出来。它完好无损，是积雪把它冰冻了起来。那时候大家都已经脱掉了棉衣，每个人都很高兴，像是挨过了冬天就是胜利，但那只死鸟却又让大家变得怅然起来，似乎冬天根本就是不可抵御的，它暗暗游动着足以淹没一切。）

第二天，我们发现连队的两个篮球架一个趴在院中央，另一个被大风雪刮到了山底下。大家并没有感到意外，因为这样的事情前面已经出现过几次，有两次都是这副篮球架差点被刮下山去。但让大家惊异的是，它是怎样被刮下山的，整个山坡上居然没有它滚下去的丝毫痕迹。大雪已经把所有的凸凹不一的地方抹平，看上去像是经过了精心的雕刻。大家站在山坡上，每个人都想下去把它抬上来，但谁都挪不开脚步。大雪已经变成了一个我们无法战胜的对手，它尽管不发一言，躲在暗处，但它对我们的侵袭却是很有力的，我们在它的覆盖下，除了默默忍受外，几乎别无选择。

到了春天，那副篮球架已经被人把木板和钢管卸走，不能再用了。我们于是默默地抛弃了它。从大家无力把它抬上山的那天开始，它就成了大家的一块伤疤。现在，谁也不愿意再把这块伤痛揭开。

它一直在那儿躺着。一场又一场大风刮起，一场又一场大雪落下，它在大风雪中慢慢地枯朽。

直到我们搬进新楼房的那一天，才在心里隐隐约约觉得从此要彻底离开大风雪的折磨了。新楼里水暖电和厕所一应俱全，在冬天刮风下雪的时候，我们可以足不出户。

旧房子随着我们的搬出，很快就变得破烂不堪。我们怀着一种半是留恋半是完成任务的心情，把院子打扫得干干净净，不留任务杂物。

当天晚上下了一场大雪，四周的一切都被雪覆盖了，风也在刮着。第二天，风停了，雪也停了。我们无意间走过那几排房子，顿时，被眼前的情景惊呆了。院子里落了厚厚一层雪，平坦，干净，正在阳光下闪闪发光。这个院子是很糟糕的，平时大家不停地扫它，把那些坑坑洼洼的地方填平，但它总是一副难堪重负的样子，大家从来都不曾喜欢过它。而此时落了一层白雪的它是多么美啊——它不光使我们发现连队的院子在难堪重负的另一面，是可以焕发出美的，同时也发现大雪终于露出了它可爱的地方。

望着院子里那么美的一层积雪，我的心怏怏的。以前，我们总是扫呀扫呀，总以为我们是在维持着生活中的美；只要有一点雪落下，就赶紧把它扫去，结果，一个好好的院子硬是让我们给扫坏了。说实话，以前我们过的并不是舒心的日子。要是早一天停止扫雪，让连队的院子早日出现这个情景，我们就会在那些大雪封山的日子里看到院子里的美，那时我们的心情一定不会那么孤独。

很快我们又发现，其实给我们带来这样一个好心情的却是一场并不大的雪。从此，大家对雪似乎改变了看法。但在那个发现之后不久，时间就进入了夏天。普兰的夏天不热也不冷，让人的心情烦躁。大家都在盼望着风雪，盼望着能在有风雪的日子有新的发现。

这时候，我们注意到了远处的雪峰。它在夏天灼热的阳光里闪闪发光，而且透露出股股寒气。为什么一座雪峰在夏天灼热的阳光里岿然不动，似乎只等待冬天来临，大风刮起，才对我们飘过来无尽的雪花。一座生命中的冰峰，是不是早已存在？

我忽然觉得风雪是艰辛的——它要等那么长的时间，才能向下飘落。而它的遭遇有时候又是那么不幸，刚一落下就被人们扫到了一边。其实，它对人是有好处的，只是人不能够认真和深入地对待它。人们总认为一切由自己的双手创建出来后，都是美的，但有时候，物质自己的创造却可以产生万千景象，比如我们连队被大雪覆盖的那个院子。

现在，我已离开了普兰将近十年，我觉得那时候我们太年轻，不懂得正确认知世界，老是想和风雪斗一斗，我们是多么的不自量力和徒劳啊！

那些当时和我有着同样心理的人，都已离开普兰。如今可能都生活得很好。我甚至希望他们的生活就像把一个院子变美的大雪一样，在突然之间变成另一种样子——在普兰有过那样经历的人，一定会走着自己的路，像大雪一样落在自己的路上。

高原赤野千里，风雪一步一步走着自己的路。

离开高原后，我们也是雪。

5.雪峰之望

既然上不了神山，我决定绕神山走一圈，我觉得这是走向神山的真正朝圣之路。朝圣者将此称为“转山”。面对这条路，我变得沉默了——我知道走向神山的这条生命之路一直在等待着我，但怎样去走，心中却充满了惶惑。我想，人在选择路的同时，是不是路也在选择着人呢？这次，我要开始一次无目的的行走。没有了任何欲念，我可能会更自然地融入西藏的大自然中，经受一些意外的遭遇。我想，经由意外的遭遇而获取的感受可能会更真实，更虔诚。当我抵达神山时，可能就会受到一次灵魂的洗礼。

上路的一瞬间，似乎有另一个自己从身上脱离了出去，独自走向远方。上路的感觉就是这么迫切，总觉得路也在向前涌动。

神山就在前面。自雪峰反射过来的白光，像无数火焰在燃烧。几朵白云从神山后边飘过来，我产生了一种奇异的感觉——那几朵白云是由无数白色的火焰汇聚而成的，正要占据整个天空。神山就是这么伟大，它在沉默中久久地积蕴着力量。面对这种沉默，人无所谓怀旧，无所谓猎奇，人所需要的只是感悟。为了感悟，我已经把一切都留在了身后。我不喜欢单调的平地，不喜欢忙碌的城市和现代文明；我喜欢高处的山，喜欢神山的这种宁静、执着和虔诚。

我慢慢开始爬山。路因为陡峭的山坡而变得坎坷不平。有人在悬崖边堆了很多石头，这样，驾驶员的视野就可以避开悬崖。不知道是谁在这里摆了这些石头，只觉得它们像兄长一样，向我们伸来了温暖的手臂。走不远，前面拐弯处出现了一队骆驼，大概是藏民至今仍沿用的驼队，它们排成一长串，缓慢迈动着脚步，身子一晃一晃的，显得极其优美；这些在神山下运行的骆驼，让人想起古丝绸之路上的艰难跋涉。正这么想着，它们却进入一条坡谷，很快没有了踪影，刚才还叮当作响的驼铃声也越来越弱，慢慢消失了。四周静了下来。骆驼走过的那条路的上面，就是反射着光芒的神山。任何一种走动的东西都将走到远处去，而神山却一直在原地停留。

神山在上，走过的每一条路，都在它光芒的映射之中。

我翻过一个达坂，到了一个大平滩。由于温度微凉，顿感身心分外清爽。这个地方长满了红柳，连褐红的石头上也歪斜着长出几棵。红柳精神抖擞，似乎这块干旱的土地只适于为它提供空间和养分。四周仍是一片荒凉，使人感到生命之顽强的重要性。这时便顿悟，生命原本是以千姿百态的形式在繁衍宇宙。

不远处，已是一片赤褐色的荒野，不见任何草木。所以，长在这里的红柳像不远千里跋涉而来的人一样，已经走到了生命的极致，不可能再向前走动一步。所以红柳适可而至，在这个大平滩上停住了脚步。也许它们意识到这是最后的一个生存地，所以便疯狂地生长，将一块土地渲染得如同一个红柳王国。在这里疯狂地完成一生，最后死在这里的红柳必将无憾，因为它们已经走到了生命的尽头，对于它们而言，已没有什么是空白，况且这里还是神山底下，它们知足了。死亡在这块土地上，是与别处不同的，因为有那么多朝圣者的灵魂都已超升，在另一个世界飞翔，留下的躯体已无关紧要。正如黎巴嫩诗人纪伯伦说的：“当你解答了生命的一切奥秘，你就渴望死亡，因为它不过是生命的另一个奥秘。”

这个大平滩对红柳来说是最后的家园。那么反过来说，延伸到这里的红柳已经就是一种极致。

车停下，我采一根红柳枝，别在背包上。别人问："采它干吗？"

我说："它是祝福。"

像红柳一样，我也会走到我生命的极致。

6.缓慢

当我们发现在神山半山腰缓慢移动的白点居然都是羊时，大吃一惊。这么多的羊，该有多少头呢？大家都胡乱猜测着，你说有八千，他说有一万。这样猜测着，大家都很兴奋，似乎自己一下子拥有了这么多只羊似的。

羊群走得很慢，似乎都在低头吃着地上的东西。羊如此之多，前面的羊吃过之后，后面的羊吃什么呢？但后面的羊都把头深深地低了下去，一边慢慢探寻着，一边往前挪动，越是排在最后的羊，越是显得从容。整座山就在羊群的蠕动中变得肃穆起来，似乎它原本就是为这群羊而存在的。我曾在阿里发现过羊与土地的关系，一个牧民把羊赶着转场，走到一个山坡上时，羊忽然都站着不动了，牧民停下等它们。原来，它们低下头在用嘴拱地，不一会儿，一些草根就从土里冒了出来。羊啃着那些草根，发出欢快的咩咩声。那个牧民很惊异，他放牧很长时间了，却不知道羊认识在内层有草根的土地。

那么，眼前的这一大群羊是不是也正走在一块埋有草根的土地上呢？我用照相机的变焦镜头把它们拉近，果然证实它们边走边用嘴刨着土里的东西。这是多么动人的一种缓慢啊，它让我看到了羊的真实的内心举动。

西藏这块土地，蕴藏的神秘竟是如此的多啊！

前面的羊已经翻过山脊，后面的羊仍保持着不紧不慢的姿势向前移动着。我忽然发现放牧着这个庞大的羊群的是一个少年，他正坐在我们身后的山头上，看着羊在吃草。他真聪明，站在山头上放羊，既省心又得力。而在西藏这样的地方，我宁愿相信他是一个有高度的牧者。

当羊群翻过山脊时，他稍微转动了一下身子，就又像运筹帷幄的将军一样，注视着它们的动静。

同样缓慢的还有在转山的朝圣者。

我不知道这些朝圣者的欢乐或痛苦是什么？进入西藏的人，大多都沿着公路前行。有时候，我们正在行走，忽然感到有什么起落着进入视野，定眼一看，是朝圣者正在一步一叩首地前行着。人们有时候会友好地朝他们鸣响喇叭，但他们却不理睬。这时候，迎面往往会驶来几辆汽车，驾车的司机双眼紧盯着路，一脸严肃。路就这样延伸着，那些驾驶员和朝圣者如同同一类人。

我们走到神山腹部的一个山谷时，就看见了那个朝圣者。他蹲在地上，我们以为他的身子受伤了，就走了过去。他向我们朝前挥着手，示意我们继续行走。我们经过他的那一刻，在扬起的尘土中，我看见他把头低了下去。下午，他不知什么时候赶了上来，很快超过了我们。不多一会儿，我们又超过了他。这样一会儿他在前，我们在后；一会儿又我们在前，他在后的行走，无意间像一组电影的镜头，在高原上上演着。晚上，我们留宿路边的牧民帐篷，半夜，听见有人说话，大概是他赶上来了。然而，不多一会儿，又听见有人离去的脚步声。我想起他在尘土飞起的一瞬把头低下的情景，不知道在茫茫黑夜里一步一叩头，他的表情是什么样子。

我们是早上八点多出发的。很快，就又追上了他。我发现他在身上系了一根红布条。我知道他想用这红布条祈求平安。后来我们又超过了他。我已经无法再想象他一步一叩头时的表情，但那根红布条的影子却一直在眼前闪现。后来，我们翻过达坂，终于走上了一片开阔地。这时候，神山和经幡一起出现了，一片祥光似乎把身后所有的艰辛都遮去了。我想着他身上的那根红布条，内心不由得一阵激动。

我不知那些朝圣者的痛苦和欢乐是什么，但我知道，这条遥遥无期的天路，就这样被他们走着。

所有的痛苦或欢乐，都被他们深藏在内心。

7.在路上

为什么我们一直在路上呢？美国的一位作家以“在路上”为题目写的一部长篇小说成了经典名著，但西藏的“在路上”又是什么呢？其实，从上路的第一天我就明白了，西藏的一切都“在路上”，佛教徒、喇嘛、朝圣者、苦行僧等等，他们最终的目的是到达拉萨或者冈仁布钦，有了这个目的，就必须得走一条长路。行走是整个西藏大地上随处可见的生命节奏，而行走者责无旁贷地把一切生死悲欢、酸甜苦辣都留在了路上。

我想，一般人是不能很深刻地谈论这三个字的，因为他在西藏行走得并不多。而真正走了很多路，一直在路上的那些西藏人对这三个字却又是浑然无觉的，他们的一切心思在远处，从来都不会顾及自身，他们没有现在时。

“在路上”这三个字，有时候是天，有时候是地。

在转山路上，站在一条由雪水汇成的小溪旁，就会想起孔子的话：“逝者如斯夫，不舍昼夜。”还有古希腊的哲人说的“一切皆如流”。从意义上而言，这两句如出一辙。我想，不会再有谁对河流的感情，会确乎超出这两句话；不论有多少诗人吟出千言万语，终不及这两句话，也必然被这两句话所道破或高度概括。

现在我站在一条由雪水汇成的小溪旁，看着它缓缓地向下流淌，我似乎听见了一阵像儿童发出的天真笑语。小溪让一些砾石泛起明亮的光，我便又感觉到一股悄然鼓胀的力量。这些雪水最终将归入大海，这毫无疑问。海是最大的水域，所有的溪水都将归入它的怀抱。然而，为什么当我面对大海时却只感到那种寂静？为什么总感到那些"慈母的胸怀"的赞美是虚假的。站在海边总是感觉不到"大江日夜流"的气势，海的寂静好像是一些液化了的尸体。

因此，此时出现在面前的这条小溪多么好啊！看着它们无声无息，却又一往直前的样子，便觉得这种无限流淌的情景是一个人的一生。

"逝者如斯夫，不舍昼夜。"

"一切皆如流。"

想想流动的河水在多少年前或多少年之后，永不改前进的脚步；想想多少个朝圣者不就是像水一样流过的吗？想想吐蕃的辉煌与没落，还有所谓的天堂地狱；想想罗马帝国，大人物亚历山大、拿破仑、秦始皇、成吉思汗、格萨尔……不都倏忽一闪，在时间的长河里如同落叶一般漂走了吗？在他们那个时候就已经有了的一条小溪，在今天仍然在溶溶流淌。

所以，站在神山下的一条小溪边，看到的是一种真正的"永远"。

美 食

1.烤羊肉串

新疆有一句谚语：一个人的家乡，在他的胃里。

还有一句：趁着牙齿好，你要多吃肉。

说的都是羊肉。

新疆人自小吃羊肉，味觉留下深刻记忆，以后不论走到哪里，念念不忘的都是羊肉。羊肉以做成烤羊肉串为多。有一句话说，如果把烤羊肉串在新疆排第二，便没有什么能排第一，可见新疆人是多么喜欢烤羊肉串。

烤羊肉串的诱人处有二，其一为看，其二为吃。我吃烤羊肉串有一个习惯，必先站在烤肉摊旁，看羊肉被慢慢烤得冒出油，辣椒面由红变亮，孜然由鲜绿变得脆黄。吃烤羊肉串，吃的是烟火味，看过这个过程再吃羊肉串，其脆嫩香辣的滋味美不胜收。

至于吃，则是手持钎子，咬住第一块羊肉，顺钎子撸下来便咀嚼。羊肉串上的肉块一般都不大，大多数人吃第一串，来不及细品便已吃完，问他味道如何，只能等他再吃几串才能说出感受。

烤肉摊一般由一个槽子，三个小铁盒，和一个盆子组成。槽子专用于烧火，三个小铁盒分别装精盐、孜然和辣椒面，盆子里装切好的羊肉，或串好待烤的羊肉串。羊肉已被拌在一起的蛋清和皮芽子（洋葱）腌过，为的是烤熟后味道纯正。

来吃烤羊肉串的人在烤肉摊旁站定，观察一下羊肉情况，报上所要串数。摊主伸手抓起羊肉串，啪的一声放在槽子上，他们卖烤肉多年，一把抓下去不多不少极为准确。

新疆人大多都会烤羊肉串，食欲上来便买几公斤羊肉，在院中支起槽子开始操作。槽子火一般用木柴或煤炭，等烧过旺火不再有火焰升腾，便把羊肉串放上去烤。羊肉串的味道好不好，与所用柴火有很大关系，最好的是红柳和梭梭柴，烤出的羊肉串味香色正。

一般情况下，一根钎子上串四到五块羊肉，肉块大便串四块，肉块小则串五块。不论是串四块还是五块，必然要夹一块肥肉，肥瘦搭配才软脆相益，吃起来有舒爽的口感。

烤熟羊肉串需两到三分钟，刚开始是炙烤加热，烤到中间便用手捏精盐、辣椒面和孜然撒到羊肉上，然后左右手各抓四五串，互相轻拍和搓揉，以便让调料入味。上调料后的羊肉要掌握好火候，否则会把调料烤焦。

最常见的烤肉钎子，有铁钎子和红柳钎子两种。红柳生长于沙漠，枝条带有盐碱味，人们最早将其用作钎子是为了给烤肉增加咸味，后来食用盐不再奇缺，红柳钎子仍被沿用，并谓之“红柳烤肉”。红柳钎子比铁钎子长，串上的羊肉块也大得多，须举起才能吃。

新疆有一句老话：是好朋友才替他擦烤羊肉串的钎子。其原因是很多人会忽略一个细节，即烤羊肉串一上来抓起便吃，殊不知钎子在烤的过程中，会积上炭灰和烧烤残留物，一撸便连肉带灰吃了进去。明白这个道理的人，会先用餐巾纸把钎子前端的脏物擦去，然后放心享用。

现在的人吃烤羊肉串，很少有人知道“烤肉奖金”，上世纪八九十年代，常见三五好友在街边烤肉摊坐定，对摊主大声说，来五十个烤肉，“奖金”也一块儿上。所谓的奖金，说的是吃十串赠送一串。摊主听到吃烤肉者要五十串，就向烤肉的伙计喊一句，上五十个烤肉，再加五个奖金。

我二十多年前和战友们在叶城、疏勒等地吃烤羊肉串时，烤肉奖金的习俗还在。那时我们能吃，加之一去便是十多人，往往要点一百串烤肉，老板先是和我们开玩笑说，你们昨天晚上梦见我们家的羊了吧，今天都找我们家的羊肉来了。我们说没有梦见他家的羊，只是梦见烤羊肉串了。很快烤羊肉串就上来了，老板已悄悄给我们加了十个烤肉奖金。吃完离去，老板仍在招揽生意：吃烤肉来嘛，没结过婚的羊娃子在我这里呢，肉好得很，奖金也有呢！

以前吃烤羊肉串，要先交钱开票才能去摊位上取烤肉。当时的开票者多为两类人，一类是坐在那儿不爱动的肥胖年长者，收钱写票时连眼皮也懒得动一下；另一类是年轻漂亮姑娘，她可以对你温柔地微笑，却不会对排队加塞、代人购买、超限多买的人开绿灯。小姑娘刚参加工作，对家长或领导的叮嘱牢记于心，如有不老实者，别想从她手中拿到一张票。

姑娘在那儿工作几月后，便有回头客频频出现，她知道他们吃肉和看她之意皆有，便不动声色地坐在那儿。有一小伙子向她表白爱慕之情，遭她拒绝后颇为失落，当晚一口气喝了一瓶“伊犁特大曲”酒，醉得不省人事。

有一阵子，一帮青年来吃烤羊肉串，每次都是一百串，吃完后对那开票的姑娘笑笑，说几句挑逗的话离去。那个曾向姑娘表白过的小伙子也在他们之中，他有一天对姑娘说，你再这样开票就会赔死，他们在你这儿开“10”串的票，然后偷偷在后面加个“0”就变成了“100”串。姑娘报了案，派出所的民警当晚抓了那帮青年。

很快，八十年代过去了，吃烤羊肉串不用再开票，那姑娘没有了工作，又不幸离婚。到了九十年代，她遇到当年向她表白过的那小伙子，二人结婚，在街边摆摊卖烤羊肉串。九十年代过去后，再也没有听到他们的消息。

2.拌面

拌面，新疆人又叫“拉条子”，顾名思义就是拉出来的面，但与陕西扯面、兰州拉面不同，拉条子不能太粗，亦不能太细，否则会丧失其筋道和韧性。

吃拌面，选择路边只做拌面的小饭馆最好，进入店中报上拌菜的菜名，然后选一个座位坐下等待。拌面永远只是一种，但拌菜几乎涵盖了所有蔬菜，如西红柿鸡蛋拌面、蘑菇肉拌面、茄子肉拌面、羊肉皮芽子拌面、韭菜肉拌面、白菜肉拌面、土豆丝拌面、蒜薹拌面、豆角肉拌面、辣皮子拌面、过油肉拌面、辣子鸡拌面、毛芹肉拌面、辣子肉拌面、椒麻鸡拌面、大盘鸡拌面、酸菜拌面，等等，即使一周连续吃拌面，拌菜也不会重复。

拌面煮熟捞出后，食客根据口味喜好，可要求过水或不过水，不过水者是“然窝子”面，吃然窝子面需要快速将拌菜拌入面中，若慢了会使面黏在一起。新疆人将“黏”称之为“然”，黏在一起便说成是然在一起。然窝子面的优点是保持面的柔软，吃起来舒适。

另一种用水过一下的面则叫“过水面”，其特点是经凉水浸一下后变得劲道、柔滑和细腻，吃起来口感颇为舒爽。过水面的水很重要，有的人直接用自然生水，肠胃不好的人吃了会有麻烦。正宗的过面水是将水烧开放凉，然后过面便无碍。

吃拌面须用盘子，否则会因为不易搅拌显得不方便。也有餐厅用碗盛拌面，但必须是那种敞口的大碗，使用舒适度与盘子别无二致。新疆人吃拌面的习惯是，一份面配一份菜，将拌菜倒入面中，用筷子来回拌数次，菜汁的味道便浸入面中，达到菜面合一的效果。

吃拌面可免费加面，此为从托克逊县延伸的传统。托克逊是去南疆的必经之地，饭馆老板为了司机们吃好后有精力跑长途，便为他们免费加面，久而久之便形成传统。我曾在托克逊吃过一次拌面，本来一盘拌面已经足够，但觉得来一趟不易，哪怕让肚子撑一点也要体验一下加面，于是便让面馆的小伙计加一份面。本以为拉面、下锅和出锅的程序至少需要十分钟，不料一扭头一份面已端了上来。

我最早在新疆吃拌面时一份三块钱，后来涨到五元、八元、十元、十五元，现在大多是十八元和二十元。新疆人吃拌面从不去大饭店，大多都选路边小店，因为拌面是平民吃食，小饭馆味道更合口味。

有人在外地尝试做拌面，因为面粉和水质的原因，做出的拌面不好吃。这其实不难理解，新疆的小麦日照时间长，面质适合做拌面一类的面食，而其他地区的面粉太过于绵软，达不到拉条子的效果。

新疆人出差回家前，家人都在电话中问晚上吃什么，答之两个字：拌面。有一位朋友因为太过于思念拌面，下飞机后直接打出租车去了一家面馆吃拌面。后来他描述当时的情景，吃完拌面出来，被九点钟还没有落下去的太阳一照，一下子就全身舒服了，才感觉是真正回到了新疆。

有一战友从西藏阿里下山到叶城，让饭馆老板做三份拌面，老板说如果面不够可以免费加面，不必一次点三份。他说不是加不加面的问题，而是太想吃拌面了，哪怕一份只吃几口也要来三份。于是老板给他上了辣皮子肉、土豆丝和过油肉，他逐一品尝，面露欣喜之色。

新疆人大多有吃完拌面喝面汤的习惯，美其名曰原汤化原食。面汤的稀稠取决于煮过拌面的多少，一般情况下都是清淡、略有面色的汤，喝起来颇为爽口。有一人在饭馆吃完拌面后离去，走到半路总觉得少了点什么，他抓耳挠腮一想，原来忘了喝面汤，于是返回那家饭馆。老板说就知道你会回来，面汤在炉子上给你热着哩！

那人喝了面汤后再次上路，脚步陡然快了很多。

3.馕

馕，先经揉捏，后又经大火炙烤，便可做成。但新疆人却不说做馕或烤馕，而是用一个“打”字，极富动感地说成“打馕”。

新疆有谚语说：父母给你的是生命，小麦给你的是馕。

另有一说：可以一日无菜，但决不可以一日无馕。

吃馕，不吃一口菜，不喝一口汤，却仍然吃得香，吃得饱。

馕出自馕坑，南疆的大多人家都有馕坑，隔几日打一次馕供全家食用。巴扎（集市）上有专门卖馕的摊位，离巴扎近的人家，打了馕会端出去卖。

新疆人喜欢吃馕，往往馕一打出就吃，其口感脆香，可品尝到面食烤熟后的美妙香味。有人从馕铺子买了一个馕往回走，在半路忍不住尝了又尝，到家后只剩下少半个。

放凉的馕也有脆香之味，但人们还是喜欢吃热馕，即使是放凉的馕，也要烤热，吃起来味道才不错。

二十余年前在南疆，多次见人们把馕当作吉祥物和幸福的象征。譬如，男方向女方提亲，见面礼除了衣料、盐、方块糖外，还必须有五个馕。在结婚仪式上，一位姑娘站在新郎和新娘中间，双手捧出一个托盘，上面放着一碗盐水，盐水里泡着两块小馕，新郎和新娘必须按照姑娘指示，抢吃那两块盐水馕，谁先抢到馕，象征谁最忠于爱情。

我有一天突然想看看打馕的全过程，便下楼在“阿布拉的馕”店旁看了约一个半小时。打馕的程序并不复杂，一个小伙子把鸡蛋和牛奶倒进面粉中，加适量放了盐的水，五指分开搅动一会儿，然后加进去色拉油和蜂蜜，用力揉十余分钟后便成为面团，然后用布子盖起来发酵。过了十余分钟，小伙子用手指在面团上戳出一个洞，发现其并未收缩拉紧，便一脸欣悦的神情。我知道他通过这个洞在检验面是否发酵好了。很快，他将面团揪出拳头般大小的圆球，一个个摆好，然后用手逐一轻轻压扁，再迅速压圆，在圆圆的边沿捏出厚度，用馕戳子在上面拓出花纹，刷上一层色拉油，撒上芝麻，啪的一声甩进了馕坑。

虽然知道了打馕的方法，但我却悲哀地发现，我一辈子也打不出一个馕，因为我没有打馕的馕坑。这世间的事物，有很多仅仅是亲眼目睹过而已，要想亲手制作却很难。

馕大约有五十余种，常见的有油馕、肉馕、窝窝馕、芝麻馕、片馕、希尔曼馕等。最大的馕直径有四五十厘米，需要面粉两公斤左右；最小的馕只有常见的茶杯口那么大；还有一种馕，厚度有近十厘米，但因为在中间有一个洞，却并不显得厚。

我十余年前在库车县塔里木河乡，见一老乡做出的馕很大，价格却仅为三元，我们便买了一个在车上各捧一边掰着吃，最后仅吃掉其三分之一。那天我们是去看塔里木河的，在半路被一潭积水挡住，向周围的人询问水坑情况，他们说昨天有车已从此处过去，无碍。结果我们的车一开进去便栽入深坑，他们大声哄笑着离去，我们这才明白他们闲得无聊，诱惑我们的车栽进去看热闹。

1992年的一天，我们部队在叶城农场劳动，营长为了让战士们在中午吃饱，联系附近一户农民打馕，几袋面粉送过去后，对方称可以打一百个馕，但那天有一百一十人，于是又补一袋面粉，对方言之凿凿称打一百一十五个馕有多没少，让我们放心。营长为感谢那农民，便说那多出的五个馕，送他家的小巴郎（孩子）。那农民在中午送来了馕，一数是一百一十五个，他惊讶地说不对呀，打是打了一百一十五个馕，我知道你们需要一百一十个，就给我们家的巴郎子（孩子）留了五个。营长肯定他打了一百二十个馕，便说没关系，让他把多出的五个馕拿回去，但他一定要弄清楚，大家于是饿着肚子等他又数了一遍，结果还是一百一十五个。他再次惊慌大叫，我已经给我的巴郎子留了五个馕，难道它们像长了腿一样跟到了这里吗？他还要再数一遍，营长把五个馕塞到他手里，一番好言相劝，他才一脸疑惑地离去。

南疆人多喜欢就着茶水吃馕，将馕掰开后伸入茶碗浸泡一下吃掉，然后喝一口茶。馕被浸泡后变得酥软，利于啃咬也利于消化。

将馕和烤羊肉串一起吃，也是新疆人喜欢的一种吃法。将羊肉串在馕表面磕几下，让烤肉上的孜然、辣椒面、盐和胡椒粉等沾在馕上，可一口馕一口烤肉地吃，旁边的人能从食者的脸上看出有馕又有肉的喜悦。

烤馕吃的情景，只能在乡村见到。我曾在墨玉县见过几个人用树枝将馕挑到火堆跟前，翻来覆去烤一番后才吃。我以为馕被再烤一次会坚硬难咬，一尝却颇为酥软，而且更为脆香。

不论哪种吃法都必须先将馕掰开，掰馕是有学问且极富仪式感的，将右手掌做刀切状放在馕上，但并不用此手掌去切，只是压住馕即可，然后用左手向上掰馕的一边，便可将馕从中掰出一条直线，并让馕无比均容地一分为二。如果要继续掰成小块，依此再掰即可。这样掰出的馕既有厚的馕边，也有薄的馕块，吃起来口感多变，脆柔共享。

我1998年在解放军文艺出版社修改书稿时，社长程步涛在一日中午，请几人到白石桥的一家新疆饭馆吃饭，大家闲聊等待上菜的间隙，我用“掌刀”法将一个馕掰成整齐的块状，受到大家一致好评。我亦发现当时已吃了近十年馕的我，已是馕中有我，我中有馕。

吃完离开时，我看见桌上有些馕渣子，便本能地伸手要将其收拢到一起，旁边的一位维吾尔族女服务员对我一笑，示意她收拾即可。她小心将馕渣子掬到掌心，放进了院中的鸽子笼中。

这正是我所希望的，此等情形，新疆人早就总结成了谚语：人吃剩的馕渣子，要留给鸟儿。

4.小白杏

在库车有一个说法，吃一颗小白杏，就是一口蜜。另有一个现象，人们即使待在石榴树下，依然会说是在杏园子里，可见人们钟情小白杏到了何种程度。

小白杏在维吾尔语中称为“阿克其米西”，意为“白色蜂蜜”。库车在西域时是有名的龟兹，后来亦有屈支一名。《大唐西域记》中记载：“屈支国东西千余里，南北六百余里有葡萄、石榴、梨、李、桃、杏……”其时的龟兹人，家家门前有杏树，有“杏花龟兹”的美称。

库车的小白杏之所以好吃，是因为受到了雪水浇灌。有一次与朋友说起雪水的好处，他说天山是一个悬在天上的“水库”，其脚下两千余公里的绿洲，无一不得其益处，而受益最大者，便是小白杏。

每到六月，杏树都挂满熟透的小白杏，但人们却不急于去摘，而是聚于杏树下抬头仰望，等到有一颗小白杏“啪嗒”一声掉下，才开始采摘。有一年眼见一颗小白杏在枝头晃荡，但却不落下，无数双眼睛盯着它，好像目光里能伸出双手，要把它拽下来，但是哪怕再急也拽不得，只能等它自己落下。那“啪嗒”落下的声音，是杏子顺应天地力量，对人类发出的号令。

落下的第一颗小白杏，必须当场吃掉，且把杏核用于种植杏树，据说长出的杏树会结出更甜的小白杏。

小白杏上市仅一月左右，早了青涩难咽，晚了塌软发酸，所以在每年六月间，库车人每餐后都吃小白杏，然后喝一碗罗布麻茶，一脸满足的神情。

十余年前第一次在库车吃小白杏，大的宛若鸡蛋，小的形似荔枝，每一颗都将白、黄、红三色融为一体，看上去颇为诱人。我挑一颗浅咬一小口，用舌尖轻轻一品，便满口汁液和甜味，咽下后觉得浓汁入肺腑，润五脏，美妙情状令人满心欣喜。

园子主人正在树上摘小白杏，见有人来便跳了下来，把一篮子小白杏递了过来说，吃吧！这是最有名的阿克其米西，甜得很！我们一行中有女士，他便说，女人吃了阿克其米西，能把一张脸都变甜，吸引得所有帅哥都围着你打转呢！

他的小白杏好吃，放入口中轻轻一咬，便满口汁液。朋友吃完一颗小白杏后，嘴一张吐出了杏核，园子主人手一伸接住杏核，笑着说杏核不要浪费，里面的杏仁也很好吃。他把那颗杏核放在石头上，用另一块石头轻轻一敲，一粒杏仁便露了出来。他让我品尝，我一咬杏仁，口感清脆，有一股近似花生的味道，但又多了一分淡淡的甜醇。

南疆人喜欢的杏干水，亦出自小白杏。人们把小白杏洗干净，加以葡萄干、鹰枣、酸梅、山楂片、桃皮、冰糖等，放在锅中加水熬一小时，起锅冷却后，有清凉、略酸、微甜的口感。以前的杏干水须当天喝完，过夜就坏了，现在有了冰箱，可冷藏起来慢慢喝。

到了盛夏，人们又喝刨冰杏干汤，即把小白杏晒干，不切碎，连核放入锅里熬出汤汁，加以冬天贮藏的冰块，其凉爽之感让人忍不住叫好。刨冰杏干汤有消暑、解渴、降火、开胃、美容、祛腹胀、通便之效。我十余年前在库车大巴扎上喝过一次刨冰杏干汤，当时天热，我一口气便喝了一杯。喝完才发现守摊的姑娘诧异地看着我，一问才知道喝刨冰杏干汤的同时，要搭配吃酸枣和光桃，那样才味正。我笑笑，只能期待下次按正统方法享用了。

小白杏也可用于做饭，南疆每年四五月间，人们把未熟的小白杏采回，放入汤饭中，美其名曰青杏子汤饭。青杏子汤饭是难得的季节性美食，浸入汤中的酸味，也就这几个月有，所以人们在这个季节便不用醋，只享受青杏子略酸的味道。

小白杏亦有趣事，有一年五月突降大雪，把满树杏子打得摇摇欲坠，人们担心其难以成熟，一年将没有收成。几日后雪霁，人们见杏子并未受损，便暗自希望其味道亦不要受影响。挨到六月，第一颗掉下的小白杏仍然透亮，一尝仍然像以往一样绵甜清爽，馥郁细腻。人们于是便感谢那场大雪，说它和天山雪水一样对人有恩。

另有一人，某一日突然不说话了，问医吃药均不见效。一位老者听得院中的杏树掉下第一颗小白杏，便让他将那颗小白杏吃下，少顷，他脸上浮出几丝扭结的神情，待平静下来，便又开口说话。

5.平锅羊肉

十余年前的一个夏天，我在帕米尔高原的一家塔吉克族人家小住，每天什么也不做，就随便走一走，看蓝天白云，听鸟儿好听的叫声。那户人家住的是典型的泥屋，房前有大草滩和小河，屋后有雪山，雪山上偶尔有鹰飞过。

在那样的地方居住，安静而又从容。有谚语说：人再高也在山下，山再高也在云下。那户人家便是如此的情景。

主人一大早给我端上奶茶，我连喝五碗，感觉像人们常说的喝奶茶就要喝透那样，浑身温热，神清气爽。坐在院子里仰望对面的慕士塔格雪峰，发现雪峰上面的阳光比别处的阳光明亮，自上而下像斧头一般，把山峰劈出了冷峻的脉纹。

主人说，今天中午请你吃个“平锅羊肉”。他发音不准，起初我以为他说的是“苹果羊肉”，便揣测是把苹果和羊肉放在一起做出的美食，直到他拿出一个铁盒一样的平锅，才知道他是用平锅做羊肉。

但他却先不做羊肉，而是先在面中拌上羊油，用布子盖住醒一会儿，然后一边揉一边加入雪菊和玫瑰花，揉好后压出与平锅一致的圆形，再估一估大小，把四周抻抻，饼算是做成了。

然后，他挑出净肉切成块状，放上孜然和胡椒粉拌匀，以起到腌制作用。腌过一会儿，又把皮芽子丝放进去，在平锅底部铺上一层羊肉，把面饼铺在羊肉上面，又在饼子上盖了一层羊肉，盖上平锅盖子埋进火堆。那火已经烧出一大堆火红的炭，平锅被埋入进去，就靠这堆炭焖熟。

做完这些，他擦去额头的汗珠，对我说，你骑马玩去吧，等到你的沟子（屁股）被颠得开花了，平锅羊肉就好了。

闲着也是闲着，那就去骑马。他的马看上去不起眼，但一骑上去便觉得不对劲，它的速度很快，一迈开四蹄便狂奔，我只觉得草地像是要被什么向后拽去，一阵恍惚之感。我怕摔下去便放开缰绳，用双手紧抓马鞍，不料马跑得更快，我在马背上东倒西歪，如果不是用双脚蹬着脚镫，恐怕早就掉了下去。

他在我身后扔过来一句话，放开缰绳，把沟子坐稳，配合马的起伏。我依照他的方法，果然自如了一些。那匹马很快又狂奔起来，似乎不把我甩下马背便不罢休。他又在我身后喊叫，骑不住了就紧抓缰绳，马就会停住。我赶紧猛拉缰绳，马嘶鸣一声停了下来，我赶紧从马背上跳下。

骑马不是一两天就能学会的事情，我快快然回到院中，喝了一碗奶茶，才好受了一些。

在等待平锅羊肉的过程中，我四处闲逛，发现他家屋后有一个盘羊头骨，我想用一百块钱把它买下，不料他却死活不卖，后来我才明白他的意思是我出钱的话他不卖，但是他指了一下我手腕上的电子表，意思是可以用电子表换盘羊头。他在放牧时需要用电子表看时间，于是我们欣然成交。

平锅羊肉从火堆中掏出打开后，一股香味便扑鼻而来。也许是焖熟的原因，肉质看上去颇为脆嫩，每一块都很诱人。主人说，吃这个平锅羊肉，先吃肉，然后吃焖饼，最后又吃肉，享受得很。

我尝了一块羊肉，外脆内嫩，尤其是焖熟的味道，与任何一种羊肉的做法都不一样。我注意到平锅羊肉中只放了皮芽子，或许封闭起来靠高温焖熟的东西，只有皮芽子能够调味。

吃完第一层羊肉，便露出了那个焖饼，正犹豫着不知该怎样吃，主人用小刀子把焖饼划开，我一尝便忍不住叫好。羊油在平锅中受到高温，对焖饼起到了煎炸效果，所以吃起来略有脆感。细品之下，便尝出焖饼因羊油浸入，加之还夹杂着肉味，有一股奇特的香味。

两天后，我抱着盘羊头离去。现在每每想起这件事便后悔，如果我当时悄悄把一百块钱压在盘子底下该有多好。我当时没有那样做，是因为没有想到，还是舍不得一百块钱？二十年前的事情，至今已无任何记忆。

阳　光

1.阳光的手

太阳升起，葡萄架被照亮。有一些阳光从葡萄藤间穿过，照在地上。葡萄藤错综复杂，因而地上的阳光被映衬成了一幅密密麻麻的线条画。远看似有图形，近看却是粗粗的笔画，大曲大折，收得很紧。

太阳慢慢升高，地上的这幅画在院子里移动，先是裹住一朵花，后又爬上台阶，最后落在了那扇门板上。这幅画移动到哪里，哪里便成了它生动的一部分。最后，这幅画在门上变成了竖条状，把门装饰得古朴而典雅。远远地看上去，好像门上挂着一件艾德莱丝裙子似的。

直到下午，这幅画才消失了。院子里又恢复了平静。阳光完成了它的一次创作。阳光的这种创作只是一种手指的抚摸，一经抚过，作品便出现在土地上。下午，这幅画的创作和展示均已完成，太阳倾斜，夕光就把作品收走了，不留一痕一迹。

这才是大手笔。

午后，一群燕子飞到了艾力家的上空。春天已经到来多日，这群燕子是迟到了啊！看着它们上下翻飞，高兴的样子，我想，新疆路远，它们用了很长时间才到了这里，真是不容易。

它们飞着飞着，突然迎着太阳翻转过身子。在那一刻，我看见它们的身子都被照得金黄，而且因为倾斜，发出了亮光。很快，就有另外的一些燕子飞了过来。它们也许都发现了别的燕子身上的金黄色亮光，居然都选准一只去追逐。不一会儿，燕子们便聚成了一片。像天空正在飘洒着金币一样，燕子们闪闪发光。它们一会儿降落，一会儿飞升，使那片光亮变得闪烁不定。

幸福的燕子啊，正在享受着太阳赐予它们的欢乐和光荣。但它们只是偶尔飞过这里，不知道它们飞到太阳背后时，还有怎样的幸福。

我发现，在春天有许多树叶被置入在眩晕中，从树枝刚刚泛青，到冒出幼芽，直到叶片被风吹动，在阳光中翻起一层层绿浪，都有一种眩晕之感。仿佛有一位双手撒播灵异之光的神正在忘我地劳作着。当我发现这一现象时，一些叶絮正飘飘扬扬地从空中落下，很快，就掉到了地上。

风吹着，树叶，生命，时光，春天……很多东西变得眩晕。我看了一眼渐渐暗下来的山峰，便感到春天有一种博大和强悍。这是怎样的一种幸福啊，但这些都是看不见的，我们能看见的，都是一些因为春天而生出的迷恋。

艾力和古丽说起往事，艾力指着门前的一块石头对古丽说，我一直记得很清楚，那一年春天你坐在这块石头上的样子最美。古丽一笑，不说什么，脸上泛起浓浓的晕色。

哦，春天是什么都不能改变的，抬起头，就看见枝头上有灿烂的阳光，已深深迷醉。

2.台阶

院子的一角，有一个通向房顶的台阶。人们的庭院生活有一部分在房顶上，房子因而也就多了一种功能。有的人把房子建成过街楼，底下走人，上面居住。

他们把柴火、粮食、鸽子笼等都安顿在房顶上，远远地看上去，房顶像一个仓库。有的人在房顶上又立起了木杆，有多种杂色的鸽子落在木杆上，长时间一动不动。

而一旦进入院子，就能发现通向房顶的台阶显得极其醒目。环顾四周，空空如也，该上房的东西都已经上房，一个家的生活在高处，梦想就像这个小院一样，显得极其平静。

只有这些台阶，显得平缓而又结实，像一只托举着生活的大手，慢慢地升高。

有一天，我目睹了一位老太太攀登台阶的情景。她提了一筐石榴，要送到房顶上去。石榴已经熟透，有的甚至已经熟得裂开了，露出同样也是红色的石榴籽。阳光照在石榴上，泛起明亮的红色光芒，古老的墙和纯土质的台阶，就有了一种色彩。

她漫不经心地往上爬着，丰收的喜悦使她的表情显得颇为安详和沉迷。爬到中间，她一扭头发现我在注视她，便突然加快速度，以至于脚步也显得有些慌乱。到了房顶后，她便认认真真地摆放石榴，好久都没有下来。

她把那些石榴送到房顶后，望一望天空，然后把石榴摆好，才下到院子里。

一个早晨，当我再次走到院中的台阶前，看到的是另一幕情景。

先前，台阶一直隐藏在墙角，显得一片漆黑，像一张沉默的脸。而这个早晨的阳光从屋顶斜射下来，台阶被照亮，变成了院中最醒目的地方。

两个四五岁的孩子发现了被照亮的台阶，他们停止游戏，向台阶走去。他们走到阳光里，变得兴奋起来，抬起头看看房顶，便向上爬去。

阳光很快便把他们裹在一抹明亮之中。此时，这两个孩子向上爬着的姿势，多么像人类前进的情景——多少年的岁月里，人类一直都是孩子，在一步步艰难地走向光明。

3.补靴子

第一次见到她的时候，她坐在门槛上补靴子，几天后再次见到她，她仍坐在那里，手上还是那只没有补好的靴子。她很老，脸上的皱纹堆积在一起，很久都没有表情。

她的脚边放着一个大木盆，我几次见到她的时候，大木盆始终在那个位置。

她手上的那只靴子很破，需要一针一针去补才能补好。她的眼睛不好，每补一针都要看好长时间，等针穿过靴子，她便抬起不太利索的手将线拉出，然后再去补下一针。在一天中，她这样的速度补不了多少，但她却不紧不慢，一直认真地补着。

我想给她照一张相，她抬头看了我一眼，手上的针掉了。她低下头找了很长时间都找不到，便用手扶住门框站起身，从门后拿出小扫帚把地上的东西扫到一起，用手在里面摸，把那根针摸了出来。她继续补靴子，我在一边不停地变换角度拍照，闪光灯闪个不停，但她却没有丝毫的反应。老太太的这种神情，我在好多图瓦人身上都见过，他们好像对外界的东西很冷漠，不管你以怎样的方式出现在他们面前，他们都没有反应。时间长了，你便觉得这是一种对自己的坚守。

中午的时候，老太太的儿子回来了。老太太给他一指灶台，他便去吃盛在碗里的饭。他似乎很饿，吃得很快，老太太看了他一眼，又低下头去补靴子。屋子里很静，有一种让人无法忍受的郁闷。过了一会儿，便发现这个家其实只有一母一子，老太太早年丧夫，而儿子长大后没有娶上媳妇。像这一母一子如此贫穷的家境，有些事情是不敢奢望的。就像那句被很多人熟知的话“幸福的家庭总是相同的，而不幸的家庭却有不同的不幸”一样，娶了媳妇的男人也许都是相同的，而娶不上媳妇的光棍，却总是各有各的苦衷。

离开她家时，老太太也没有抬头看我一眼，她仍低头补着靴子，那只靴子可能还得补好多天才能补好。走远了，我想，就像这个老太太用好多天补一双靴子一样，每个人在生活中总得坚持一些什么，不管他坚持的是大事还是小事。

阳光这么明亮，照下来，落在她的一根针上，被她一点一点缝进一只靴子里。

4.施恩的方式

那天，先是为山坡上的树发出了感叹——为什么山坡上的树如此稀少呢？一棵离一棵有几十米远，放眼望去，整个山坡上只有一二十棵树。更让人不可思议的是，这些树都长得笔直高大，没有一棵是弯的或矮的，远远看上去像站岗的士兵。细看这些树的生长处，便发现它们要么是从石缝里，要么是从坡岩中长出，长出后似乎意识到生之不易，便牢牢占住一地不再移动。

树已在另一文中写过，在此不再费笔墨。那天接下来的情形是，由树而阳光，又遇到了一次神奇的仰望。阿尔泰的山一阳一阴两面截然不同，而山脊像刀刃似的，不时折射过来刺眼的阳光。因为阳光的原因，在阿尔泰山中，最吸引人眼球的总是山脊，往往人还没有走近，山脊上的那一抹阳光便先吸引了人。

看这样的山脊多了，心里便渴望能否看到别的景致。走不远，果然又是一景，而且这次的风景让阳光再次充当了主角。沿山脊而下，阳光照到了阳面，至于阴面，则处在一片黑暗之中。细看之下，更有意思的事情出现了——阳光普照的阳面居然不长一草一树，而没有一丁点阳光的阴面，却长了密密麻麻的松树。因为它们长得太密集，猛一看只是模糊的一团黑色，再看才发现是树。

这就怪了，有阳光的一面寸草不生，没有一丝阳光的一面，却郁郁葱葱，为何？

之后的几天，便一直被这个问题困扰，不停地向人们打听，想知道答案。牧民们在山里生活了很多年，对很多事情都烂熟于心，很快就有了答案。但我仍迷惑，因为答案有两个。先说第一个答案：阳面容易被风吹到，树的种子一落到这里就被风吹走了，所以不长树。我着急地问，难道一个种子也留不下吗？牧民回答，留倒是可以留下，但还是因为风大，刚发芽不久就被风吹走了根部的土，最后又被连根拔去，死了。原来是这样啊，我为树苗惋惜，也为这些虽然充足却派不上用场的阳光惋惜。

再说第二个答案：阴面冬天积雪多，即使到了酷夏也有冰雪，冰雪多，雪水自然就多，对这一面的土地就滋润得好，于是就长出了树。松树是不分阴阳之地都可以生长的树，所以便在没有阳光的阴面长得郁郁葱葱。

两个答案都依据的是科学，从牧民嘴里说出来似乎有些不可思议，我觉得他们应该讲出离奇的故事才对，因为他们祖祖辈辈在这里生活，看到和听到的一定比别人多。后来还是听到了有关阳光和树的事。一户牧民要选一个地方挖出冬窝子居住，一位年长的牧民对他说，选那个阳光在每天照得最多的地方，不会错。他按照老人所指在那个地方挖了一个地窝子。秋末，一场大雪提前降下，在地上积了二三尺厚，牛和羊饿得乱叫，不知从哪里可以吃到救命的草。两天后，别的地方仍冰封雪裹，而他冬窝子周围却出现了奇迹——雪开始融化，草露了出来，牛羊欢叫着走过去吃了起来。他不明白为何是这样，那位老人的话给他解开了谜底：太阳照得多的地方，地气热着哩，所以雪融化得快。

无独有偶，另有一人和这位牧民做了同样的选择，也在一个经常有阳光的地方挖了地窝子，让他惊喜的是，春天的时候，他的地窝子周围总是先绿，他的牛羊比别人的牛羊要先吃到嫩草；秋天的时候，别处都已枯黄一片，而他的地窝子周围却仍然要坚持再绿上十来天，让他的牛羊又多吃了些时日。

无须再举例，在牧区这样的地方，阳光像是施恩者，悄无声息地对大地施以恩泽，让万物在不知不觉中被养育，直至像“地窝子旁的草总是先绿”一样，让人也变得通晓这种养育，并成为受益者。其实，牧民们是经过一代又一代人的观察和总结，才发现了大自然中的这些奥妙，人于是主动接近，这些奥妙便因了对人生命的改变，便变得美好。

至于阳光之于动物，则就更神奇了。从阿尔泰山下来，进入古尔班通古特沙漠，便不再像在山上那样有阴与阳之分，迎面而来的是灼热的阳光。沙漠千里赤野干旱，让人疑心走进了一个大火炉。这时候很少见人走动，偶尔有之，但都嘴唇干裂，脸上脱皮，双脚把沙土踩得飘浮。树被太阳照射得都耷拉着叶片，似乎连一丝沙漠里的灰尘也承受不住。这时候的沙漠里似乎只有阳光，像刀子似的竖立于沙土中，若有生命接近，便致其毙命。

人在这样的时候可以不进沙漠，但羊就不行了，维系它们生命的是从沙土中长出的草，不论天气如何，它们都得去吃那些草。草在这样的地方长得不易，稀少不说，而且缺少叶子，羊用力从沙土中扯出一两根草叶的时候，尘土也随之升起一团。

中午，天更热，阳光更刺眼睛。羊在这时忍受不了阳光，便不得不停止觅食，用它们自己独有的方法乘凉——一只羊站在灼热的阳光里一动不动，它的身体在地上有一个影子，另一只羊卧在这个影子里乘凉。过一会儿，你就会看到令人叹为观止的一幕，卧着的那只羊站起，让刚才站着的那只羊卧到自己的影子里乘凉。

整个夏天，羊就用这种方法在阳光中乘凉，度过难挨的酷热。

动　物

1.跟在女人身后的狼

云朵在天上，羊在牧场上，人在帐篷里。

这是放牧中的闲暇时光。

大家闲待着无事可干，便说起一件和狼有关的事情。有一年夏季，男人们都赶着羊去放牧。羊吃着草越走越远，人亦跟在羊后面，身影变得越来越模糊。这时候，留在家里的都是女人。男人们走了，她们就变成家里的男人。女人们忙着里里外外的事情，从来都不能闲下来。

有一户牧民住在村庄对面的小山包上，他们家的房子很孤独，他们家的人也很孤独，每天在屋顶升起的炊烟更孤独。起初，村里人在闲暇之余，会望一望他们家的房子。后来，村里人便不再去望了，他们觉得望一望他们家的房子，他们也就变得孤独了。他们怕孤独，便不再望他们家的房子了。

他们家的男人也走了，女主人要干点什么事情，总是要从小山包上下来，办完了事情又从原路走上小山包，回到她孤独的家中去。每次上上下下，她都要走很远的路。不知从什么时候开始，一只狼接近了她。她走在路上，那只狼远远地跟在她身后，用爪子踩着她的脚印。她下山，狼跟着她下山。她上山，狼跟着她上山。很多天过去了，她都没有发现身后有一只狼，而那只狼只对她的脚印感兴趣，用爪子踩着她的脚印，在山路上走动。有时候，她在半路上停下干点什么，或者有要回头的意思，那只狼马上就会躲开。

整整一个夏天，她都不知道自己身后有一只狼。那只狼一直悄悄跟在她身后，重复做着那么一件事。她总是忙碌，对身后的一只狼居然丝毫没有察觉。那只狼像她的影子，她到哪里，它便到哪里。那只狼从来都不伤害她，只是悄悄跟在她身后。

在夏末的一天，这一幕被另一个女人看见了。她十分吃惊，一个女人居然和一只狼如此密切，真是怪事。她给村里的女人们讲了这件事，女人们躲在帐篷里，等待着看那个女人和那只狼出现。她们等了半天，那个女人下山来了，她身后果然跟着一只狼。她们睁大了眼睛，看着山路上的一幕。后来，女人上山，进了屋，那只狼不见了。小山包上安安静静，像是什么也没有发生。女人们更加惊奇，看来这样的事情并非偶然发生，而是已经在一个女人和一只狼之间变成了习惯。狼会吃人，人是怕狼的，但为何这个女人和一只狼却如此默契？

女人进了屋，那只狼不见了。狼到哪里去了？是不是到她家去了？她们议论纷纷。最后，不知是出于什么原因，她们一致认为，那个女人和那只狼有性关系，她和它吃在一起，睡在一起，她变成了狼的老婆。

她们偶尔会在村里碰到那个女人，但她们对她守口如瓶，只是私下里议论着这件事。这件事一传十，十传百，人们便都信以为真。一个女人和一只狼，每天在小山包上出现时，人们都在偷偷地看。他们只是看，什么也不说。所以，那个女人仍然不知道自己身后有一只狼，更不知道村里的所有人都已经知道了这件事。

秋末，男人们赶着羊群回来了。女人们把那件事情悄悄讲给了那个女人的丈夫，她的丈夫为了证实事情的真相，躲在别人的帐篷里，等待着妻子在山道上出现。过了一会儿，她出现了，那只狼也出现了，一切都和人们说的一模一样。他羞愧难当，抓起一支猎枪，向那只狼扣动了扳机。狼毫无防备，被打个正着，一头栽倒在地。他妻子亦毫无防备，被突然响起的枪声吓坏了，等她回过神，看见身后有一只狼，突然身子一软倒了下去。

一吓一惊，她暴命而亡。

没有什么能证明她了。

人们从此都看紧了自己的女人，防牲畜比防那些喜欢寻花问柳的男人还谨慎。人们只要一提起她，就说她不要脸，她就是一只动物，她的丈夫觉得没脸见人，赶着羊去了很远的地方，再也没有回来。在牧区，牧民们最痛恨的是狼，但在这件事情上，人们反而没有指责那只狼，只是认为那个女人罪不可恕。

后来，狼踩人脚印的事情又发生了，看见那一幕的那个人手头没有猎枪，便喊了一声，狼跑了。被狼跟踪的那个女人从山坡上跑下来，惊恐万状，许久不能平静。人们觉得同一件事情在村庄附近重复发生，就并不奇怪了。人们开始后悔，觉得他们不应该认为那个女人和狼有性关系，他们冤枉了她。但她已经死了，事情无法再改变了。但狼为什么总是要跟在女人的背后呢？谁也无法解释这一切。

很多年后，那个女人的丈夫回来了。他老了，他经历过的那些事，以及他的命运，都像他的年龄一样老了，没有人关心他了。但他却很怀念妻子，总是在想她年轻时的样子，活着时的样子。想着想着，便觉得她还活着，时时刻刻都在他身边，在对他说话，也在对着他在笑。他很后悔，自己不应该在别的地方待很多年，她一直在这里等着自己，自己应该早一点回来。

一天，他在屋内昏睡，突然听见有人叩门。他一人居于此很久了，很少有人来找他，所以屋外传来叩门声让他觉得奇怪。他起身去打开门，只看见有一团影子在门外一闪，便不见了。第二天，这件事传遍了村庄。人们说，那一定是狼，狼又出现了。他说，是我老婆，她没有死，一直活着哩。人们惊叫，迅速离去。

2.被母鹰抛弃的小鹰

在牧区听到的一件与鹰有关的事，大概更加接近人的生存状态。只是作为母亲的那只鹰，在做出决定和为决定实施于具体行动时，少了些人的难舍难分和悲悲戚戚。那只母鹰在悬崖上的巢中生下了一只小鹰，它每天飞出去为小鹰觅食，喂养它一天天长大。对于鹰来说，这段时期是母与子非常难得的相处时间，再过一段时间，它们必将分开，一生一世，母亲不可能再见小鹰，小鹰长大，也不可能再见母亲。鹰在飞翔时，都是独立的，从不合群。曾见有人写过鹰群的文章，我觉得作者不了解鹰，他只是觉得鹰强大，就以“鹰群”来强化一种气势，但真正的鹰群是从来都不会出现的。所谓的“鹰群”，也只是作者的一种臆想或愿望。那只小鹰长到了可以爬行的时候，母亲就把它推到巢边，让它向悬崖下张望。崖下的冷风和暗淡的光线使它浑身发抖，想缩回身子进入母亲的怀抱。母亲这时候突然从巢中飞出，在崖边上下起伏，自己的身躯划出漂亮的弧线。

母亲是为了让小鹰看看飞翔是怎样的，作为一只鹰，是不应该恐惧悬崖和黑暗的。小鹰当然看得很痴迷，母亲的飞姿，使空旷和幽暗的崖谷顿时显得活泼起来。它上下翻飞，犹如一片火花从一个地方飘移向另一个地方，也像一个移动着的琴键，和空旷撞击，发出一种音乐。也许鹰的耳朵长在心灵中，它用心灵聆听着大自然从四面八方传来的音乐。天长日久，聆听就变成了一种对飞翔的引领，变成了暗暗蛰伏在大地身上的一个梦想，它最终要用这个梦想丈量大地，覆盖大地，完毕之后，把大地留给另外一些正在长大的鹰，然后，神秘地消失。

盘飞一会儿后，母亲回到巢中，用身体将小鹰一点一点向巢外推去。小鹰吓得缩紧了身子，岩壁布满荆棘，有尖利棱角的岩石，还有深不见底的河流和尖叫着跑来跑去的土拨鼠。母亲长鸣一声，用力将小鹰推了出去，小鹰哀叫着，身体在空中飘来飘去。天气虽未入秋，小鹰却像一片飘零的树叶，过早地要落到崖底去。母亲将小鹰推向崖谷的同时，振翅而起飞向山后面去了。小鹰在坠落中想攀住树枝和藤蔓，但都没有成功，眼看就要落地了，它突然在挣扎中展开了双翅，旋起一个漂亮的弧线向上飞起。这转瞬间的动作，又是一片火花，将幽暗的崖谷照亮了。它缓缓地向上飞动，最后落在了山顶的一块石头上。崖谷依然幽暗而无声，小鹰看着深崖，好像第一次认识它似的，久久没有转动一下头颅。后来，小鹰发出一声鸣叫，从石头上起飞，向远处飞去。天空高远，太阳赤烈，它慢慢地变成了一个小黑点，一直飞向远处。

看到这一幕的是一位68岁的哈萨克牧民，回到村里，他突然变得有些痴呆，碰到人了，不管男女老少，就向人家说这件事。由于他过于激动，说起来总是喃喃自语，所以，人们听上半天，才能大概听出个意思来。他的痴呆持续了很长时间，最后，就自己给自己说，他说些什么，谁也听不懂，但他却一直喃喃自语，好像只有他能听懂自己说的话。

我找到他的时候，他若有所思地坐在家门口的一块石头上，不知在想什么。他发现了我后，转过头来看我。天啦，他的一双眼睛里面充满了非常坚毅的神情，我原本打算和他聊一聊的，但看着这双眼睛，我觉得他所有的话语都在这里面了。话语被我们不厌其烦地应用着，总想用它去解决所有的事情，但有时候话语也是有限度的，是无法表达人的内心的。所以，有时候在感受中传达的话语可能更好一些。你所感受的对象传达出的话语是隐隐约约的，这是一种自由的交流。人与世界的交流，也大致属于这样。

这几年，我一直留意着有关他的消息。人们传过来的话是一致的，即他每隔一段时间都去那个悬崖边看一看，大概是还想看到曾经看到过的一幕。我猜想，他可能再也看不到了。即使在高原，人一生中能有几次那么近的看到鹰的机会呢？人的居所是固定的，而鹰以世界为家园，二者本身就有着不可接近的距离。至于他目睹的那一幕，本身就是一种神遇。

当他失望，并平静地回去之后，一切便都显得正常了。从此，鹰在他的心里就变成了一种明朗的东西。那一次神遇，对他来说已经足够怀念一辈子了，怀念会使他变得更加坚毅，更加赤诚，更加沉迷。鹰有时候是神。

3.最后一头驴

驴告别这个世界的方式是独特的，几乎不让任何人知道它最后会怎样倒地而亡。驴忍辱负重一辈子，到最后仍不与人走得太近，而是悄悄地选择一个角落死掉。驴的这种死法，是不是对人的一种蔑视呢？我在阿尔泰的白哈巴村听到的村子里最后一头驴的经历，似乎是对这个问题的一个明确的回答。

驴是偶尔进入这个地处高原的村子的，繁衍了几代，并未发挥出什么作用。后来，便越来越少，只剩下这一头了。人与驴之间实际上只存在需要与被需要的关系，驴发挥不出作用，自然就被冷落了。而驴呢，由于在村里被人冷落，居然连繁殖能力也一再退化，到了现存的这最后一头，生得又瘦又小，全然没了驴的样子。它的主人巴也丹在去年让它拉车，它拉到半途被累得趴下后，就再也没有用过它。巴也丹说，我的驴是一头废驴。从此它的名声就坏了，人们视它的存在为乌有，它无知无觉，慢慢地闲了下来，真的成了一头废驴。在村子里，一个人无所事事成为闲人，会招来人们的议论和指责，因为他的行为是人们苦心维护的生存规则所不容许的。而一头驴，因为不会影响到人们的情绪，所以，没有谁会去指责它。慢慢地，眼见它再无生殖能力，一日日老去，变成了村里最后一头驴。

有一天，人们突然想起了它。两个小伙子下石子棋，输了的一方为躲避败局的尴尬，说他能使这头驴按照他的指令走动，他让它趴下，它就会趴下；他让它跑，它就会跑。众人一听来了兴趣，呼啦啦一起拥到了驴跟前。他们把驴牵到那个小伙子家门口。小伙子说，驴，你进去，我给你吃的，驴纹丝不动，他又重复了一遍，驴仍不动。小伙子着急了，捡了一根树枝抽它，驴仍纹丝不动，任他抽打。有人出主意，把驴的眼睛蒙上，可牵入房内。小伙子脱下上衣，蒙住驴头，牵它，但它却似乎早已明白了他的用意，仍站着不动。有人又出主意，听说过驴推磨吗？拉着驴转，它转着转着就迷失了方向，然后就可以把它牵进屋去。小伙子便用衣服蒙了它的头牵着它转，转了好多圈，人都觉得有点晕了，但一停，它仍倔强地背对着房门不肯进屋。大家都蔫了，就这么一头废驴，但谁也拿它没办法。最后，大家得出一致的结论，驴要是犟起来，就是天打雷轰也拿它没办法。要不，人们怎么说驴认真起来是犟驴呢！嬉闹一番，众人都觉无趣。正要散去，忽见它把头一低径直进入房门。众人又兴起，复又赶过来看它会作何。它走进屋内屁股一动便屙下一泡驴粪。众人大惑，刚才费尽周折它都不肯进屋，甚至用尽了蒙头、驴推磨的办法，想想，这些也就是人类多少年来对待驴的办法，都拿它没辙，但它却自己走进了屋子屙下一泡粪，这真是一个极大的讽刺。它在屋中站了一会儿，头一扭走了出来。众人像是恐惧它似的纷纷给它让出一条道。它在村子里慢悠悠地走着，像一个年迈的老人。

这件事过去后，人们很快就又忘记了它。一头不会发挥出实际作用的驴，是很容易被人忽略的。至于它想了些什么，它所目睹的这个村庄是什么样子，它不会说话，不和村里人交流，因而谁也无从知晓。

过了几年，它已彻底老了。人老先老眼，牲畜们老了则先老腿。它的走动已变得极为不便，很少见它在村子里走动。偶尔出来了，也是摇摇晃晃，很短的一点路要走很长时间。它的主人已彻底不重视它了，想起它的时候给它一点草，想不起的时候它就得饿好多天，这样便加快了它年老的速度。有时候，它在村子里与牛和马相遇了，便停下来与它们对视良久。牛和马都走了，它仍在原地停留一会儿，似是在想什么。动物们有它们交流的方式和语言，不知道它刚才和那些健壮的牛和马说了什么话。那些牛和马有很好的胃口，还要去吃草，只有它走不动，在村子里神情恍惚，不知所措。再后来它彻底走不动了，只能站在村子中间朝四处张望。它望着自己曾经走过的许多地方，眸中似有想再去走走的冲动，但又有些许无奈，于是凝望便成了它每日最重要的事情。村子里每天都有热闹的事情，却不能吸引它的目光。它总是朝着一个地方看，似乎那个地方保留着它以前的什么东西，成了现在它凝望的资本。

一天，人们突然发现它不见了。几天前，村子里就没有了它的身影，只是因为人们太忙，未曾留意它。人们去找它，在村东面通向铁列克乡的一个山脊上，发现了它的尸体。它已死去多时，但仍保持着欲向前爬行的姿势。也许它在咽气的最后一瞬，仍想挣扎着向前爬去。

好几年过去了，村里人始终不明白，它在生命的最后时刻为何要离开村庄，它想去哪里呢？

4.无声离去

另一匹马与人们的生活贴得比较近，稍显平静一些，但它在平静中也坚持了内心至高的尊严。在下马崖边防连，有一匹给连队拉了好几年水的马。连队附近有水井，但里面的水却无法饮用，因此就只好到山下的河中去拉水。战士们动手制作了一辆拉水车，一天拉三趟，足够保障所有人使用。刚开始，每拉一趟都必须要有人跟着，后来有一次，一个战士不想来回跑，在装好水后就对拉水的马说，已经跑了无数次，你应该认得路了吧，今天你试着单独拉一次。马好像听明白了他的话，拉着水车就走了。它确实认得路，顺顺当当地将水车拉到了连队。从此以后，拉水的战士只要把水装好，对它说一声，回去吧，它拉起水车就走了。那个战士躺在石头上休息，嘴里南腔北调地唱几句歌。那匹马一到连队，炊事班的战士把水卸下后，也对它说一句，回去吧，它便又向河边走去。这样，它在一条路上来回走了四年。它的沉默与执着，支撑着连队的正常运转，保障着战士们每天在山野之中大声喊出一二一，在翻山越岭时有足够的力气。

后来，连队有了自来水，那匹马的工作自然而然就中断了。战士们围着水龙头洗脸，洗衣服。多好的水啊，想怎样用就怎样用，想用多少就用多少，那种用水如用油的日子一去再也不复返了。

那匹马望着水龙头，神情复杂地在院子里走来走去，有时候走到以前负责拉水的那个战士门前，便停下朝里张望，过一会儿，不见有任何动静，便转过头默默地走了。后来，它不再在院子里走动，而是卧在院子外面，一会儿望望天空，一会儿望望远处的树。有人在附近走动，它便盯着看，直到他们消失。

有一天早晨，战士们发现它不见了。有人在昨天晚上曾听见它叫过几声，在那几声后，有一阵很响的蹄声驰向了远处。大家一致推论，它走了。大家隐隐约约感觉到它出走的原因，望一望无边无际的沙漠，谁也不知道该说什么好。

两年后的一天，它突然又回来了。这两年多的时间，它一直在外面流浪，瘦得浑身没有一点肉，身上的毛长得杂而长，有很多树叶夹杂在其间。战士们心疼它，也为它在出走两年多以后还能够回来而高兴，他们给它洗澡，喂它好吃的东西。大家都觉得，它能够回来，肯定以后会把这里当家。

第二天，天降一场大雪，水龙头被冻住了，战士们便点火去烧，很快，水龙头就化冻了，水哗哗哗地流了出来。那匹马看见水龙头里流出的水，突然痛心疾首地叫了一声，冲出院子，奔向茫茫雪野深处。

它又走了。

好几年过去了，直到现在，它再也没有回来。

5.绝境中的生命

夏天的雪豹是流浪者。太阳快要落山的时候，一只雪豹走进了牧场。西边还有些霞光，将草叶照得泛出了明亮的光，牧民们都已将牛羊收拢，有几户牧民的帐篷上空已升起炊烟，空气中飘动着一股奶香和羊肉的香味。那只雪豹从山上走了下来，径直向牧民们走来。它长得很高大，通体泛白，被夕阳一照，便闪闪发光。

牧民们都很惊讶，一只雪豹怎么有这么大的胆子，敢向人走来。而它呢，似乎对这些人视而不见，一直将头扬得很高，迈着稳健的步子走到了一条小河边。牧民们以为它要停住了，而它却一跃而起越过了小河，又继续向人们走去。慢慢地，人们便感觉到了这只雪豹的某种态度，它像一个勇敢走向战场的士兵，尽管知道前面有危险存在，但却毫不胆怯，要冲上去奋力一搏。牧民们感到这只雪豹在示威，他们今年赶着牛羊进入牧场前，牧场是雪豹、野鹿、野猪等动物的生存之地，人和牛羊进来后，喧闹的声音把它们赶走了。野鹿性情温柔，爬过几座山，越过几条河，就又找到了草场；野猪力气大，随便选一个地方用嘴拱开草地，就可以找到吃的；只有雪豹性情高傲，而且对饮食的要求极高，不找到好的草场不随便对付自己。牧民们想，这只雪豹可能去了很多地方，对那里的水草均不满意就又回来了。而现在，白花花的羊已撒满山坡和草地，高大壮实的牛更是分布于草场的角角落落，哪里还有它的立足之地。更重要的是，它是雪豹，而牛和羊是家畜，它们无法融到一起。但牧民们从它高扬的头和迈得很稳健的步伐上断定，它要“收复失地”。这样一想，人们便觉得如果它与牛羊发生冲突，少不了一场流血事件，到时候，死的不是它，就是牧民的牛羊。而目前的事实是，它只是一只孤独的雪豹，而牧区有成千上万的牛羊，要是一拥而上足以将它踩成肉泥。牧民们对牲畜有很深的感情，对山上的动物也厚爱有加，是不情愿让那样的事情发生的。

它越来越近，气氛变得紧张起来。有人想朝它喊一声，把它吓走，但还没等开口，它却站住了，它望着牛羊，眸子里闪着复杂的光。有一只羊朝它咩咩叫了几声，它也回应着叫，声音急躁而又不安。牧民们想，如果它果真冲向羊群的话，就必须在它刚流露出意图的时候把它拦住。牧民们之所以这样想，主要是出于两方面的考虑。

一方面是怕它把羊冲乱，使羊群受到惊吓，不好再收拢；另一方面是因为他们出于对牲畜本能的一种怜爱，都是动物，何必互相伤害呢！他们不愿意看到牧场上出现死亡的事情。这样想着，人们便屏声凝气等待着它冲向羊群的一刻，但它却并没有冲向羊群，只是静静地站在那儿望着羊群出神。牧民们想，它虽然是一只雪豹，但与羊仍是同类，说不定它们互相凝望就是一种交流或对话，它们的语言就是此时互相凝望的目光。过了一会儿，紧张的气氛慢慢变得轻松起来，牧民们似乎也感到正处于一种冥冥的对话之中。这种气氛在阿尔泰会经常出现，牛羊、大树、风、河流等等，时不时地都会给人带来奇妙的感觉。人的心思被这些东西吸引着，变得浪漫起来。这种时候，人便变得更快乐了，牧场便变得更美丽了。牧民们唱歌喝酒，大多都是在这种时候。

它望了一会儿牛羊，又望了一会儿牧民和帐篷，突然转身走了。它转身离去的动作像来时一样，稳健、坚决，而且还似乎夹杂着些许高傲。牧民们无言地望着它离去，牛羊也默不作声。一只雪豹只是这样走进了牧场，什么事情也没有发生。但一匹马却被它激怒了，刚才，它望了牛羊，也望了人和帐篷，唯独没有望这匹马。这是一匹还没有被骟的儿马，性烈气盛，忍受不了它对自己的漠视，尤其是它离去时流露出的高傲，它长鸣一声，腾起四蹄向那只雪豹追去。牧民们大惊，但却已经无法阻挡，只好看着它冲了过去。雪豹回头看了一眼马，也倏地腾开四蹄跑了起来。它边跑边回头向后张望，似含有挑衅之意。马更愤怒了，加快速度向雪豹追去。牧民们都围了过来，刚才担心牧场上出现死亡，看来这会儿真的要发生了。它们跑到牧场边缘，雪豹一看马已经接近自己了，便飞速窜入林子，向山岩上攀去。山岩奇形怪状，几近无路可走，但它却闪转腾挪，非常灵巧地在山岩上跳来跳去，不一会儿便爬上了山顶。马只好在林子边停住望山兴叹。马只能在平地上施展本事，在山岩上便寸步难行。很快，雪豹已在山顶没有了踪影，而马却仍在下面呆呆地望着。也许，它在这时候才真正体会到了一些什么。少顷，它默默地转身而回。牧民们和牛羊都望着它，它低着头，像一个战败了的士兵。

这件事过去好几天后，又有一只鹿像那只雪豹一样走进了牧场。在短短的时间内，事情又像那天一样重复着上演了一次，那只鹿也是向牛羊和牧民望了一会儿后便又离去。结果那匹马又追了上去。那匹马也许是想借这头鹿一雪前几天的屈辱，但它还是被鹿甩在了后面。那头鹿攀越山岩的速度比雪豹还快，从几块石头上飞跃过去，转眼就不见了。

牧民们都责怪那匹马，说它像村里不懂事的孩子一样。村子里对一个人有多大的本事有严格的衡量方法，比如你长到现在吃了几只羊，骑过什么马，翻过多少座山，都是有多大本事的标志。牧民们说，这匹马明年无论如何得骟了，不然，它老是干傻事。比如追鹿，一般情况下，马都不会干这样的事情，鹿的灵活没有哪种动物能比得上。在牧区，人们曾亲眼见过一只鹿将一头狼一蹄子踢死。还有一次，一群狼将一只鹿围住，准备合拢后将它咬死，但它却从狼群头顶如流星一般一跃而过，转眼就跑出了很远。狼群惊得愣怔半天才有了反应。

过了几天，那只雪豹又走进了牧场。也许因为前面已经来过一次，加之又战胜了那匹马，它轻松自如地在牧场走动，毫无陌生感，就像羊群中的一只羊一样。那匹马也许已彻底服了它，对它消除了敌意。慢慢地，它和牛羊成了朋友，与那匹马更是显得亲近。它每天都从林子里出来，并不时地发出长鸣，那匹马和牛羊一听到它的声音便遥相呼应，纷纷与它对鸣，牧场上出现了非常热闹的嘶鸣声。牧民们看到牧场上出现如此热闹的景象，也颇为高兴，他们觉得，一只雪豹与一群牛羊融到了一起，是牧场上的一种新的生机。

后来，一帮猎人来到了牧场，他们听了那只雪豹的故事后对它动了心思。牧民们警告他们，如果谁敢动那只雪豹，我们跟他动刀子；谁让那只雪豹流血，我们就让他流血。那些猎人不吭气了。但牧民们却没有预料到他们会偷偷地下手。预料不到的事情，往往会导致可怕的后果。那天早晨，那只雪豹刚走到牧场中间，他们就把它围住了，它想钻入林子攀山岩离去，但那些人早已摸清了它的动机，派两个人死死地把守住了它的退路。无奈之下，它只有向另一个方向奔突，挡它的那个人没拦住它，它便冲出了包围圈。那些人在它后面穷追不舍，一直把它赶到了一个悬崖边。它站在悬崖边悲哀地嘶鸣着，牧场上的牛羊和那匹马都听见了，应和着发出躁动不安的叫声。那些人逼近，用枪瞄准了它，它停住嘶鸣，纵身跳下悬崖……

我到牧场的时候，这件事已经过去好多天了。牧民们时不时地仍要提起那只雪豹。牧场上的牛羊吃着草，不时地扭头向悬崖那边张望。那帮猎人早已经跑了，牧民们要找他们算账，他们怕流血，怕死，他们没有一只雪豹跳入悬崖的勇气。

一天，我走到了那个悬崖边。悬崖深不见底，黑乎乎的，似有什么鬼魅在游动。正要离去，却见对面的崖壁上有几朵花，红艳艳地开着。崖壁陡峭，不长一树一木，但这几朵花却选择绝壁而生，而且开出了鲜红的花朵。想着一只雪豹就是从这儿跳下去的，心便沉了。它跳下去的一刻，是不是看到了这几朵花？

石 头

1.陨石

陨石是外星物在这个世界的迷失，亦是在地球上的流浪。

陨石无论大小，都经历了时空穿越，体验了宇宙，可谓达到了生命极致。

无意间听到，新疆是陨石的富集区，民间说法有两个。其一，新疆地域辽阔，陨石落下的便自然多；其二，新疆的风大，把轻一点的石头都刮走了，刮不走的就是沉重的陨石。

民间说法有趣，但无科学依据，陨石本是一种具体物质，还是有科学依据才能站得住脚。于是便去请教地矿方面的专家朋友，得到的答复同样有两个。其一，新疆之所以成为陨石富集区，得益于塔克拉玛干沙漠，其干燥的气候利于保存陨石，且有较大的风沙，容易把坠落的陨石剥离出来；其二，新疆的风向都是西北风，因此沙子便都往东南方向飞，让新疆永远处于西北边缘地带，所以陨石容易被剥离出来。

详细可靠的解释，拉近了陨石的距离。但陨石毕竟不多见，要想详细目睹其风采，还得费些工夫。算下来，我这些年亦见过不少陨石，留下深刻印象的有三块。一块为蜂巢状的陨石，不但那密孔与巢孔十分相像，且似乎隐隐透出一股浓浓的蜂蜜甜味。观那块陨石，让人疑惑外星也有蜜蜂，其蜂巢经宇宙漂泊至人间时，受高温变成了石头。

另一块陨石更独特，其表面存有气泡和滴孔，似乎经过了岩浆的沸煮，被捞出后便凝固成了那样。

还有一块陨石的表面布满细密的凹痕，似乎有无数硬物击打到它上面，便留下了这些凹痕。此现象实际上不难理解，陨石自宇宙坠向地球时，高温会使它们变软，哪怕一股气流，也能把它们击出痕迹。

乌鲁木齐有一个矿物博物馆，院中陈列一块巨大的陨石，人站在它跟前，仅为它的一半高。出出进进的人都习惯摸它一下，时间长了便被摸得颇为光滑。懂陨石的人常常弯曲手指，在其表面敲击几下，便有回音隐隐响起。陨石为何会响，至今无人能说出原因。

前几日大雪，我经过那个博物馆，突然想看看那陨石，于是一拐便进了院子。积雪下的陨石像一个圆蘑菇，我用手把它一角的雪抹开，只是一摸，便觉出一股从未有过的寒凉。当时虽然天冷，但陨石的那种冷，显然超出天气的冷很多。不由得疑惑，陨石在积雪之下，为何会如此之冷？

陨石本为奇物，于是便会发生奇特的故事。北塔山有一圆形石球，其形状之圆，如同精心制作出的器物，但它毕竟是石头，人类是不可能把它制作得那般精美的。人们断定它为陨石，因为只有陨石有机会受到锻冶，变成一个完美之极的宝贝。那石球的圆仅为一绝，另一绝是鸟儿从不落在它上面栖息。很多人都亲眼看见，有鸟儿因不知情况要落到它上面，快落下时像是感觉到了什么，马上惊恐鸣叫着飞离而去。人们猜测那石球有辐射，尝试将牛羊往那石球跟前赶，牛羊还未走近便怪叫，转身往一边跑去。此现象怪确实是怪，但究竟是什么原因，却没有人说得清楚。

另有一事，青河县有一陨石，因其外表酷似银白，又很像骆驼，所以被人们称为“银骆驼陨石”。后来那陨石被人拉走，一峰骆驼居然跟着车走，两眼紧紧盯着车上的那块陨石。是它发现那陨石很像自己，所以不舍吗？骆驼的事情，人说不清楚，所以人便不理睬骆驼，加大油门把骆驼甩在了车后。那骆驼望着车远去，发出撕心裂肺的长嗥。

2.奇石

近些年，奇石受人们青睐，大有超过和田玉的架势。

说起来，玉本出自于石，就是质地好的石头，因其文化内涵被提升，品质被认可，遂成为人们喜欢的宝贝。

如今玉少了，人们便把目光转向石头，于是奇石的地位便被抬高，成为又一珍贵玩物。

早先的说法如“淘尽顽石始为玉”“叶尔羌是一条漂着宝贝的河”等等，说的都是石头。至于玉石或奇石，则要从顽石中去寻找，其寻觅千万遍终不可得的事，比比皆是。

十余年前在泽普的叶尔羌河段，见大水已将桥冲断，但人们却不顾危险在河水中捡捞石头。原来此时的叶尔羌河，因为从帕米尔高原一泻而下，冲击和带出了很多石头，正是捡拾奇石的好时机。

碰到一人，他遗憾地说，前几日他从一块奇石上一脚迈过终未发现，他身后的一人，在那一刻犹如得到神助，一脚将那块石头踢得滚了几下，将一幅酷似骆驼的图案呈现了出来。那人抱着那块奇石迅速离开河滩，当晚将那块奇石卖出，得了五万元。

大多捡奇石者都抱着发财的梦想，如果捡到珍贵图案的奇石，价格往往不菲。也有一些人是为了陶冶情操，渴望与石头的奇和美相遇。这一类人显得从容淡定，在河滩上缓慢移动的身影，与河流千回百转的跋涉一样，是一种生命的启迪和暗示。

捡奇石者皆神情专注，双眼紧盯着河滩中大小不一的石头。叶尔羌河流域近千公里，无论是河源、河谷和河滩，均多见捡奇石者的身影。有疯狂者将整个河床翻开打捞，更多的人则沿河滩边走边悠闲地寻觅，如此度过一天，倒也怡情。

任何事情，只要广受关注，便会形成一致的说法。仅以叶尔羌河流域的奇石为例，其质地已被分析出诸多科学数据，如矿物结构、硬度、纹理纤质等等，懂行的人能滔滔不绝地说上半天。至于其品种，则被分为昆仑石、大化石、戈壁石、孔雀石、七彩石、生发石、黑珍珠等。不同的石种，在形、色、纹和质方面便不同，浸透出不一样的美和韵味。

人们将寻觅奇石称为捡拾，足可见这是一种无须付出什么，可直接从大自然中获取的行为，所以捡奇石便全靠运气，有的人辛苦一天一无所获，也有人无意一瞥就发现意外的惊喜，但那样的情形毕竟是少数。时间长了，人们终为奇石所累，乃至折磨得心神不安，便觉得奇石一名之所以用奇字打头，是具有某些灵异和神秘色彩的，前世积德不足，今生性情顽劣者，大概与奇石无缘。

我曾在叶城和朋友捡过一天奇石，到了下午，觉得捡拾的石头皆无大自然的造化伟力，亦无鬼斧神工之图案，便逐一淘汰，到最后居然没有一块值得留下。附近有一位农民也在找奇石，他用坎土曼将石头翻起，判断没有价值后又放回原处。他和我们一样，耗去一天一无所获，最后与我们对视一笑，各自归去。

因为捡奇石的人增多，便发生了很多有趣的事。有一人在一个大湖边见到一块大石头，为其奇异的形态和丰富的色彩称奇，遂跳到上面用手抚摸，心想如此美的一块石头，如果不是因为太大，弄回家该有多好！正那样想着，那石头却突然动了，他慌乱跳上岸才发现，那并非是一块石头，而是一个生存于湖中的活物。后来有人猜测那是湖中大鱼的脊背，也有人说是湖怪游至湖边透气，恰与他碰到了一起。那人受了惊吓，从此再也不敢去那湖边，就连去小河边捡寻石头，也总是紧张得东张西望。

另有一人，幸运得一块奇石，不但色彩艳丽，而且其图案酷似一匹奔驰的骏马。别人告诉他，那是一块响石，但他拿在手中，不论是静止还是摇晃，均无任何声响。他请几位朋友试验，那奇石到了他们手中便“沙沙”作响，而回到他手中则哑默无声。众人皆为那块奇石拍案称奇，为之叫绝。他却感叹，人找奇石，奇石也找人，我与这块奇石无缘，让它去寻找属于它的主人吧！说罢将那奇石送给一位朋友，从此不再遭受折磨。

奇石是否有灵？

3.阴山之石

“阴山之石”，这是我从坡上的另一头下去，走到一条小河边坐下抽烟时，突然想起的四个字。

细细品味这四个字，仍觉得意犹未尽。如果将“阴山”视作《敕勒歌》中的阴山的话，它就是现实中存在的一座山。据说阴山指的是现在的天山，但又有人说是指内蒙古的某座山。不管怎样，阴山只要存在，就可以让我们相信，古西域的历史是丰厚的，所以，在这里再提阴山，我仍将它视为一座有意义的山。这样，我们就可感觉到西域历史的沉重与深刻。

新疆的山大多四季冰封雪裹，可谓真正的阴山，但它们却一日日长高，有一种坚硬如石的味道。而且这些山都背阴，没有明朗的地方，但在背阴处，却有坚硬的石头分布，支撑着山峰的高度。这样的情况下，“阴山之石”就是一种精神，一种特殊场地中的品格。

因为对“阴山之石”甚为喜欢，所以我决定在以后，将这四个字作为我一部作品的书名。

这些年，因“阴山之石”引出许多事情。在白哈巴村曾听说过这样一件事：阿尔泰山林中有一种盘头羊，其角甚是漂亮，是许多人羡慕之极的宝贝。由于人为的大量捕杀，这种羊现在已经很少了。奇怪的是，盘头羊明明知道阿尔泰已不是理想的栖身地，时时都会有危险降临，但它们就是不离开阿尔泰山。一次，一伙人用绳索套住一只盘头羊，准备带回去喂养。盘头羊大声嘶叫，他们只好用衣服蒙了它的头。回去后，它们将盘头羊放在一个四面有墙的院子里。不料，盘头羊一看此处已不是阿尔泰山林，便一头撞在墙上，那两只美丽的羊角噼啪裂断，鲜血满面流着。不久，它就死了。

那一双美丽的羊角原本是不容侵犯的，一旦它被侵犯，就没有什么意义了。所以，盘头羊要将它放弃。不知道那只盘头羊是不是也有这样的心思，但我愿意替它这么想。

经由一只盘头羊的故事，我想起自己曾亲眼看见过的真正的“阴山之石”。

在西藏阿里的一天，我走到一个陡坡前，被眼前的情景一惊。在半坡上，一块巨石作向下滚动之势，却被一块小石头撑住，牢牢留在原处。因为时间已经很久，巨石已经长在了山坡上。这是让人心生敬意的几块小石头，在草木都已死去的干裂斜坡上，它是怎样牢牢扎下根的？而且当一块大自己几十倍的石头滚到跟前，它又是怎样一下子顶住了它？

如果说，那些朝圣者一步一叩首所要达到的，是至高的境界的话，那么这块小石头，就像他们在长路上起起伏伏拜叩的身影！

我看见一位藏族老人走到小石头跟前，也像我一样发现了两块石头之间的秘密。他将身上的东西卸下，将手中摇动的小转经筒靠放在地上，然后向石头叩拜。他看见的那块小石头，大概暗合了他心中的愿望，他便向它叩拜。然而，他刚叩拜了一下，放在地上的小转经筒倒了，他伸手将小转经筒扶住，放稳固了，赶紧弯下腰又去叩拜，但小经筒还是倒了，而且顺着山坡掉了下去，掉到一块奇形怪状的石头上“啪”的一声摔碎。老人扑过去将碎了的小经筒往一起扒拉，眼泪止不住流了出来。

我无法再看下去，便转身离去。没走多远，我听见身后有念经声。回头一看，老人将碎了的小经筒放在那块小石头上，单掌竖起，正在祈祷念经。我不知道他对这块小石头是否有着与我同样的感受，但他将小经筒放在小石头上的举动感动了我。这是一种皈依吗？抑或说，生命必须得由生命来证明，尤其是在西藏这样的地方。

我不得不停下，久久地注视他。在西藏的日子总是这样，一些神奇的事情接连在我面前如电影一样上演着，我满怀欣喜地目睹着的同时，已不知不觉深陷其中。但我没有料到，一旦深陷一个地方便不能自拔，而陷于西藏的这种不能自拔却是幸福的。老人念完经后慢慢向我走来，我问他小转经筒的事，他笑了笑说，佛在这里等它，它归了佛。我们随便说起佛的事，他用手一指对面的雪山说，以前有一个喇嘛走到这里也摔碎了经筒，他把碎了的经筒放在了雪山的一块石头上，现在山上已结了厚厚的冰，那块石头已被封在冰雪中了。

虽然我已无法查研故事的来源，更无法亲眼目睹那个被封在冰雪中的经筒，但这种感觉却是美妙的，它犹如有直接的力量，推动着感念中的人走向神圣，创造更具神圣意味的东西。

我从包里掏出跟随了我多日的小转经筒，心甘情愿地要送给老人，没料到他却拒绝了，他收敛了笑容，表情凝重的上路了。

我发现，他习惯于执小转经筒的那只手，仍情不自禁地摇动着。

4.生命的主题

细读史书，在古代游牧民族中，有许多平凡的事物被人们赋予了意义，经历岁月，这些事物便变得非同凡响。比如，蒙古族每年都要祭敖包，现在已变成人们心目中的神圣标志。但敖包的由来却很简单——起初，人们在草原上走过，只要一条路畅通可行，就在路边放一块石头，以示后面的人此路可通行。后来走的人多了，石头便一块块垒起，垒成敖包。

再比如，信萨满教的民族，均以河流、石头、大树等自然物为象征。萨满是很古老的宗教，产生该教的年代在遥远的古代。那时候，人们生于旷野，长于旷野，他们的生活便也与旷野息息相关，而河流、石头和大树具有顽强生命力，自然就变成他们的崇拜物。那是让人心仪的时代，千里旷野，人与大自然相融，人类信仰生命力就是神，敬生命就等于敬神。后来，人类一步步向前，新的牧场被开发出来，牛羊群逐渐壮大，但信仰却不知不觉丧失。游牧民族骑着马进入城市，他们改变了生活，生活亦改变了他们。

我去山坡上的一户图瓦人家里，看一位老奶奶作画。据说这位老奶奶在牛羊皮上作画很见功夫，作出的画栩栩如生，而且包含深刻的寓意。敲开门，见她正用一支笔在牛皮上刻画，细一看，是一对男女交媾画。与她聊画，我给她说起一个故事。那个故事很有意思，但却没有答案。故事说，如果这世界上有一天只剩下一男一女，而且他们是亲兄妹，这两个人该怎么办？我以前在陕西甘肃一带听过这个传说，一直没有听到答案，于是便问她可否有答案？她淡淡一笑说，他们肯定会结为夫妻。我顿悟，当人类只剩下兄妹两个人时，他们应该将道德理念打破，让其服从于生存。老太太接着说，真有那样的事情发生，兄妹二人会犹豫着不知该怎么办，这时候，天穹中会传来一个声音说，如果你们害羞，不敢结婚，就听从天意化作两块石头，从山坡上滚下去，到了山下如果合在一起，就成为夫妻，如果分开，就是上天让人类灭亡。他们于是化作两块石头向山下滚去，居然在山脚结合在了一起。于是，人类又开始繁衍，大地上的生命又重新劳作。老太太讲着这些时，一直望着远处，她眼睛里泛起一层沉迷的色彩，变得像一个女巫。

从她家出来，走下山坡到了小河边，恍惚觉得河中也有一块石头，是从老太太的那幅画中滚出的。老太太的那幅画已经完成，画上的一对男女在一个姿势中已燃烧，进入了生命激扬的飞翔之中。那两块石头就从他们的身体里滚出，滚到小河里合成一块石头。

后来听说，白哈巴村有一对年轻人相爱，自由恋爱后遭家人反对，便双双逃出在外成了婚。几年后，当他到返回白哈巴村，走到河边时，也许会感觉到河里的石头会说话。

也许，只有他们能听懂石头的话。

器 具

1.苏尔

我去找萨朗别克，他不在商店，我又去他家找他，他母亲用手一指对面的山上，用长长的语调说，他去“那～个地方”吹苏尔了。噢，苏尔，一种用植物茎杆制作的乐器，据说蔡文姬《胡笳十八拍》中的胡笳就是此物。我在村里听说过萨朗别克对着山吹苏尔的事，但没有亲眼见过，于是便朝萨朗别克的母亲所指的“那～个地方”走去。

萨朗别克坐在一块石头上吹苏尔，乐音悠扬，如泣如诉。我不想打搅他，便坐在一旁耐心等耐，十几分钟后，萨朗别克吹完了。我和他坐在石头上抽烟，他告诉我：“今年我想干点事情，但觉得很难，一直下不了决心。昨天下午我路过这里，看见了这面悬崖和崖顶上的那棵树。我觉得那棵树像我们村里的那些厉害人。你看，在那么高的地方，只有它活了下来，别的树都不行。我很感动，但昨天已到了下午，太阳不在天上，我只好回去。今天太阳出来了，我就吹了。今年我可能要受一些磨难，但最终会像那棵树一样爬到高处。”

我们说话时，萨朗别克将苏尔放在一块石头上，苏尔是金黄色的，被阳光一照便泛出明亮的光芒。我忍不住在说话的间隙要低头去看一眼。一支苏尔，当它被图瓦人对着山吹奏时，笛孔里就有一座座山；对着河流吹奏时，笛孔里就有流动的水——它变成了图瓦人诉说梦想的另一张嘴。

正要离去，萨朗别克看见一只鸟儿在悬崖边飞动，便指给我看。是一只通体发黑的鸟儿。它从崖底斜飞着，大概是飞累了，想飞到崖顶的那棵树上去歇息。萨朗别克见它改斜飞为直飞，便拿起苏尔吹了起来。笛音是赞许和鼓励，在鸟儿身后化成一股力量，推动着它向上飞去。过了一会儿，鸟儿飞到树上，在一根枝干上落下，萨朗别克的笛声也在一个高音处戛然而止。在短短的几分钟内，笛音变成了飞翔，而飞翔又幻化成了音乐，二者一起向高处上升。在高处停止时，似有什么还在持续。

回到萨朗别克家里，他把苏尔端端正正放在成吉思汗画像下。早先我注意到每家都挂有成吉思汗画像，画像下还有苏尔，可见苏尔在人们心目中的位置。萨朗别克的母亲说："苏尔其实很少吹，一年也就那么三四次，但它让人觉得始终在心里，不吹它的时候，也能感觉到它发出的声音。比如有时候干活时，干着干着，就好像听到了它的声音；有时候走在路上，也有这种感觉。"我曾在村中见过好几个人在走路时，身体有一种舞动感，隐隐约约地，他们被一种音乐包裹着。这是外人无法体会的幸福，不管他们要去何处，这种音律美都会使他们迷醉。

说起吹苏尔，萨朗别克的母亲说起一个故事。有一次她的羊丢了，大风雪使她无法前去寻找，她便回家拿上苏尔在风雪中吹，她内心焦灼不安，渴望羊群能快些回来，笛声便把她的心思传了出去。大风呼啸向前，笛音被携带而去。她想起村里的老人说过，笛声借风可行千里；她相信羊群能够听到笛声，它们会返回村子的。后来，羊群真的回来了，围着她“咩咩”叫。她站在羊群中高兴地笑了，但她的手却把那支苏尔越捏越紧。

萨朗别克的母亲说，村子里吹苏尔吹出奇特事情的人多得很。有一年，一只羊不下奶，眼看着它的羊羔要被饿死，主人一着急，对着它吹苏尔，它居然哗哗地流出了奶；还有的人对着马和牛也吹，它们都被感动了。人们都觉得，这种时候家畜们只要听到苏尔，就会突然间焕发出力量。

萨朗别克要去干今年该干的事情了。我劝他带上苏尔，如果遇上什么困难就吹一吹，那样，肯定就不会有什么能把他难住。

后来有一天又听到了苏尔。我没有去寻找吹苏尔的人，只是坐在一块石头上静静地听着。听着听着，我便觉得自己被笛声引领着，身子变得很轻，向村后的林子移去。我抬起头，看见林子后面有白色的雪；再往上看，就是被冰包裹的山顶。

冰从高处反射出光芒，照耀着人们的心灵。

2.斧头

每家每户都有一把斧头。

斧头可用来砍木头、劈柴火和刨制家具。图瓦人建造一个家，要先上山砍伐一些木头，将其凸处劈平；要造一辆马车，也要先去砍树选料；甚至修栅栏、门板、家具，等等，都得用斧头。可以说，有了一把斧头，就有了一切。一个图瓦男人在年轻时，用斧头去创造生活，老了，一身力气都已派上用场，再也不用去伐木盖房和修栅栏，就静静地坐在房子里喝奶茶、抽烟、吃手抓羊肉。一个人到了老得拿不起斧头，便把斧头传给儿子或孙子。时间在变，人在变，但一把斧头的用途却永远不会变。

图尔林老人的斧头挂在房顶的木头上，永远不可能再传给后人了。那把斧头被他用了整整五十年，砍过的木头无以计数。村子里有二十七户人家的房子，以及栅栏和马车，以及家用的桌椅等，用的都是他的斧头砍来的木头。有什么需要，只要给他说一声，他就可以砍来一根木头给你嵌上。好多人家的栅栏，都有图尔林补上的一两根木头，经他补过的栅栏总是很牢靠。有时候，有马车从他身边驶过，他一听马车的声音，就知道哪个地方该修一修了。他把赶马车的人叫住，加一个木橛或一个接口，马车从此便不再响了。时间长了，村里人有事都喜欢找他，他成为村里很忙的木匠。

一把斧头被用得太多，最后也就被用老了，再也磨不出刃口。图尔林将它束之高阁。他对年轻人说，一把斧头，被一个人用老了，那个人也一定已经老了。新的斧头等待着年轻人，他们又接着一把新斧头，去完成自己的一生。从此，再也不见图尔林用过一次那把斧头，但村里人都知道，那把斧头变成了象征，亦变成了图尔林的生命记忆。

现在图尔林已经六十八岁了，但身体还很好。村里和他同龄的老人大多都已经没有了牙，但他满口的牙完好无损，吃大块羊肉时一点都不费劲。孩子们都长大了，各自分开过日子，图尔林独自在挂着那把斧头的老房子里生活着。他很少在村子里走动，原因是他发现村里人都把他当老人看，时时对他有一种怜悯之情。他受不了这些，他觉得自己还年轻，整个身心没有一点老的意思。他还想娶一个媳妇，但听说了喀纳斯湖旁边的一个老头的事后，就打消了这个念头。那个老头已经七十多岁了，身体很好，有一天一位领导去慰问他，问他有什么困难。他说，困难嘛倒是没有，就是想再娶一个媳妇，但没有钱。别人都笑话他，他不但没弄成事情，反而在村子里落下了笑柄。但图尔林却非常理解他，一个人前半辈子忙忙碌碌，后半辈子突然闲了下来，确实受不了。图尔林觉得现在自己什么都有，房子、牛羊、栅栏、力气，就是没有媳妇，晚上睡不着觉。村子里理解图尔林的人说，他就是一把好斧头嘛，现在闲着，挺可惜的！

村里的另一个人努尔江，现在天天在腰里扎一根腰带，将一把斧头别在腰带里，像电视中的古代侠士。

努尔江已经用了很多把斧头。想起图尔林大叔一辈子只用了一把斧头，他真是很惭愧，他知道人们都把图尔林那样的人当成男人，却瞧不起自己这样的人。图瓦人对男人的要求很高，凡事都要衡量你有没有男人气概和风度。这只是一种习惯，证明了图瓦人对生存的要求。事实上，一个人只要有过人的气概，又有什么事情不能做成呢！

努尔江的第一把斧头，曾输给了别人。那时候他好赌，但总是输，输到身无分文就把那把斧头押上，结果还是输了。对方见他可怜，就说斧头你先用着，我什么时候需要什么时候来拿。过后，他很快就忘了输过斧头。一天，他正在山上砍木头，那个人爬上山来向他要斧头。那个人说，别人都笑话我呢，说我赢了斧头不要，是不是不想做男人。努尔江尽管不想把斧头给他，但一想会引出是不是男人的议论，就一咬牙把斧头给了人家。他的房子因此就盖不成了，只好半途而废，不料这件事又给他惹来了麻烦。村里人知道他输了斧子，不能再盖房子了，就说努尔江那个人，从输斧头的那天起，就把好多东西都输了出去,他这辈子恐怕都盖不上一座房子。

但努尔江却不长记性，很快又把第二把斧头输了出去。那天，他和几个小伙子去林子里砍柴，因为一句气话又赌了起来。他满以为能赢，但却输了。赢了的一方刚把斧头拿过去，林子里突然窜出一只花鹿，众人将它围住砍伤，但它最终冲出包围圈向山顶跑去。赢了努尔江斧头的那个人，拿着刚赢过来的斧头，用力甩去，劈中花鹿的后腿，花鹿倒在了地上。回到村子里，人们都对那个劈中花鹿后腿的人赞赏不已，但一提到努尔江便不停地指责他，认为他不会把握机会，偏偏在关键时刻输了斧头。努尔江也很懊恼，他也会将斧头甩出劈猎物，但偏偏在那前一刻将斧头输了出去，本该得到的光荣没有得到，反而遭人讥笑。那天，他发誓再也不赌了，而且要去购一把好刃口的斧头，好好地用，好好地做人。

之后，他把新购的斧头别在腰带里，认认真真地去做事。别人问他为什么要把斧头别在腰带中，他说，我的斧头只要在我身上，我所有的东西，别人就拿不走，我到现在才明白，有了斧头就有了一切。慢慢地，努尔江感到自己不再与生活有隔阂了，早先没有盖起的房子也盖起来了，栅栏也有了。他感到了斧头的分量，也体会到了生活的美好和深刻。

但事情很快又发生了变化，一天，赢过他第二把斧头的人找上门来，向努尔江道歉，说那天本来是努尔江赢了，但他做了手脚……那张鹿皮现在就挂在他家里，他在外面听着别人赞赏他有男人气概，回到家里一看见那张鹿皮就心慌意乱，有好几个晚上，他连连做噩梦，梦见那把甩出的斧子从鹿身上弹回来，砍在了自己身上……努尔江哭笑不得，自己蒙受耻辱，到头来才知那是一场游戏，他为这场游戏付出惨痛的代价，但制造这场游戏的人，最终也受到了良心的谴责。

努尔江收下那个人还回来的斧头，自己终于正名了，终于在时间中等到了这一天，更让他感动的是，正是这件事使自己鼓起改变自己的勇气，从此变成了正经人，他觉得这其实是一件好事。

他很激动，但在激动之余却又想，多了一把斧头，该派什么用场呢？

3.马鞍子

巴车是个有意思的人，去哈巴河县城做衣服，裁缝把衣服做好后，他将上衣穿上，用力甩甩胳膊，扩扩胸，说：“不紧，好！”裁缝又递给他裤子，他穿上后，快速蹲下，又快速站起，用手一摸屁股，说：“没开裆，好！”

我刚走进巴车的院子，就看见他手提一副鞍子，向拴在屋子旁的那匹马走去。他的马鞍子很古老，上面有铜饰花纹，皮子已油黑发亮，就连骑槽也已变得很黑。他走到马跟前抚摸着它的背说，休息好了吗？接着把鞍子往它背上一放，又说，穿上衣服；接着又系鞍子上的绳子，嘴里仍不闲着，系上腰带；最后，他在马脖子上挂一根红布条。我知道给马挂红布条是为吉祥，但他却说，打上领带。做完这些，他把马牵出门，翻身上马，很快就出了村子。

巴车的马鞍子已经传了五代人，至少有十一匹马用过，走过的路怕比草原还长。村里人都知道巴车家有一副好马鞍子，巴车因此在村里的地位很高。人常说，好马配好鞍，但有了好鞍子却不一定有好马，巴车现在就为此苦恼。他父亲曾骑过一匹好马，配的就是这个鞍子。巴车曾在十八岁那年骑过那匹马，迅疾如飞，骑在上面顿感身轻如燕。可惜那匹马死在了他父亲前面，否则，就会传给他。这么多年了，他一直在寻找好马，但始终未能如意，现在他骑的这匹马勉强可为之。

我想找巴车聊一聊马鞍子的事，但他骑马走了，我只好在村子里乱转。走到一户人家门口，我看见了一个被闲置的马鞍子，也许它已被闲置得太久了，上面落满灰尘。有一根野草从马鞍子的夹缝中钻出，开出了一朵小花。这家人对马鞍子不重视，连长进它夹缝的野草也懒得拔去。一个马鞍子被彻底遗忘，但在另一种时间里存在着，那朵悄无声息开出的小花就是证词。

太阳慢慢升高，把这个马鞍子照亮。被阳光照亮的马鞍子仍显得硬朗，让人隐约感觉到它昔日的稳健和坚实。正这样想着，突然看见一只蜜蜂嗡嗡飞来落在马鞍子上，转瞬像会隐身法似的不见了。仔细一看，才发现马鞍子上有几个小孔，又飞来几只蜜蜂从小孔中钻了进去。什么时候，是风、虫子，还是雨珠把马鞍子弄出小洞，后来让蜜蜂们发现了，便在里面筑了巢。我小时候在老家时，经常跟叔叔养蜜蜂，我知道只要一个地方有几只飞动的蜜蜂，里面肯定有一个巢。现在的这个马鞍子真是有意思，被主人用旧，随手扔在这里，但却有一朵小花为它而开，有一群蜜蜂在里面筑巢。这都是一些不会引人注目的事情，但却是更为平静和持久的存在。

主人从牧场回来了，在栅栏外卸下马鞍子，将马拴在屋旁。我注意到，他的马鞍子虽然显得粗糙，但他对马鞍子格外珍爱，小心翼翼卸下拎进屋去。村里人都很珍爱马鞍子，一匹一匹的马被骑老后，马鞍子却还很新，很难像巴车的马鞍子那样引人注目。据村里的老人说，马鞍子其实是被一匹又一匹马磨合出来的，一般情况下，三匹马可磨合出一个好马鞍子。我想，有些马鞍子因为磨合不成，就只好被遗弃。

这时，一只蜜蜂从小孔中爬出，绕马鞍子飞一圈后又落下，很快，从其他孔中便爬出很多只蜜蜂，嗡嗡向远处飞去。我觉得爬出的第一只蜜蜂是哨兵或值班员，先是出来打探一番动静，然后向里面发出信号，于是大部队才出动了。它们飞过栅栏，向草场飞去。草场中的草正在开花，是它们采蜜的好对象。看它们那么急切地飞向草场，我觉得它们就是一匹匹好马，当然，它们身上一定有非常好的鞍子，它们的梦想就骑在上面，指引着它们。

下午，一群放牧者归来。他们走到村后的山坡上时，突然纵马狂奔起来，马蹄声响成一片，像群鼓敲出的音乐。每匹马身上的鞍子都很显眼，在夕阳中反射出金黄的光芒。马蹄之音一浪高过一浪，闪着光的马鞍子被托起，又落下，让人觉得是跳动的音符。我被眼前这狂热的场面弄得愣怔不已，感觉自己也骑着一匹马，身子贴在马蹄声上奔跑了起来，越来越快，越来越轻，一会儿就觉得自己被一匹马驮到了远处。过了一会儿，人们稳住马，缓缓下坡，各自走回家去。他们都稳坐在马鞍上，身上落满夕阳的金黄。

夜里有梦，是我领着一群马在奔跑。跑到山顶上站住，才发现马身上都有一个鞍子。我想一一抚摸过去，它们见我就跑，我便又追，追到一匹骑了上去，觉得胯下的鞍子舒服至极。就那样跑啊跑啊，全村的人都在叫我的名字，我一应便醒来，感觉双腿仍有向前奔跑的感觉。我把这个梦说给索伦格听，他没有说什么，倒给我讲了一件事。以前村里有一匹病马，老是不见好，但凡只要看见有马奔驰，它就嘶鸣，显得很兴奋。主人试着把它牵到牧场上，让它天天看别的马奔跑。不料，有一天它突然焕发了精神，一跃而起奔跑起来。它的病从此好了，变成了一匹好马。

我现在还没有一匹马，也没有一个马鞍子，但我经历了那样的场面，做过了那样的梦，亦是与马的贴近，且已感受到了马鞍子的温度。我对此深信不疑，且心存感激。

几天后，传来消息说，巴车的马鞍子碎了。当时，他骑着马正在山里急驰，马突然浑身一抖停住，紧接着他听得马鞍子哗啦一声碎落在地。他下了马，眼泪就下来了，好好的一个马鞍子，怎么说碎就碎了呢？这是几代人传下来的马鞍子，是他们家的荣耀，这下子可什么都没有了。

村里人说，再快的马也有跑不动的时候，再好的马鞍子也会被用坏。人们都觉得巴车太年轻，虽然祖上传下来的马鞍子是宝贝，但用到一定的时候就应该收起来，这样才能使一个好马鞍子永存下去。巴车深感惭愧，他因为太年轻，仗着祖上有光，不知道珍惜，把事情搞坏了。

他为洗去耻辱，便到山上去寻找做马鞍子的上等木头，但直到我离开白哈巴村时，也没有见到他。

4.扇镰

扇镰是打马草的专用工具，镰长约一米，因呈扇形，故得名扇镰。

用于手持的扇镰把子约两米长，中间有一个把手，打马草时，一只手将镰把甩起，另一只手用把手掌握方向，即可割草。

本来是割草，但人们把“割”称为“打”，所以割草就被叫成了“打草”。

我第一次见打马草，是在来白哈巴村的第一天，几个小伙子在午饭后将扇镰横于马背，像电影中出征的将军一般走出村子。我随他们走到草场去，见他们打草的动作颇为漂亮，一把把扇镰上下飞舞，被割断的草亦在飞舞。不一会儿，他们便打出很远，身后的草铺了一层。另有人用木杈一搂，草便堆成一堆。

我在甘肃老王的商店里仔细看过扇镰。扇镰之锋利，如果不安镰把，就是一把刀。先前村子里有专门打造扇镰的铁匠，后来就没有了，现在村子里用的扇镰大多都是老王从哈巴河县城运上来的。村里还有一些人用的是从祖上传下来的扇镰，整个镰身被磨得很明亮，在草场上打草时，远远地只见亮光闪闪，颇具晕目之感。

村里的每个人都有草场。只要一结婚，村委会就给你分一块草场。这几年村里的人口呈负增长趋势，结婚的年轻人也越来越少。所以，有很多草场都无人经管，让那些老年人看着心疼。我想，假如我是村子里的人，我就选一块好草场，备一个好扇镰，到八九月份打回马草，养一大群羊。闲的时候，和村里人玩数羊的游戏，如果赢了，就高高兴兴地牵着羊回家；如果输了，也不生气，再去干别的事情。我在村子里一定会过得很好的。时间长了，那些上了年纪的老人会变成我的朋友，那些漂亮的女人就都是我追逐的对象。其实，在村子里像有斧头就有了房子，有奶桶就有了一冬的食粮一样，有了一把扇镰，打来那么多马草，就可以喂养很多牛羊。

扇镰虽只用于小小的草场上，却生发出许多故事。苏荣格第一次打马草的时候，就被父亲扇了一记耳光，并收走了扇镰，让他三年都没有摸过一回。那天是很好的天气，苏荣格一进草场就甩开膀子干了起来，但在随意一瞥间，他看见有一匹马在吃旁边草场中的草，他在心里说，你可不能贪吃呀！现在你多吃一些，别的马在冬天可就要饿肚子了。他放下扇镰，过去赶马，刚走到马跟前，便看到不远的草丛里有一对男女正赤身裸体缠绵在一起。他认出了他们，那是村里的两个和他关系很好的年轻人。他悄悄牵马离开，回去接着打马草。他边打边想，这样的事情可不能被父亲知道，他们上一代人对这样的事反感至极，万一被父亲知道了，全村的人很快就知道了，那样的话，那对男女就没办法再在村子里待了。他正在这么想的时候，父亲大声骂着什么冲了过来，原来，他刚才牵过来的那匹马因为嘴馋，又偷吃了他们家的马草。他被父亲突如其来的叫骂吓得不知所措，手一偏，扇镰飞向父亲，差点把他砍中。他父亲大怒，过来给他一记耳光，你妈的，把我当马草打呢。下午，他坐在草场上愣愣出神，扇镰被父亲收走了，他变得无事可干。躲在草丛中偷情的那一对男女早已经走了。四周一片安宁，他不知道自己做错了什么，想想父亲，觉得他太专横了，不让他打马草不说，还收走了扇镰，并说三年内不准他再去摸一下。他越想越委屈，眼泪止不住就流了下来。

好几年过去了，他还记得在那天流下泪水的滋味，但村子里却没有一个人知道他曾经哭过一场。

另一个人现在已经离开了白哈巴村，没办法打听到他去了哪里。人们对他的记忆，在他最后一次使用扇镰时就中止了，在平时说起他，也大多只说他最后一次使用扇镰的事情。那一年到打马草的时候，他找不到扇镰，别人都打了两天了，他还在家里翻来覆去地找。村里人都觉得他这个人真是糊涂，去年打完马草后就应该把扇镰收好，不能随便乱放。第三天，他找到扇镰，急急忙忙到草场去打马草。他觉得已经比别人晚了两天，所以打得很快，那把扇镰上下飞舞，一上午便打出一大片。也许是因为他前两天找扇镰的事吸引了人们，所以大家仍很关注他，有不少目光在看他，看着看着，大家突然觉得不对劲，他的扇镰在扬起和落下的间隙，似有几丝晃动的光芒在闪。有一位经验丰富的人说，他的扇镰可能要断了，话刚完，就看见他扬起的扇镰突然甩出一截飞上了天，他一愣，那截扇镰已落下，砍中了他的右手，血流了出来。他握着伤口，也许是因为疼，也许是因为这件事件发生得太突然，他的脸变得苍白。过后不久，他离开白哈巴村，一去再未回来。

村里人都说，大可不必嘛！比起苏荣格差点把父亲当马草打了，他遇到的只是一件小事，干啥事不受伤呢？前几年有人兴高采烈地盖房子，还被木头砸断了腰，打猎时也有人摔断了腿。

但所有的人都没有站在他的角度替他考虑，如果站在他的角度，人们也许会感觉到他心里是什么滋味。像斧头、奶桶、马鞍子、甩鞭和扇镰，人们使用时得心应手，而一旦出现意外，它们反过来却会伤人。有时候，人们会归罪于自己操作不慎，有时候会归结于命运。老天爷在这个世界上的布道，有快乐就会有痛苦，有得到就会有失去。

真的，当你被你热爱的东西伤害过一次后，你就会对此深有体会。

沙 漠

1.拥抱

那一眼只是随意一瞥，但我却被吸引过去。

几位摄影人摆出一组航拍沙漠的照片，像是自己跳出来似的，在厚厚的一叠中有几张滑出，在瞬间显得眩目，一下子吸引了我的目光。他们俯拍的是沙漠中的雅丹地貌，除开它的庞大不说，单是从空中被拍下的这一刻，便在镜头里显得极为博大。想必他们按下快门的一瞬，内心体验的是和我一样的惊喜。

看了一阵，心里已满是赞叹。从形状而言，鸟瞰到的雅丹可分为两种。一种像男人的身体，另一种似女人的躯体。颇似男人身体的地貌多突兀隆起，好像已在沙漠中奔波很久，饥饿、焦灼、隐忍、渴盼、疼痛、忍受了很多，但这里天仍高，地仍远，他们一生气，便卧地而憩。也许是太累，加之浑身的力量已消失殆尽，这一卧下便再也没有起来。不起来也好，行走多么艰难，而躺下多么舒服。于是便舒展开身躯，一躺就是千年万年。时光流逝，风云变幻，尘埃一层层落下，最后，雅丹穿上了一件合身的衣服。

至于颇像女性躯体的几个雅丹，自然多具柔性和流线美。最醒目的，是雪水流下时拉出的痕迹。这些待字闺中的处女，多少年来一直将头发盘起，但现在却被恣肆汹涌的雪水从挽结处拉开，如瀑布一般散落而下，在肩头、乳房、腰部以及大腿上覆开。因了这些头发的映衬，她们裸呈的身体更具神秘感，似现不现，似隐不隐，很是撩人。怪不得那些雪水会在此消失得无影无踪，它们撩拨和抚摸女人后，又享受了将其头发拨弄散落的快意，心满意足地消失了。

雅丹男人和雅丹女人，就这样裸露在沙漠中。沙漠无言，他们便是在沙漠中袒露出的生命。

所有的照片中，以一张全幅的最为生动。从空中被拍下的这一刻，沙漠变成了一只巨兽，雅丹构成一只只兽爪，紧紧抓着大地。因为有了从上向下鸟瞰的机会，便感觉出这一只只足爪行走时的力量。它们太庞大，每迈下去都颇为沉重，踩稳后，大地似乎难以承受它的重负，便让它陷入进去。所以，看它们的爪尖已深深没入土地，就连爪趾之间，也被塞入许多细土，填没了那宽宽的缝隙。细看，还会生出感觉，也许它们只是蓄力一迈，只行走了这么一步，便又在大地上站立着不动了。这一迈只在瞬间，使自己在大地上扎了根。

后来又想，如果有一个更宽广的镜头，从上向下俯拍，原本大地（沙漠只是它很小的一部分）就是一个大得望不到边的巨兽，山川、河流、森林，便一一是它的体格、血脉和头发。它的躯体大得无边，须找到很高的地方才能够看清。

品味了一会儿，大家又说到恐龙。因为雅丹太像恐龙，所以人的思维被牵制，纷纷猜测是不是恐龙死亡后，变成了雅丹？谁也说不出理由，更无法找到答案。不远处有几亿年前的树，如今已变成硅化木，直径长约两米，树身长达二三十米。想想恐龙时代，才是力与美得到展示的时代。可惜，后来地球在瞬间变化，一切都死了。但因为伟大，这种死亡依然展示出撼人的力量。

最后，又是一次震惊。摄影人选了一个好角度，拍下的雅丹俨然是一个男人和一个女人正缠绵在一起。他们手臂交挽，躯体紧紧地贴在一起，似已忘情。野天野地，他们紧紧拥抱，在结合中完成了一个永久的姿势。这是大爱，大结合。大地隆起温床，无空降下床被，阳光送来甜蜜的梦境，他们可以忘记一切了。

朋友收起照片时，我又看了几眼，似有些不舍。

一次美的目睹结束了。

一种幻想留在了心里。

一次心灵的上路开始了。

2.沙砾

没有向前行走的兴趣，便坐下来，看身边的沙砾。

沙砾有大有小，密集地拥挤在一起。噢，这些细小而坚硬的生命，就这样一个挨着一个，用自己的身体为这个大沙漠维持着生命。什么时候，它们明白了一个道理，自己有无数个兄弟姐妹，只有团结来，才不至于被大风吹散，不至于被雪水冲走，最后才能支撑起沙漠这个大身体。为了使这个大身体永远存活，自己就必须要和众多兄弟姐妹们团结一致，永不分离……细看，沙砾一个个紧在一起，排成了绵密向前的队伍。沙漠有多大，它们组成的这个队伍就有多大。

后来，又听到了它们的呼吸。听到了沙砾的呼吸，就感到沙漠是不存在的，是这些细小的生命完成了它。而这些细小的生命又充满野心，它们汇聚在一起，把一块土地覆盖得严严实实，让自己灼热和干涸的身体把它的水分全吸干，让曾经生存于此的动物和鸟儿远走高飞。然后，给它披上一件大得无边的外衣，让它不得呼吸，不得生息。刨开一层沙砾，就可以看见被它们覆盖的土地已没有颜色，也没有了泥土特有的柔软和鲜美。

之后，沙砾就这样日复一日，年复一年地躺在蓝天下，被阳光一天天照射，被风一天天吹着。沙砾慢慢变得褐红，似乎体内的血液已涌动出来，把沙漠染成新的颜色。沙砾如此赤烈，让人疑心是在与蓝天对视，与阳光在较量，与风在对撞。蓝天高远，但沙砾却并不向往，反而在这种寂静中与它进行比较。太阳对大地是有施虐心理的，有些微小的生命，一经太阳把明亮如刀子般的阳光落下，便纷纷毙命。但沙砾却不怕，无声地承受太阳的每一次削刮，纵然是烈火焚身，千刀万剐，也毫无反应，而且丝毫不损皮毛。

还有风，这个有时候把柔软的身体鼓荡起来疯狂咆哮的家伙，原以为无坚不摧，但在沙漠上却因为伏身而战的沙砾，一次又一次地失手。有时候，一个跟头蹿出去便不见了影子。沙砾在这里一如既往地沉默，因为细小，从不为自己的胜利发出一言。

今天我到这里来，因为内心宁静，久久感受沙砾的生命世界。在大千世界，我也是一粒沙砾，但我仍将保持自己的渺小，然后看风起云走，落叶流水，印证自己的心跳，是否符合这个世界的万千规律。

一如沙砾。

3.细微处的永远

沙丘，是沙漠一次次完成游戏后留下的痕迹。

大风吹来，沙子便向前涌动，一层一层翻卷，跳起沙漠之舞。但它们却走不远，有红柳、梭梭或胡杨将它们拦住，使它们一层层堆积，形成沙丘。沙漠很喜欢玩这种游戏，一次又一次借助大风这个玩具，玩沙子涌动。也许在涌动过程中，它觉得舒展了一下筋骨，舒服无比，所以总是在等待大风来临的那一刻。那一刻对生命来说，是真正销魂的时刻。时间长了，沙丘就变成了沙漠的生命年轮，记录着沙漠在时间中的痕迹。

石头在这片沙漠中不多，但凡出现都颇引人注目。高山有奇林，大漠有好石。石头长时间在寂静中被孕育着，有了大野气质，有了雄浑的外表。它们一经出现，便是这块土地明亮的饰物。

沙漠中的石头，大的，可以成为一座石钟山；小的，可以无声无息，普通平凡之极，成为这个世界的沉默。其实，石头们在一起，组成了像人群一样的集体。不同的形状，不同的颜色，不同的质地，很像相貌各异，高低不一的人。仔细看，还似乎可以看出这个集体的命运，强大与弱小，光明与暗淡，团结与分离。如果你有耐心倾听，还可听到它们向你诉说的话语。

那块很大的，成为一座山的石头，在可可托海的一个叫额尔齐斯河源头的地方。站在它面前，心中疑惑，是一块石头长成了一座山吗？如果是，这块石头可真谓大英雄，而且是成功的大英雄，有些类似历经百战，打下江山的开国帝王。它长成一座山所需的时间肯定很长，但它顽强的意志却足以统御一切，一生一个意念——长成一座山，别的什么就都不存在了。石头有根，长在心里；石头有眼，仰望苍穹。

风吹来，它听成是天空的呵护。

雨落下，它感觉到是一种沐浴。

四周的花草，是季节的光彩。

……

一块石头的生命有多长，谁也不得而知。它吸引我们的一瞬，一定为我们展现出了它的辉煌。它的生命已登临极顶，在这一瞬，人的心沉了，时间恍如凝固。一块石头是一座山，或者说一座山是一块大石头。与它对视，感受无声中的话语。慢慢地，便觉得一个高大的人站在面前。

当地人说，这块石头，他们的爷爷的爷爷都知道它呢！人们每天赶着羊群走过这里时，都要抬头望它一眼。不同的人，望它时有不同的感慨。有的人觉得它就是一块石头，再大，也不能把它称之为山。因为山在人们眼里不光只有石头，应该在山顶有积雪，半山腰有树或者岩石，还应该有一条由雪水汇成的小溪流下。人们对山的要求是唯美的，山在他们内心是一种感情，一种生命的依靠。

但更多的人仍愿意把它称为山。有人说，羊有大小，马有快慢，这个山嘛，长着哩。后来有一次，我坐在一个地方望了那座山一会儿。我觉得说是一座山或一块大石头都不重要，它的身前身后都是大沙漠，相对于沙漠的沉寂而言，它就是一种生命展示。时间是无声的，只有它，在冷峻地述说着生命的美丽和顽强。

一片树叶从它的顶部飘下，在风中翻转着落到我面前。恍恍惚惚，我觉得一片光亮突然照了我一下。我的脑中出现了一些在这片土地上出现过的人物的名字，他们像是在某个地方等待了许多，在这一瞬，搭乘一片树叶发出的光亮找到了我。他们都是一些被人们熟知的人，或伟大，或顽强，或学识五斗，或率兵征战千里，或独行于沙漠，以个人意志与大沙漠做抗争，终取得成功，名扬历史。人们说起这块土地，便少不了要说起他们。但是，他们却都一一如飘零的树叶一般在时间里消失了。曾经的辉煌，除了交给发黄的史书，再无踪迹。只有这块石头，它一直存在到今天。在它面前，人轻得如同一叶飘零，被风一刮，就消失得无影无踪。

这块石头，是一种真正的永远。

是被我看见的时间的精神。

4.生命气息

我的笔无法离开塔克拉玛干。感谢部队，让我在那里生活了七年。七年不多也不少，到了现在，让记忆变得清晰，并且感动我，养育我的是这支笔。

刚入军营时，我是多么单纯。新兵训练的操场上，我听见墙外有清脆的马蹄声。我们的口号喊得很大，而马蹄声却似乎是暗示和引领，经常撩拨得我们走神。我们被院墙和新兵连严厉的条规限制，不得出营区一百米，但我却利用早操的机会，偷窥见马路的前方是一望无垠的沙漠。那些马车飞快向前，很快就变成一个小黑点，在海市蜃楼的背景下飞了起来。

一天早晨，我们去马路上跑步，一抬头，我发现胡杨绿了。胡杨的树身和枝干都是斑驳的，平时给人临近死亡的感觉。因为有许多人都赞美了胡杨的死亡，什么活着千年不死，死了千年不倒，倒了千年不朽之类的语言随处可见。死亡就是一种完结，不代表任何东西。所以，作为存活的生命，不应该对死亡发出赞叹，死亡对于我们活着的人而言，是一种宽容和练习，它时时让我们忽略它，随心所欲地在生命这个练习册上完成生命。譬如春天，万物再次得到宽容，又一次发芽生绿，又疯狂恣肆地练习了一次生命。

那天，我发现胡杨绿了时，便感到这又是一次难得的练习。后来，胡杨的叶子很快就黄了。所以，在初春这短暂的绿中，它显示出了一种撼人的生机。粗大的绿色叶筋和斑驳的树身形成强烈对比，像是一位画家画到这里后，突发灵感，在树身上涂了几块绿颜色。或者说，这几块绿色就是胡杨冒出的轻盈的思绪。胡杨确实是沉重的，当风吹过，鸟儿飞过，云朵在天空中热情地拥抱在一起时，胡杨就被唤醒了，它亢奋，按捺不住内心的向往。于是，它的血液激荡起来，欲望从根部一直延伸到头顶。但胡杨是被大地彻底束缚了的，它不可能抽身而去，不能完成激扬的飞翔。于是，那些欲望就从它们的身体里穿越出来，长成绿色的叶片。

一位老人远远地唱着歌，慢慢接近胡杨林。胡杨遮去他的身影，只能听见他的歌声。我正陶醉于他的歌声，就见一棵胡杨的树枝被拨拉到一边，一只脚伸出，一个人便走了出来。他肩扛坎土曼，身着长袍，像一只慢慢走动的黑羊。他对马路上的我们视而不见，唱着歌，迈上了一个沙梁，身子一晃便不见了。等我们跑到那个沙梁前面，回头一看，他正背靠一棵胡杨，低着头在抽莫合烟。

这是我看见的人与胡杨贴得最近的一幕。

他或许一上路就开始唱歌了，一路走，一路唱，一直到胡杨林的尽头。这是大沙漠里难得的一幕，让我在这个早晨变得无比激动。我看到的，是胡杨和人最明亮的一面。人和胡杨犹如太阳，自己把自己照亮了。这种光明来自内心，由内向外，进行了一次快乐的行进。

多少年过去了，我至今仍记得那天早晨的胡杨和那个唱歌的老人。我一直觉得，那个老人就是一棵胡杨，他的歌声，就是胡杨的声音。

5.极致

有多少藏在沙漠中的事情，不肯轻易让人知道答案。

有多少人，不知不觉陷入沙漠，好多年都耽于一个古老的生命命题，在如醉如痴地寻找着答案。

一个写作者，又能遭遇多少沙漠中的事情，写出多少关于沙漠的故事？

一片片沙漠，慢慢地，便变得像一个人。有时候，一眼望过去，你就看见了它的容貌。天山是浪漫的，似一个忘乎所以的吟唱者；古尔班通古特是庄重的，一眼望过去，似是海水刚刚漫过的沙滩；就连雅丹群中很小的土丘，不知风伸出了什么样的手，把它们一天天风化，最后形成的样子，像是上面有那么多端坐的人。

无须过多地感叹，想想生存于此的人族，细细端详他们的面貌和体格，就会发现，看人便也就是看一块土地。他们与一块土地融得如此深，于是便有了格外深的感受，他们一个个站在我们面前，却都犹如远在千里之外。

这样的例子很多。一个人去世后，人们把他埋到山上，十几年下来，风吹着那个山包渐渐显形，活脱脱地是他原来的模样。

在新疆塔城，有一座伟人山，从这边看，是毛泽东头像，而据说从那边看，是斯大林头像。

至此，人与土地的关系已成极致。

传 说

1.丢失的箭

在新疆阿勒泰，很多猎人都知道这样一个传说：有一位图瓦猎人，他的箭法很好，每每都能把动物一箭射翻在地。但有一天却出现了意外，他向一只狐狸射出一箭后，它却并没有毙命，那支箭在它身上摇晃，它逃进了山林里。

他追了一天一夜，那只狐狸一刻不停地跑着，他的箭射光了，便拔出腰间的刀子追。最后，那只狐狸不见了，山林里一片漆黑，他迷路了。又过了一天一夜，他饥肠辘辘，感觉自己马上要倒下了。

这时，那只狐狸出现了，对他说，我知道路，让我送你回家吧。一股求生的强烈欲望让他忘记了自己对它的追杀，他跟着狐狸踏上返回的路途。走了两天两夜，狐狸把他带到一条大路边，告诉他从这里可以回到村庄，然后转身离去。

他突然想起自己射出的那支箭还在狐狸身上，便想帮它把箭拔下，但他看见狐狸身上空空如也，那支箭早已不知去向。看着狐狸走远，他的眼泪流了出来。

很多猎人都不喜欢听这个传说，在这个传说中人变得弱小，狐狸变得高大，并让仍在操持狩猎职业的人有蒙羞之感。一位猎人和朋友谈论起这个传说时说，我不相信会发生那样的事情。朋友说，相不相信不重要，传说听着让人感动就行了。

过了很多年，那位猎人对那位朋友说，我相信会发生那样的事。朋友想知道原因，他却一言不发。朋友对那位猎人说，你变了。他说，不是我变了，是事情变了。

到底发生了什么变化?

2.传说和经历

几座山峰耸入云端。待云朵散开，这几座山峰便换上另一副面孔，透出一股阴冷之气。在帕米尔看山，看雪，看天，看得时间久了，便难免两眼茫然，不得不把发酸的头低下，在周围寻找别的风景。

很快，听到了关于帕米尔的两个传说，一个与公主堡有关，另一个则讲的是鹰笛。听了这两个传说，感觉有一缕风突然吹来，整个身心骤然变得愉悦。

传说中的公主堡，在帕米尔的一座山岭上。据《大唐西域传》载：古代的波斯王派使臣到中国来求婚，当使臣带着一位汉族公主回国时，因中途逢战乱，随行人员皆被杀，使臣本人死里逃生，滞留于朅盘陀，而公主则藏于孤峰。据说不久后有神从太阳中来，与公主相会，公主竟怀孕了。使臣为这事吓得不敢回国，只好在朅盘陀定居。后来，公主生下一子，立为国王，其后代子孙自称为“汉日天种”，意为汉族和太阳的后代。他们为自己取族名为“塔吉克”。“塔吉克”一词为波斯语，意为“戴王冠者”。现在我们在塔什库尔干县城看到的石头城，即公主的儿子在后来建造的王宫——朅盘国的国都。

另一个是鹰笛的传说。很多年前，塔吉克族人为了狩猎，户户养鹰。猎人娃发被祖父带着，跟着那只百岁的兀鹰成天打猎。他们家是帕米尔有名的猎手，捕获甚丰，然而因为受奴隶主的压迫，他们没过过一天好日子。一天，娃发的祖父好不容易打到一只羚羊，这是他打猎四十年来第一次交好运。他把羚羊上交给奴隶主后，吝啬的奴隶主并没有履行给他几峰骆驼的诺言，反而暴打他一顿。老人忍受不了这口恶气，积郁成疾，不久就死了。娃发的父亲痛恨奴隶主，在一次打到一只野熊后，就逃到塔合曼去了。在那里，他用野熊换了些牛羊生存了下去。奴隶主对娃发父亲的行为很气愤，马上派人把娃发的父亲抓来，用蘸满酥油的羊毛把他活活烧死了。

父亲死后，娃发唯一的伙伴就是那只百岁兀鹰。这只鹰眼睛异常明亮，百里外的鸟兽躲不开它的眼睛。据说它的尖喙和利爪能撕碎一只黑熊。所以，周围的猎手都把它叫做“兀鹰之王”。这个消息很快传到了奴隶主耳朵里，他下令让娃发把鹰王交出，否则就把他杀死。这时候，鹰王突然说话了：“娃发啊，你把我杀了吧。我翅膀上最大的一根空心骨头可以做一支笛。有了它，在灾难降临的时候，你就可以对付过去。”娃发于心不忍，下不了手。鹰王的眼里流出了泪水。娃发无奈，只好将它杀死，用它翅膀上的那根空心骨头做成了一支笛。这就是塔吉克的第一支鹰笛。

奴隶主扑上门来要杀娃发，娃发掏出鹰笛一吹，听到召唤的兀鹰黑压压的一大片，往奴隶主的头上扑去。奴隶主急忙向娃发求饶道：“快把鹰叫住，你要啥我给啥！”娃发随口说：“给达卜达尔的塔吉克人每家10只羊，10头牛，10峰骆驼！”奴隶主连忙点头应是，娃发收起鹰笛，鹰群才飞走了。奴隶主慑于鹰笛的厉害，不但如数交出了牛羊骆驼，而且从此再也不敢欺负人了。

两个传说，都因灾难而发，都以欢喜而终。

听传说，看你怎么听了，有时候听的是惊天动地的故事，这些故事大多生发得神奇，满足着现实生活无法满足的需要。但有时候却能从中听出人性反应，或者是人性的根本所在。

很快，我经历了一次颇为离奇的经历，目睹了传说中的雪鸡之战。是在明铁盖，雪降数日，我和边防连的战士去河中提水。我们踏着大雪从河中提了水返回，雪地里突然传来几声尖利的狞叫。那声音响起得很突然，我们还尚未听清，便又听见几声夹杂着痛苦的呻吟。大家好奇，赶过去一看，是一只乌鸦和一只雪鸡正在争夺什么。雪鸡不是乌鸦的对手，便只能敏捷地躲避着。乌鸦似乎兴起，频频发起进攻，雪鸡退到巢边便无法再躲避，发出痛苦的叫声。突然，雪鸡背靠着巢沿站了起来，双翅收拢，脖颈伸得很直，似是要奋力一捕。乌鸦被眼前的阵势吓得发愣，收拢起扑打的双翅，立在那儿不动了。

雪野上出现了难耐的寂静。我们悄悄地观察，原来，乌鸦之攻是要抢夺雪鸡巢中的食物。雪鸡一般都逐雪而居，所以，在它的巢中有松子和干果，此时被阳光照亮，正泛起一屋黄金般的光亮。可恶的乌鸦，为什么不在入冬前备好食物？如果自己懒惰的话，就该在冬天被饿死，但它没有廉耻之心，所以便要掠夺雪鸡的食物。

过了一会儿，我注意到雪鸡的眼睛里有了光芒，很快，它向乌鸦发起了进攻。雪鸡之攻可谓独特无比——它用双翅把地上的雪卷起，不停地打向乌鸦。细看，雪鸡是在雪中翻滚着，就在一翻一滚中用双翅把雪卷了起来。乌鸦遭此攻击后无应战能力，不一会儿浑身就变得黑白相间，一声声嘶哑的痛叫在旷野里响起。而雪鸡愈攻愈快，直打得乌鸦痛叫着狼狈逃去。雪鸡很从容地进入巢中，雪地上平静下来。传说中，雪鸡是战无不胜的战士。那天，我终于亲眼目睹了它的攻击能力。

很多年过去了，我有时候在新疆看到雪地，总觉得它的附近有一个巢，巢中的食物泛着黄金般的光芒。

3.铁血史诗

1993年，我在塔克拉玛干边缘的一个军营里服役。有一天，一位老兵坐在营区的院子里。别人问他在干什么，他说，让太阳晒大腿。我为他的话感新奇，觉得这位老兵会成为军营里的传说人物。

传说，在很多时候是超出现实的激烈事件。

不久，我听到了一个传说。远古时，有一个王国的军队曾远离国都，不闻战事，整日只顾着听艺人们弹唱。应该说，这是一支反常的军队。军人是为战争而存在的，亦必须时时刻刻为战争做好准备。哪怕没有战争，也要防止大敌来临，并且做好身负光荣使命的准备。这就是所谓的战斗精神和光荣传统，就是在今天，仍然是军队和军人不变的精神。而那支军队却好像忘记了战争，好像人人都是音乐的宠儿。一般情况下，沉溺声乐者，要么是一支诗意的部队，要么是丧失战斗力的乌合之众。但事实却并不是这样，忽一日，敌人侵来，要夺他们的家乡。他们顷刻间集合，恢复了往日的骁勇。他们骑快马，挥舞祖传下来的宝刀，杀死了那些吃人的人。那一仗打得极其激烈，他们手中的宝刀非常厉害，几天几夜的厮杀，直搅得天昏地暗。战斗结束后，他们一个个都成了血人。一个战士，浑身被敌人的血浸透，那是至高的荣誉，是什么都不能比的军功章。母亲们抱住他们痛哭。儿子啊，你们哪里是在与敌人作战，你们就是在和死神较量。你们杀死了死神，从此，再也不会有什么可以掠夺走你们的生命。国王奖赏他们，称他们是王国的英雄。艺人们弹着乐器，把他们唱进史诗。

故事进行到这里，进入了传说所具有的高潮。宝刀在这次战斗中是神化的武器，决定了战斗的最终胜利。史诗的叙述一般都比较缓慢，在这里引出一把宝刀的影子，好故事必在后面。后来的一天，国王要他们用宝刀去镇压人民。也许，国王下令时没有考虑到士兵的情绪反应。在国王看来，能把那么多吃人的人杀掉，杀一些百姓，对这些士兵来说自然不在话下。统治者，首先要统治别人的意志，以达到让其彻底臣服自己的目的。古往今来，统治与被统治莫不如此。但国王没有想到，士兵们却拒绝服从他的命令。这种拒绝是难得的，一则意味会丢失昔日的荣誉，二则意味着生命会有危险。这种生命危险不是来自战争，但却比战争更可怕。他们像艺人们一样弹唱一番，把宝刀从腰间抽出，扔进了铁匠炉里。国王怒不可遏地冲到炉前，只见宝刀在炉中慢慢变软，最后被红色火焰吞噬。

史诗再没有往下叙述，那些军人在后来有了怎样的遭遇，史诗也没有唱出。故事在高潮处戛然而止是高明者所为，因为生命受到不可预估的伤害，才能够显出那些军人的选择是多么伟大。史诗在此停住，就将军人们的意志凸现了出来。

现在，知道这个故事的人很少。这个时代是不可能产生传说的时代，所以，这个时代似乎也拒绝传说，传说少了，许多事情都变得遥不可及。不知要等多少年，才会有新的传说出现。

没有传说，汹涌熔化的铁水，也会慢慢变得冰冷。

4.虚构的欢乐

有与无，大概是佛最高的境界。人对这种境界的向往，有时候用虔诚的朝圣方式表达；有时候又用“冥幻”的方式，比如念经和祈祷，使灵魂和意志达到超脱的意味。

选择朝圣方式者，为普通大众，被称为朝圣者。

而选择“冥幻”方式者，都是僧人喇嘛一类，有专业者的意思。

有生无，无亦生有，这是佛教的基本规律。人们沉迷于这种方式，在信念中超脱，最后抵达自己向往的欢乐。所有的目的只有一个，那就是欢乐。欢乐有时候是成功的象征，有时候则是人的本性向往。

我先后目睹和听说过两个，由人的本性萌生出的欢乐。这些欢乐不但没有脱离现实，反而表现出人的真实情感。

因为地处西藏，这两个欢乐都与佛有关。

这两个欢乐，都出现在两个虚构的场景中。

第一个场景：

一天，五世达赖在布达拉宫顶望着拉萨河，想着一些事情。突然他看见一个老人围着布达拉宫在走，老人的身后有一个女人的身影。老人走到哪里，那女人的身影就跟到哪里，一片红光把他深深地裹在里面。五世达赖认出那女人的身影是卓玛——观世音的圣偶。

之后，每天的同一时间，那位老人都来转布达拉宫，他身后始终跟着卓玛的身影。

五世达赖派人把那位老人叫来询问。老人不知道卓玛，他只是按规矩朝圣，默念他学的圣言和祷文。说完，他自顾自地念起了经文。大家听着很奇怪，他把经文背诵得错误百出，有好多地方按照自己的想法和感觉改了内容。但老人说，他觉得经文这样念更好，能让他说出很多心里话。

所有人认为老人这样做有犯神灵，就认真地纠正了他。老人迷惑不解地走了。

第二天，五世达赖和官员们一起来到布达拉宫顶观看，但当那位老人像往常一样出现在路上时，却是孤身一人，再也没有了女神卓玛的身影。

五世达赖恍然顿悟。他让人把那老人叫来，在众人面前，他告诉老人：你正是出于内心的本能渴念，无邪无欲，在无知当中才得到了卓玛的保护。他让老人回到朝圣的路上，继续默念以前错误的祷文，把精神和心思集中在所求的目标上，因为恩赐来自虔诚而不是学识。

那老人听从五世达赖的吩咐，又一次绕着布达拉宫转了起来，重新念着他那漏洞百出的祷文，卓玛的身影再次出现在他的后面，那团红光越升越高。

第二个场景：

是古格的一幅壁画。

在那幅壁画前面，有一尊极其威严和庄严的佛。他的目光内敛，显得很是严肃。他左手拿着一个账本，据说那是生死簿；右手拿着一把剑，像是随时要去索取别人的性命。仔细一看，又发现他左右两只手的掌心分别握着太阳和月亮。这是什么意思呢？是不是天地乾坤均由他一人掌管。看看他那双威而不怒的眼睛，便想，那些恶贯满盈之徒，一定会被他收拾。人有时候对恶是无可奈何的，只有寄托神来主持阳功阴德。

这尊佛的背后，就是那幅画，画面上是男女交欢的情景。

一幅春图与一尊威严的佛离得如此之近，不由得让人惊讶。但我是外来者，历尽艰难才抵达此地，岂有不看之理。而且我是一个匆匆过客，看了也无碍。细看之下，大吃一惊。画面线条洗练，活灵活现。一个躺在石头上的女人就足以让人震惊，那被她从身上取下的几片树叶显示出了她独特的心理。她的一只腿弯曲着，似乎在焦急地等待着什么。在较远的地方是成群的男女，一对一对，在完成着最直接、最本能的事情。当然，所有的人都是裸体。裸体在展示人体的美的同时，也传播出另一种感觉，即人们在脱下衣服时，也把所有的重负都卸下了，剩下的只是动作，它即是情欲在这一刻的真实流露，又是人性的高度完美。如果这是一幅开记录男女情欲先河的画，那么我们今天的欢乐，是不是就从这里开始的呢？他们那么无拘无束，连天地和神，甚至还有自己都一一忘却了。

那尊佛仍旧威严，四周一片寂静。而自画面涌起的情欲波涛，在撞击着我的身心。谁走到这里，都不会不为这幅画心旌招展，热血沸腾。试想一下，哪怕旁边的威严之佛能扭转乾坤，主持正义，但这种欢乐又不是在作恶，他又怎么能阻止呢？就像这幅壁画中的人，当他们把欢乐体现得淋漓尽致，谁会想起，旁边有一个一脸威严的佛呢？

在壁画不显眼的角落，一对男女手拉手正在往远处奔跑。他们也是裸体，但要逃离那群人，去寻找属于他们的一方天地。他们想要自己的快乐，也不愿让更多的人看见自己，所以他们离开了人群。

他们是一对隐秘的偷欢者。

四周平静，已经没有了紧张的心情。于是想，我们中间，谁没有这样的一笔账呢？

5.神山的传说

神山冈仁布钦的传说很多，我细细梳理，捋出了一个传说中的神山，这些传说从神山出现，到宗教传承，使我觉得神山像一个慢慢走向我们的人，越来越清晰，越来越亲切。

起初，神山是由一位叫阿底峡（孟加拉高僧）的“神异聆听”，而进入人们内心的。据《冈底斯山海志》载：神山冈仁布钦的顶端是胜乐轮宫，有五百名罗汉穴居于此宫中修行。在宫下不远处的山腰上，有无数智慧空行母侍候佛祖，料理宫中事务。大约几百年前，阿底峡传教走到了冈底斯山下，由于不知时间到了几许，直到饥肠辘辘时才知道该吃饭了，但他又有些迟疑，他怕吃饭耽误了修行时间。这时，山上传来檀木板敲击出的钟鼓声，他断定这鼓声是通知山上的罗汉到吃饭的时间了，于是他停下来用餐，餐后又继续前行。从此，冈仁布钦山名声大振，成了朝圣者心中至高至尊的山。以后，来朝拜的朝圣者都要在吃饭的时候细心听听山上是否会传来檀木板敲击出的钟鼓声，如果能听到，那他就是有福的人。另有一种说法，说有福的人不但可以听到山上传来檀木板敲击出的钟鼓声，还可以看见山上有狮子跑动。至于到底有谁听到了神山的灵异之音，并看到了吉祥的狮子，那只能是朝圣者心中的秘密，外人不得而知。

这个传说很美，可以说为神山的出现开了一个好头。像神山这样一座不光耸立在青藏高原，同时也耸立在人们心灵上的山，就应该有一些神奇的传说，让人信服、向往，成为灵魂的寄托。

一座山散发着巨大的光芒出现在了人们眼前，人们希望对它有一个称呼。神山是朝圣者对具有威力和尊严的山的通称，但每一座被称为“神山”的山都有名字，而且名字的含义都与宗教有关。神山冈仁布钦的名字由来也颇具传奇色彩。一位佛教徒经过坎坷磨难，有一天终于到达了冈底斯山下，由于长途奔波，营养不良，再加上抵达了目的地的心理使他放松了下来，突然两眼一黑倒了下去。一瞬间，他面前的冈底斯山放射出无数光芒，将他快要闭合的眼睛刺得睁了开来。他站起身，看见在慢慢退去的霞光异彩中出现了一座状如乳房，白净透彻的雪山，它高耸于众山之上，有一股慑人的威力。过了一会儿，一道佛光缓缓升起，缭绕在它的周围，四周顿时一片肃穆，如同一切都向着它跪拜在地了。他向着它跪下，嘴里喃喃自语：“冈仁布钦、冈仁布钦……”

从此，这座神山有了自己的名字。冈仁布钦是藏文，意为“神灵之山”。

在冈仁布钦的传说中，米拉日巴始终是一位保护神的形象。神山的北面有一块米拉日巴斗法石，是一块上大下小的石头，朝圣者或游人若留意，现在仍可以看到。

这块上大下小的石头很奇特，像一个倒置的金字塔，让人担心它很小的底部承担不住重压，快要翻倒了，但多少年了，它仍那么纹丝不动，犹如生根了一般。这块石头与佛教尊者米拉日巴有关。一天，米拉日巴代表佛教与苯教派出的代表纳若奔琼斗法。米拉日巴按顺时针方向边转边施法，而纳若奔琼则按逆时针方向转动施法。最后两人在冈仁布钦的山脚下相遇，互相挡住了对方的去路。纳若奔琼想为难米拉日巴，手一伸抓起路边的一块像羊一样大小的石头，扔在米拉日巴面前，等着看米拉日巴的笑话。米拉日巴一笑，问："这是为什么？"纳若奔琼说："你有本事就从这块石头上过去。"米拉日巴抓起一块像牦牛般大小的石头压在那块石头上，轻轻一跳，便从上面越了过去。纳若奔琼望着米拉日巴飘然而去的背影，再看看那已经粘在一起的一大一小两块石头，一时变得满脸通红。

米拉日巴和纳若奔琼的较量持续了多年，始终是冈仁布钦传说中的高潮。米拉日巴代表着正义，纳若奔琼则掩饰不了内心的邪恶，处处显得卑劣，在传说这一通常以善恶为衡量标准的方式中，纳若奔琼便注定要每每落得狼狈不堪，自惭形秽。

一次，佛教和苯教争冈仁布钦，双方派出的斗法选手仍是米拉日巴和纳若奔琼。斗法的规则是，双方均可乘鼓上山，谁先到谁便赢，冈仁布钦从此便属于赢了的一方。那面鼓很奇特，遇路可变马，遇水可变船，遇山可变飞鸟。二人各得一面鼓，应该说，竞争是公平的，但纳若奔琼却动了心思，在比赛那天早早起来，见米拉日巴还在熟睡，一个念头闪过心间，便急忙上路了。米拉日巴在天边露出第一道亮光时才出门，但他却不急着上路，一直等到太阳爬上冈仁布钦洒下第一道光辉时，趁着光辉直线上升，一瞬间便到了冈仁布钦的顶端。纳若奔琼还在半山腰攀登，见米拉日巴的身影一闪而过，情急之下乱了方寸，踩在脚下的那面鼓翻下了山坡，他无比沮丧地被扔在了半山腰。那面鼓从山坡上滚下时压出了一道深深的印痕，现在，人们还可以看见自冈仁布钦半山腰直泻而下的一道沟痕，它就是纳若奔琼所为。佛教胜了苯教，纳若奔琼甘拜下风。

但纳若奔琼甘拜下风只是表面行为，失败的滋味使他的内心变得很复杂，时时想寻找机会报复米拉日巴，以解心头之恨。一次，米拉日巴和纳若奔琼又在冈仁布钦下相遇，当时一场雨下得正大，米拉日巴对纳若奔琼说："雨下得很大，我们需要躲避一下，我们俩合盖一座房子吧！你愿意起围墙，还是愿意盖房顶？"纳若奔琼算计开了心思，他心里想，盖房顶用的木料难找，而起围墙只需石头即可，不费什么力气。于是他选择起围墙。米拉日巴想教训教训他，在他搬石头时用眼一瞪石头，石头马上便碎成了细屑。最后，纳若奔琼起的围墙软不塌塌的，几乎马上就要倒下，他法力不高，只能眼巴巴地看着米拉日巴。米拉日巴随于抓起一块巨石，盖在围墙上，一座房子马上便出现了。后来，人们把这座房子叫"斗法房"。

无须引用传说了。神山在米拉日巴心目中是一个准则，一个行令，他必须身体力行，全心全意维护神山。可以说，米拉日巴实际上是我们可以看得见的神山的内心，他将自己完全交付于神山，受命于神山，然后替神山行走。

故 事

1.天之子

可不可以这样说，传奇人物实际上是天生的，凡被称之为传奇人物，或者说能成为传奇人物的人，一般都以超然于周围人的力量和气度著称。要取得传奇之业绩，无超凡之力不可望；要显出传奇之本色，无大无畏气度不可为；要当传奇人物，无坦荡胸襟和举重若轻的气概不可行。有时候，时代造传奇人物，时代的大潮涌至他的脚下，于是他顺势跃上潮头，成为弄潮儿和冲浪者，时代需要这样的人，所以，他们会被推向前去，直至界定辉煌的那一刻才会停下。在停下的那一刻，他们被耀眼的光芒围裹，变成了传奇人物。

也有传奇人物造就时代的时候。传奇人物造就时代，往往热闹非凡。传奇人物把自己的理想树立成时代的理想，在生命坐标上确立了自己的价值，然后去拼搏。传奇人物造就时代，往往因为代表着大多数人共同的愿望，所以他们身上所表现出的，是人类维系生存或维系民族尊严的行为。

图瓦人中也有很多传奇人物。村里人关于传奇说得最多的是加巴泰。据说加巴泰身高在1.9米以上，生得粗壮英猛，力大无比。那时候，图瓦人多以打猎为生，阿尔泰大山里动物很多，有黄羊、狍子、鹿等，最多的是哈熊，哈熊是图瓦人的最高猎取目标，一头哈熊有几百斤肉，可以吃一整个冬天。还有熊皮、熊胆和熊掌。熊胆是值钱的东西；熊掌也可以卖钱，如果不卖，也是非常好吃的东西。但哈熊极其难打，一枪打不死它，它扑上来，死的就极有可能是打它的人。人们打哈熊时，一般都瞄准它的心脏开枪，熊的心脏处有一个白色印记。为此，打熊要屏住呼吸等很长时间，直到哈熊的白色印记暴露在可射击的角度。

加巴泰的猎枪是自制的，长约1.5米，打猎时，在子弹下面加一层火药，这样，射击的力量便增大许多。

一天，他准备爬上一个山头去观察。刚爬上山脊，不料一头哈熊从另一面也爬了上来，与他碰个正着。哈熊袭击人的速度快，一掌将他的枪打飞，将他的胳膊咬了一口。加巴泰急忙抓住哈熊的两只耳朵，往地上压，以防它再咬自己，哈熊一用劲把头又扬了起来，加巴泰双手一用力，便将哈熊的头磕在了地上。地上有一块大石头，哈熊被磕得发出一声嘶哑的痛叫。加巴泰见状，便用力不停地把哈熊的头向那块石头磕去。哈熊的鼻子被磕掉了，紧接着牙齿也被磕了下来，加巴泰一直没有松手，直到哈熊的脑袋突然一软，整个身子像大山一般塌下去时才松了手。他摸摸被哈熊咬伤的胳膊，有些疼痛，犹如正被火烧着一般。这时，哈熊的嘴里哗哗地往外流血。他看见哈熊流出了那么多的血，高兴地笑了。

他还未进村，村子里就传开了他和哈熊打架，而且把哈熊打死的事。以前，加巴泰和村里人打过架，但谁也不是他的对手，他一拳就可以把人打飞。

加巴泰后来被冤冠了偷盗之名。他出去打猎，见三十四马长时间无人照看，他怕它们越界进入苏联，就把它们赶回了村里。那三十匹马的主人认为加巴泰偷了自己的马，带了一帮人找到白哈巴村来，要求加巴泰还他们的马。村里人让他和加巴泰决斗，谁活谁死，不要后悔。加巴泰骑着他的高头大马出来，说，你们放三十个人过来，用木棒打我。他们便挑出三十个精壮小伙子骑马持木棒向他冲来，加巴泰从马鞍下抽出一块长条状的牛皮，在水中蘸了一下用力拉长，湿牛皮被拉长后，便如刀一样坚硬锋利。他一夹马腹向前跑去，牧场的人便将马队排成了一字形急追，加巴泰突然停住，拨转马头向后冲去，牧场的人收不住马，只觉得眼前一个影子一闪，腿上便被击了一下，从马上跌了下去。加巴特一路击打过去，三十个人无一不落马。他只击他们的大腿，使其跌下马背，并不伤一人。三十匹马的主人见加巴泰并不伤人，明白他没有偷自己的马，赶紧向加巴泰道歉。加巴泰将收拢在一起的三十匹马赶到他面前，哈哈大笑着说，这三十匹马太多了，养起来麻烦得很，我不要，你们拿（牵）走吧。

加巴泰死后，人们发现他的肋骨是竖立的。怪不得他力大无比呢，原来他生得与正常人不一样。几年前，我看一份报纸，说像加巴泰这样肢体结构的人叫“镜中人”，其体质和思维与常人均不一样。

这便又印证了那句话：传奇人物乃天之子。

加巴泰死了后，白哈巴村又出了一个打哈熊的高手，名叫巴哈提。与加巴泰不同的是，巴哈提善于用智，往往在危急关头，他将智谋和勇敢加在一起取哈熊的性命。

打哈熊是神秘的事情，哈熊出没无常，打哈熊者来去无踪，所以，村里人只是听说了巴哈提的种种传奇，并未亲眼目睹。一天，一个人和巴哈提打赌，巴哈提说，我可以把我的马放倒，如做不到便认输。大家都不相信，马多么高大威猛，从来没见过谁能把马放倒。巴哈提不慌不忙把一根绳子拴在马的四蹄上，做了四个活扣打马走，马越往前走绳子便拉得越紧，最后活扣拉死，马倒了下去。人们原以为巴哈提会用力气把马放倒，孰料他用智取胜，便认了输，请他吃了一顿羊肉。巴哈提对村里人说，爬山要用力气，但过河要用智慧。村里人点头称是。

一天，巴哈提带恰斯达普和索来多去打哈熊。他们循熊踪而去，在林子深处找到了一大三小四头哈熊。过了一会儿，大熊去找吃的，留三个小哈熊在原地玩耍。巴哈提玩兴起，逗三头小熊玩。小熊一叫，行之不远的大熊便扑了过来，巴哈提开枪向大熊射击，六发子弹打光了，皆因未射中要害而使哈熊丝毫未损。恰斯达普见大哈熊如此厉害，本来手中有枪，却不敢射击，扔下枪往一个石头缝里钻。石头缝不宽，他的头伸进去了，屁股在外颤抖。巴哈提抓起他扔在地上的枪，刚举起，哈熊已扑到他跟前张开了大嘴，他将枪伸进哈熊嘴里扣动扳机连发四弹，哈熊倒了下去。但三个小熊还在地上乱跑。恰斯达普的枪里只有四发子弹，巴哈提把枪一扔，抓一块大石头，向小熊头上砸去，小熊应声倒地，他又去砸另两个的头……三头小熊一一被他砸死，躲在一旁的索来多跑过来一看，大叫一声，真厉害，把哈熊娃娃脑袋都砸碎了。

还有一次，巴哈提一枪将一头哈熊击倒。他以为它死了，走过去，熊突然站了起来，他边上刺刀边想，人最怕踢下身，熊可能也一样，于是，他便朝哈熊的下半身踢了一脚。哈熊怪叫一声蹲了下去，他紧接着一刺刀刺中它的心窝，哈熊便倒了下去。

后来人们慢慢知道，像巴哈提这样有勇有谋的人，其实是善于观察事物的人。比如他经过长期观察，发现哈熊的听觉和嗅觉好，但视觉非常差。它逆风可闻可感一切动静和味道，但顺风就不行，如果你突然与它遭遇了，你只需站着不动，屏住呼吸，它以为你是枯树，就转身走了。

智谋和勇敢结合在最佳时刻，方可造就传奇。我们所看到的，都是传奇极具震撼的一面。正因为如此，它才会使社会变得更为神奇，更具引领作用。

这个世界少不了传奇。

2.神枪手买根合斯

一个人把牛羊赶到山野里去，他就变成了一个牧人。一个人把一棵树砍倒，建起自己的房子，他就有了自己的家。一个人把几块布缝到一起，他就有了衣服。一个人把山上跑的动物用枪打倒，把天上飞的鸟儿打落，他就变成了一个猎人。

买根合斯是一个女人，但她却变成了一个猎人，枪法出神入化，百发百中。那时候，村子里有牛羊的人不多，就是有牛羊的人也仅仅只能维持生活，没有多余的牛肉和羊奶。买根合斯家境贫寒，自小便失去了父母，但因她是家里的老大，自然就承担起了家里的一切。

父亲去世时，留下了一杆猎枪，买根合斯长到十六岁就扛着猎枪出去打猎。十六岁的女孩正是花季的年龄，但她却过早地肩负起了生活的重压。穷人就是这样，家里的任何一个微不足道但却能对生活起到作用的东西都会在某一时刻被重视起来，重新发挥出作用。买根合斯的父亲虽然只留下一杆猎枪，但它相对生活而言有具体的指向性，所以，买根合斯便变成了一个女猎手。有一杆猎枪，就得去打猎，打猎就得有人。生活其实就是这么简单。

买根合斯第一次打得的猎物是一只鸟儿。她瞄准了它，刚要扣动扳机，它却猛地扑棱棱飞起，飞上天空，她的枪随之抬起，“啪”的一声将空中的鸟儿击落。打空中的鸟儿，在猎手中属高手，被誉为

“飞枪”。买根合斯第一次打猎，就成了“飞枪手”，村里人大惊，但她却不知其中微妙，仍每天去山上那样打猎。她只知道，多打一只鸟儿，弟妹们就可以多吃几口肉，就不会在半夜被饿醒，至于“飞枪手”之类的名声，她则不知别人经过多么艰难的苦练和猎杀才能达到。每天都那样打鸟，猎手们禁不住好奇，向她询问其中缘由。她笑着说，把鸟儿盯紧，它飞多高，人的心便也飞多高，枪就要伸多高，全凭心里的感觉了。猎手们惊异不已，谁也没有料到，打飞枪的秘诀原来在此，而且被一个小姑娘一语道破。

弟妹们吃着姐姐猎来的东西一天天长大，他们不知道，如此简单和艰辛的生活，是靠着姐姐神奇的猎法在维持着。因为买根合斯是女孩子，不能到山林里去猎杀大动物，只能打一些天上飞的鸟儿和地上跑的小动物。买根合斯的名声在白哈巴村已经很大了，但因她耽于对贫困生活的挣扎和承受，于她自己，倒没有丝毫的愉悦之感。

慢慢地，弟妹们长大了，每一张嘴所需的东西比原来要多得多。买根合斯在冬天滑雪去打鹿，鹿在雪中跑不动，容易猎杀。滑雪是个力气活，而且时时有摔倒的危险。她就在膝盖和手腕上套上马皮，万一摔倒了，可防止被石头碰伤。雪地里经常有狼出现，她在雪中设下弹箭，狼碰到伏在地上的细线，箭射出穿透狼身。狼的肉尽管不怎么好吃，但在寒冷的冬天却可以勉强充饥。

后来，弟妹们长大成人，买根合斯也到了出嫁的年龄，她选了一个打猎毫无名气，但诚实本分的人做了丈夫。成家后，她不再去打猎，把那杆猎枪送给了丈夫，奇怪的是，那杆猎枪在她手里好使，但到了她丈夫手里却连一只猎物也打不到。人们由此相信，任何一个行当产生奇迹均在不经意处，图瓦人多少年来从未有过一个女子打猎，一旦有了，便让人惊讶不已，打的是常人不敢奢望的飞枪。

买根合斯到老再也未打过一次猎，她倒是用过一次那把猎枪，但仅那一次，从此她再不去碰它。他的儿子长大成人后也去打猎，苦苦练习枪法，却苦于不见长进。一天，他缠着买根合斯给他传授打飞枪，买根合斯便拿起枪，向空中飞翔的一只乌鸦开了一枪，枪响乌鸦未落，她握着枪半天不说话。儿子在那天突然不愿意再去打猎了，买根合斯笑笑，没说什么。

听人们轻描淡写地说着买根合斯的时候，我总觉得那是她的生活态度和情怀。我宁愿相信，就像她最后一次打鸟没打中，但却无动于衷一样，她早年为养家糊口艰辛打猎，会经常沉浸在“鸟飞多高，人的心便也飞多高，枪就要伸多高”的奇妙感觉中。到了老年，她的感觉变了，心不能随鸟儿一起飞高，枪自然也就打不准。

在遥远的地方，一个人很快就老了，而一些事情，却一点也没有改变。

3.吹笛者阿尔布养

天气好的时候，在村子里能听到许多鸟叫。

阿尔泰被誉为“金山银水”，有许多灵鸟异兽都在此生存。步入村后的林子，立刻便听到一片鸟鸣，偶尔有平常不易见到的鸟儿突兀地发出一声鸣叫，甜美悠长，直抵林子深处。有些鸟儿在村子里筑了巢，人们爱鸟，从不干扰，于是，村子里便充满了鸟儿合奏的音乐。有鸟儿的村庄是幸福的，尤其是地处阿尔泰大山深处的白哈巴村，时时有一两声鸟鸣突然响起，让人疑心这个村庄在沉睡中发出了梦呓，或者是大风突然把它弹响。一个如此宁静的村庄，在寂静中孕育出了许多音律，这些音律随大山凝重，随白云飘动，随河水流淌……

图瓦人也很喜欢音乐，有自己的乐器和音乐。我多方打听，才知道现在只有一位老人会吹图瓦笛子，住在喀纳斯湖旁边的村子里。走了很远的路过去，才知道老人现在吹笛子收费，听者每位三十元钱。来喀纳斯旅游的人很多，有一个人当了老人的经纪人，我们向经纪人问起老人的情况，她草草对付我们几句，以老人今天很累，正在休息为由将我们打发出门。北肯比我们大家都要开朗一些，他指着繁密的丛林和明亮的雪山说，虽然没有听到音乐，但大家可以想象一下，他吹的曲子可能就出于那些地方。好曲子是一条路，会把你引向感觉中的地方去。北肯在阿尔泰大山中长大，没有念多少书，但他的这番话却说得颇有见地，着实让人佩服。

晚上与索伦格说起图瓦人的音乐，他说，没听到笛声也没什么，我给你们讲一个故事。

故事的主人公叫阿尔布养，是一个图瓦小伙子，擅长吹笛。图瓦人现在吹的许多曲子，都是他创造的。他出身贫穷，但自小喜欢吹笛子。他吹笛子的时候，必须要到树林里去，林子里的风将他的笛声托起，抚过树叶，在枝条间飘扬。也许是受大自然的熏陶，他的笛声如痴如幻。后来，他的笛声一起，林子里的鹿、山羊和一些鸟儿都来听，它们围在他的周围，听得如痴如醉。有时候，他吹奏出悲伤的曲子，动物们听得直流眼泪。而他高兴时奏出的曲子，则使动物们在草地上狂欢。时间长了，动物们便成了他忠实的听众。在村子里，牲畜们对他的笛声也很迷醉，正在奔跑的马只要听到笛声，立刻就停下来低头倾听；吃草的羊听到笛声时，会一一转过头来，朝他出神地凝望。

他的妻子是个小姑娘，比他小二十岁，家里的一切都得靠他，两人常常为他吹笛子耽误时间吵架。他虽然因吹笛子在村子里的地位很高，但却不能像别的男人一样用马车往回拉东西，也没有羊群和马。一次，他没有捕到任何猎物，空着手从山上回到了家里。妻子伤心至极，要离他而去。他并不阻拦她，等她出门以后，吹起了笛子。笛声如泣如诉，隐隐传递着他的苦衷和平时从未对她说过的话，她突然被感动了，流着泪转身返回，从此不再离开。

这是一个让人心仪的故事。

索伦格说，后来他上山去采药时，不慎跌入山谷身亡。几天后，村里人见他未归，四处寻找终不见他的踪影。一天晚上，村后的林子里突然响起一群黄羊和鹿的鸣叫，它们叫得很悲伤，声音里充满痛失什么的音律。因为天太黑，人们无法上山去看个究竟，它们便嘶叫了一晚上。第二天早上，人们走入林子，见一群黄羊和鹿仍在叫着，见人来了，它们便转身向一个山谷走去。人们跟上它们，行至谷底便看见了他的尸体。是以前听他笛声的动物们发现了他的尸体，便来村子里报信。

这是一个真实的故事。即使它是一个传说，在山清水秀的阿尔泰流传，也让人觉得可信。因为在细节里，音乐发挥出了超常的功能，把故事推向了高潮。所以，这个故事是独特的。索伦格说，他就是一根笛子嘛！风从笛孔里进去就发出了风的声音，鸟儿飞近就发出了鸟儿的声音。

人其实就是音乐，动则惊世，静则养心。

4.金子丢了

卡得罕医生在那仁牧场开了一个诊所，很少回村子里来。

说起卡得罕，人们总免不了要讲他的一个笑话。图瓦人和哈萨克人一样，都喝煮茶，抓一把茶叶放在壶里，加上水在火上煮。煮出的茶水喝完后，可以再添水一遍一遍地煮，煮到最后，茶叶便胀满了茶壶。卡得罕也有喝煮茶的习惯。一天，他小儿子的一只鞋不见了，找来找去也不见踪影。又过了两天，他煮好茶往外倒，却怎么也倒不出水，他揭开壶盖一看，只见小儿子的鞋子已被煮得膨胀了好几倍，将壶口堵死了。村里人说，卡医生喝了几天鞋子茶。他笑着说，味道好呢，不信你们也煮一只鞋子尝尝。村里人谁也不去尝。他便又说，你们不去尝，永远都不会知道那是什么味道了。

说到卡得罕很少回村子，大家都说他是被气的，卡医生已经为爷爷把金子丢了的事生气几十年了，气得实在没办法了，就跑到那仁牧场了；他在那仁挣的那几个钱并不是他看重的，他只是想躲开人们的议论。如果那些金子不丢，卡得罕现在应该是很有钱的人，但他爷爷因为记性不好，使那一大批金子再也找不到了。

关于那一大批金子的故事，说来话长。当年，俄罗斯和白俄罗斯打仗，沙俄和中国边境的百姓被祸及，纷纷向和平地带潜逃。卡得罕的爷爷在潜逃中迷失了方向，跑到了西伯利亚，看着那里奇特的地貌，他才知道离阿尔泰远了。他不敢怠慢，多方打听路线要返回故乡。正在这时，他意外地得到了一批财宝。两个沙俄资本家为什么事决斗，恰逢他路过，便让他作证，死了一方的财产归他。他按照蒙古人赛马的规则让他们决斗，其中的一个资本家将另一个资本家杀死，他得到了那个资本家的金子。他携带金子从西伯利亚上路，经过十多天艰难跋涉，进入了蒙古国，又经过几天的行进，终于回到了中国。此时，他租来的人早已因长途困苦不辞而别，买来的马已死去两匹，只剩下一匹可勉强驮东西，他咬咬牙，牵着马向布尔津方向继续前进。到了布尔津的红木河边，他终于松了一口气，在河边休息了一天，他将那些金子埋到土中，作了记号，然后骑着马回到了白哈巴村。多日在外流浪，家里人已望眼欲穿，见他突然回来了都万分高兴。安静了数日，他便给家里人讲了携带金子回来的事情，家里人高兴至极，扛上工具便去取宝。然而到了红木河边，他却找不到埋宝的地方了，他留下的记号也没有丝毫踪迹。一家人找了一天，到天黑后便失望了。第二天，全家人又燃起希望的火焰，沿河岸向前挖开去，一直挖到两条河的交汇处，仍无半点收获。第三天，他们仍不死心，又把可疑的地方挖了一遍，但整整一天仍无收获。家里人都怨他马虎，那么多金子怎么能埋到土中呢，说不定，他埋的时候刚好有人在旁边看见了，他一走，人家就取宝而去。听着大家的责备，他什么也没说，牵着马默默离去。

消息不胫而走，好多人都去红木河边寻宝，而卡得罕的爷爷却从此背上了一个糊涂和运气不佳的名声。本来，他颠簸流浪半年，最后完好无损地回到家是一件喜事，但因丢失财宝而生出的遗憾却将这一切都遮掩了。人都是无法抗拒欲望的，而一旦欲望无法实现，尤其是与可触可摸的欲望擦肩而过，人便忍不住要遗憾。人在遗憾的时候，是不会轻易生发怜悯之心的。

无独有偶，过了一段时间，又有一个人也从西伯利亚逃回了村子里，他与卡得罕的爷爷一前一后走的是同一条道路，他因为没有像卡得罕的爷爷得金子又失金子的经历，人们都为他死里逃生而感动，他和家里人也全都沉浸在分而又聚的欢乐中。卡得罕的爷爷看着别人高兴的样子，心想，早知如此，自己就不带那些金子回来了，弄到现在，富人当不成，连穷人应该享受的欢乐也没有了。

卡得罕自小跟爷爷长大，对这件事深有感触。他说："爷爷其实不贪财，他一辈子没有什么过分的欲望，是一个朴素的人。他力气很大，一百多斤的木头扛着就走。自从丢了金子后，村里人的议论影响了他晚年的生活，他变得不爱说话，不和村里人来往了。就是现在，自己在那仁牧场开诊所，很少回村子里，好多人认为自己是因为遗憾和生气不愿回到家里去。村里人的嘴真是不好，这么多年了，还在议论这件事。其实，爷爷千里迢迢回归的精神，大家都是很佩服的，换了现在的人，恐怕就回不来了。”

是啊，卡得罕的爷爷历经千辛万苦回归的精神里，其实有比金子更重要的东西，如果不是与一批意外的财宝相遇，他就变成了村子里的一位英雄。一切只因为这件事太过于离奇，在一个遥远的村庄，多少年不出一件这样的事情，一旦出了，就会使村里人激动，卡得罕的爷爷已去世很长时间了，但村子里还没有发生另外一件可以将其替代的事情。所以，人们可能还会议论下去，卡得罕可能还得在那仁待下去。

金子丢了，人不知道该怎样回家。

牧 场

1.大地的外衣

一家人由男女老少组成，一个村庄由居住在不同位置的人家组成。村子背后有一个山坡，山坡上有二十多户人家。这些坡上人家和坡下人家加在一起，就组成了白哈巴村。

我来村子里这么多天了，感觉自己已经变成了村子里的一员，所以，我的心情很轻松，在村里人外出打马草时便走到村后的山坡上乱转。山坡顶后面很开阔，长满了草，是村子里的一块草场。

第一天到了坡上，我因为无事可干，就骑马在草场上奔跑了一圈。令我惊异的是，我骑的这匹马速度太快，没过几分钟就将在我眼里显得偌大的草场一跃而过。我从马上下来的时候感到很后悔，在白哈巴村这样的地方，不应该这么骑马快速奔驰，而应该让它缓缓溜达，或者步行，慢慢地把风景收入眼底。

我想，让自己缓慢下来可能会更好。前几天，我已经在缓慢中经历了一件有意思的事情——在闲散走动中，我突然被一根不起眼的小草吸引，在它跟前坐下，盯着那些枝叶看了很长时间。我觉得它很有意思，就像一个喝醉了酒在草场上东倒西歪的汉子。草场太外在，绿色又过于明朗，只有这根杂乱的小草让我感到生命的多种可能。我在它的根部添上几块石头，挖来一些土，然后用脚踩实。那根小草的影子在那一刻便留在了我心里，让我直至现在都常常想起时间中另一个生命的存在。那几天在草场上闲逛，心慢慢地变得慵懒了起来，几乎忘了新疆还有冰山和大沙漠，等到与那些在这块草场上不拿马鞭，歪骑着马的图瓦小伙子成为朋友后，我终于释然了——隐隐约约地，总感到从一种缓慢的气息中透过来了丝丝醉意。

该怎样面对这样一块草场呢？草场不是草原，从形状上而言，虽然也显宽阔之状，但毕竟只是局部。所以，我后悔刚才骑马跑得太快。过了一会儿，感到内心平静下来了，我放开马让它去自由吃草，然后扭头向远处凝望。只看了一眼，心就一惊。远处，像海浪一样涌起的细草摆开了千军万马一般的阵势，而在它的正前方，一排松树也已摆好了迎战的姿势，似乎要将它们阻挡在原地。在松树的脚下，大片的细草铺于一地，像是在等待着要大战一场。但这是一场永远都不会开始的战斗，它们就这么对峙着，对峙的过程中，细草一次次涌起又跌落，松树一次一次伸枝展叶又枯黄凋零——在时间的阵营中，它们生命的意义，无论失败或胜利，均在展示中完成。

不远处，出现了山。说是山，其实是缓缓隆起的草场，由于地势起伏得太厉害，一座山几乎像是被大地甩起似的悬在半空。山的形状无须浪费笔墨描写，但有一点却不容忽视，因为地势的原因，它的底部凸起得过于突然，有些像刀劈斧砍般的痕迹。但山顶却平坦得出奇，如果不注意山脚，几乎仍可将它视为平地。那些草从上面一漫而过，把它装饰成了草地。

这一马平川的山顶才是一种气质和境界。高到高处，却不动声色，甚至几近于不存在。这是一种看不见的高度。

谁能如此呢？正疑惑着，有意思的事情在眼前出现了，一群洁白的羊群从低处吃着草，慢慢走到了山顶。看着羊群，感觉到它们非常幸福。山顶的那种高到高处仍保持着平和的大寂静，对我们而言是不可能做到的，但它们却轻而易举地融入了其中。

我愿意变成那群羊中间的一只。

2.那仁牧场

“那仁”这个名字起得好。那仁，就是新疆人经常吃的一种面，将面条盛在一个盆子里，再放上羊肉和葱，吃起来颇为爽口。这种面在牧民家里很常见，喝完酒后吃上一些那仁，身心顿时舒服无比。我曾在一位写小说的朋友家吃过一次那仁。他的妻子是回族人，她先将水烧开，飞快地拉面。锅中的汤翻滚沸腾，从她手中拉出的面条飞落入锅中，看着让人心欢。那顿饭吃得可口，现在每每想起，仍让人觉得那股香味犹在唇边。

将一个牧场起名为“那仁”，可想而知这个牧场的水草之丰美，地域之辽阔。牧民们喜欢吃那仁，又将这个名字冠以牛羊每年啃食的牧场，也可见人感觉出了它们的幸福。

那仁牧场的水草丰美在阿尔泰是出了名的。每年有十几万头牛羊进入牧场，像石头一样散散乱乱分布在草滩、山坡和河道上，有人骑马在草地上奔驰，引得牛羊抬起头凝望，片刻之后便又低下头去吃草。每天早晨，牛羊们也许是被明媚的阳光感染，不时地发出欢快的叫声。羊有时候很像人，有时候两只长着同样角的羊走到一起，盯着对方看一会儿，便去斗。斗羊是刺激的事情，很快就引得旁边的羊来看，两只羊谁也不服谁，狠狠地用角撞向对方，碰得“啪啪”闷响。有时候，由于它们用力过猛，将角也碰掉了。羊斗起来会没完没了，把吃草忘得一干二净。主人发现后，会骑马过来把它们喝开。两只羊不情愿分开，狠狠地盯着对方。如果它们以后又碰到一起，还会斗一场，对方的样子已经深深地刻在了它的心里。除了羊，人也会在那仁经常弄出些热闹的事情。有一年，一位牧民发现有兔子到草滩上吃草，他着急地对着兔子大喊一声：干什么。兔子被他的声音吓得蹿入了树林。他心痛草地上的草，兔子把草吃了，羊吃什么呢？第二天，他将牛羊赶出去的时候，就对树林子吆喝一声：干什么。也许兔子都被他的喊叫吓住了，再也没有出来一只。这些年人们已养成了一个习惯，每天早上都要叫几声。其实，兔子进入牧场也吃不了多少草，甚至可以说，兔子吃的草比起羊吃的草微乎其微，但牧民们却很认真，哪怕就是一口草，也要让羊吃。

羊也懂得爱草，每天下午吃到一个地方返回，第二天一定又从那个地方开始。羊不挑草，碰上什么吃什么。一群羊在牧场上一直吃到远处去，等到秋初要返回村子了，又把来时吃过的草地再吃一遍。草每天都在长，它们吃过去后，身后的草又长出很高，所以回头还得再吃一遍。羊如此真诚和质朴，就像一个个在田间劳作的农人一样。多好啊，一个生命直接得益于土地的养育，慢慢地便与土地融到了一起。

人在牧场上慢慢地便也变得质朴起来。因为地处遥远的地域，加之又维持的是一个民族沿袭了几千年的传统游牧生活，所以，这种质朴中暗含着某种真挚和沉着。一位老太太每天都坐在帐篷前望着牧场上的牛羊，一坐就是一天，人们都出去了，只有她一个人坐在那里，与帐篷一起组成了牧场上一道独特的风景。谁也不知道她在凝望什么。人们骑马走得远了，感觉仍在她目光的注视中，一丝温暖便泛上心头。下午走过她的帐篷前，人们都要向她点头致意。骑马回来的人不管跑得多快，都要在她面前下马，牵着马走回自己的帐篷。有一天，一位牧民要从一群羊中间挑出一只羊，但羊群庞大，怎么也不能把它弄出来。她见状，走到羊群旁边，对着那只羊呼唤了几句，那只羊便从羊群中挤出，走到了她跟前。牧民们都想，她每天凝望着牧场，对一些事情早已烂熟于心，也深知羊的心思。

草场每年都有些变化，牧民们会在进场的第一天注意到哪些地方已与去年不同。有的地方去年还长有厚厚的草，在一冬天的大风中有许多沙子堆积过来，形成了一个小沙丘，所以今年就不长草了。有的地方在开春的时候被雪水冲成一条河道，一条小溪在其中悄悄流淌。溪边的草长得好，枝高叶大，是牛羊最喜欢吃的。还有一些地方，去年长的草不好，今年却长出了好草，似乎是对去年的一种补偿。牧民进场后，第一件事就是看草，他们摸一摸草叶，拔一根草看看草根的粗细，便知道今年的草场怎样。看草的那一刻是决定一年放牧收成的时刻，从村子里出来的时候，人们为这一时刻心潮澎湃。等拔出一根草，人们就为之激奋或失落。一根草平日里在人们的生活中是没有什么意义的，但只有在牧场上才显示出了它生命的重大含义。它直接牵连着牛羊，牵连着牧民，甚至牵连着一个个村庄。去年阿尔泰下了大雪，有许多地方甚至遭了雪灾，但牧民们却有了一个好盼头——大雪会滋润草场在第二年长出好草，熬过一个寒冬，就迎来了一个丰收的年成。我们经常会对着深冬的大雪说，瑞雪兆丰年，而牧民们会在大雪天说，幸福已被赐予，大地在沉睡中接受。蒙古族和哈萨克族都是富于抒情的民族，他们时时能够从生活中抒发出一种诗意。

一群又一群羊就这样在牧场上长大，长壮实，繁衍出下一代。羊的繁衍是不动声色的，很快，一个牧民就会拥有一大群羊。牧民们都很平静，春天把羊赶到牧场，秋天又赶回去；草场是大地的怀抱，草是上天赐予的，羊就这样在平静和从容中被喂养着，变成了大自然的孩子。

牧场在初春变绿，迎来牛羊，喂养它们，同时也给牧民以殷实的生活。牧场一年绿一次，却绿出了生命的伟大意义，它用自己的生命喂养了更多的生命，印证着万物互相依赖的伟大原则。

但从表面看上去，它多么美啊！一片绿油油，一直漫延向远处，不论多么高的山，多么深的山谷，都不能阻挡绿色前行的脚步。它们每向前迈动一步，就留下一根草，让它扎根，生枝长叶，把牧场装扮得丰盈透彻。

这就是大地的青春。

3.有灵性的羊

这时候，那几只羊出现了。

最值得一写的是这几只羊，它们在不远的地方吃草，在我歇息的时候，它们悄悄地向我移动过来，等我有所觉察时，它们已站在我对面。它们扬着脑袋一动不动地望着我。它们肯定是见过人的，但不知为什么却一直观望着我。

羊是有灵性的。我想起草原上一个小女孩和羊的故事。那个小女孩不识数，就捡了和自家羊相同数量的石子，每天下午羊归圈一只，她就将一粒石子放进口袋。就这样，她日复一日地放牧着羊，她家的羊群越来越庞大。有一天，她将羊数错了，所有的羊都进圈了，她手里却还有一粒石子，她急得哭了。这时候，有一只羊从圈中走出，在她跟前咩咩了几声，又归入圈内，小女孩破涕为笑，将那粒石子装入口袋。

经由这个故事，顿觉眼前的这几只羊也丰富和深沉了许多。如果这几只羊也具备了刚才故事中的那只羊的灵性的话，它们向我走来，并久久地观望我，是不是又要发生什么神奇的事情了？它们面前有一条小河，河水不深，有不少嫩绿的野草长于其中。我唤它们过来，一唤不应，二唤便动了，三唤则齐刷刷踏入小河。那些嫩绿的小草吸引了它们，本欲走到我跟前的它们一起停下，低下头去啃草叶。我停住唤声，让它们尽情地吃草。它们吃得悠然自得，偶尔有一两只抬起头，朝飘远的白云咩咩几声。我静观它们吃草，一丝难得的欣悦感让我觉得浑身的疲惫已不知不觉消失殆尽。在我眼里，这是几只幸福的羊，而观望着它们，我也觉得幸福。

过了一会儿，它们已被草吸引住了，不再向我张望。我悄悄离去，此时此景已足矣，无须再唤它们走到我面前来。不料，我尚未走远，却被它们发现了。一片咩咩声犹如难舍的悲鸣，又像是相送的祝福。气氛立刻转化成了难舍难分。怎么办，走还是不走？我忍了忍，向它们挥挥手，大声说，再见。它们愣愣地望着我，当我正不知所措时，它们动了——它们默默地望着我，少顷，像是明白了什么似的向我点了点头。

傍晚，我们到达了另一个村庄。一次真正的行走结束了，我疲倦得昏昏欲睡。但我在一丝惋惜里还是挣扎着睁开了眼——我想再次看看被我抛在身后的山林是什么样子。草原已涌起了长长的绿浪，这种浪花疯狂地蔓延在大地上，像是已完成了一个壮美的祭奠。我又向远处看去，突然发现这股绿浪已在原地凝固了千万年，不管愤怒还是沉静，都一直保持着向前涌动的姿态。

——在它的怀抱里，牧场、村庄、树木和河流都一一成长起来了。

4.奔跑的牛

一块草地，因为有了牛羊的到来，就变成了牧场。牛在牧场上不多，但也属于游牧之列。从村子里出来时，牛走在羊群后面，像压阵的将军，行进的队伍因为有了牛压阵，便显得从容和庄重了许多。到了牧场上，牛和羊便分开。牛喜欢吃山坡上的草，而羊喜欢吃细草。细草都长在河滩里，所以羊很少到山坡上去。

牛和羊就这样分开了。牛每天不需要收拢，下午吃到哪里便在哪里一卧，到了第二天早上爬起来又去吃草。牧民们对待羊像对待儿女一般，对牛则关心不多，主要因为牛是大动物，整个牧期放在外面也不会有事。有时候，牛吃着草便慢慢地走到主人的帐篷前，像要表什么心意似的朝主人叫几声。主人被它的叫声感动，伸出手去抚摸它，它用身子蹭蹭主人，甩着尾巴高兴地走了。

我到牧场的第二天，一位牧民一大早就来找我，对我说，走，看牛去，有禾木村的牛羊转场正经过这里呢？我问他，他们的牛有什么特别的吗？他笑一笑说，你去了就知道了。我随他到了山口，果然见一大群牛羊正经过山谷。禾木村的牛多，几乎和羊群不相上下。等羊群走过去后，他突然用手一指后面的牛群说，看，那头牛。我顺着他所指的方向一看，好家伙，牛群中有一头牛整整比别的牛高出了一头，长长的角高扬着，似乎要伸上天去。它行走的姿势更是和别的牛不一样，四蹄迈得很稳健，庞大的身躯似有些沉重，但却不失重心。它的蹄子一下一下稳稳地踩下，似乎把大地踩得在颤抖。

“它是牛王。”那位牧民感叹一声。我问他，阿尔泰还有没有像这样大的牛？他嘿嘿一笑说，有，但还在它妈妈的肚子里。后来，他告诉我，这头牛留下了很多好听的故事。有一次，它在外面十几天未回，天突然下雪了，主人正要去找它，却见它飞奔着跑了回来，进了牧场。它并不到牛群中去，而是直接跑到主人跟前。主人见它跑得气喘吁吁，再往它背上一看，有一双绿绿的眼睛——啊，狼！它背上驮着一只狼。狼惊恐地从牛背上跳下，试图逃出牧场，但牧场上人多，很快就把它围住打死了。原来，它在返回牧场的途中遇到了一群狼，一只狼跳上它的背试图咬它的脖子，它撒开四蹄就跑，狼在它快速的奔跑中既不敢跳下，也咬不着它的脖子，只好紧紧趴在它背上，它就把狼一直驮到了牧区。

牧民们觉得它真是厉害，把一只狼驮到了丧命之地。狼在牧区有时候是很厉害的，如果围住了一群羊就呜呜地大声叫。羊群一听到狼叫就惊慌失措，四散而逃。这样便正中狼的下怀，它们一一瞅准羊一扑而上将羊咬死。牧民们也曾想了不少办法，但都不能消灭狼，唯独这头牛聪明，在一只狼跳到自己背上时驮起它就跑。狼其实也是怕死的东西，不敢往下跳，只好在牛背上趴着，最后在牧场上被牧民打死了。

人们将消灭了一只狼的功劳归功于那头牛。国家有规定，在牧区打死一只狼可奖励一只羊，但给牛奖励什么呢？后来人们想了一个办法，把一块布绑到它脖子上去，谁见了便都会知道，它是一头有功的牛，但它却不喜欢那块布，跑到一棵树跟前使劲往下蹭，把布蹭了下去。人们又去给它挂，它一见就跑，人们再也没有办法接近。

人们在牧区谈论的另一头牛比较普通，在牛群中，毫无特征可辨。如果不是因为有一天它突然奔跑起来追一只狐狸，也许牧民们永远都不会关注它。那天，所有的牛羊都在安安静静地吃草，牧民们坐在帐篷门口懒懒地晒太阳。突然，有人高呼一声，快看，那头牛干啥哩？众人看过去，见对面的山坡上有一头牛在追一只红狐狸，有石堆和杂草不时出现在它蹄下，但它却并不躲避，只是飞快地从上面一跃而过，继续向前奔跑。

“是艾尔肯的牛。”

“不是，是格尔林的。”

“更不对，是索林多的。”

牧民们争论不已，但都不能断定它是谁的牛。那个山坡离他们有几百米远，他们只能看见是一头牛在奔跑，无法断定它到底是谁的牛。它跑下山坡后，人们才看清它是格尔林的。

那只狐狸有红色的尾巴，或者说全身都是红的，跑起来红光一闪一闪，像是有一团火在山坡上滚动。那头牛紧紧地盯着它，不管它跑到哪里都死死不放。牛是大物，跑动时四蹄踩出很大的声响。狐狸疑心它始终就在自己身后，只顾逃跑，连回头张望一下都不敢。也许，它根本不知道是一头牛在跟自己过意不去。

牧民们看得高兴，一头牛和一只狐狸，这两种老死不相往来的动物，今天居然碰在了一起。不知道牛为什么要追它。也许，它吃了牛刚要去吃的一株嫩草；也许，牛卧在什么地方刚要打个盹，是它经过的脚步声惊醒了牛，牛很生气，便要捉住它问罪。狐狸聪明至极，一看情况不妙跳起身就跑。狐狸以前肯定没有遇到过这样的事情，见身后的那个家伙追个没完，便只有拼命往前跑。

牧民们一边看热闹，一边议论，要是这头牛追上狐狸，一蹄子就可以把它踩死。狐狸皮是好东西，能卖不少钱呢！格尔林这两天不在牧场，如果他回来，就不要告诉他那只狐狸是他的牛踩死的，等狐狸皮卖出去后，大家分钱，凡在场的人都有一份。但事情却并没有出现人们期望的情景，那只狐狸跑到一片草丛跟前红光一闪，顿时没有了踪影。牛失去了追逐目标，在草丛四周着急地打转，却再也找不到那只狐狸。牧民们觉得那只狐狸可能在草丛中躲了起来，便跑过去围堵，但他们把那片草丛翻了个遍，也不见那只狐狸的影子。他们又怀疑它钻入洞穴了，掀开草皮找了一遍，还是没有。他们觉得，狐狸可能会什么变身术，见自己实在跑不过身后的庞然大物，就摇身一变遁去了。

牧民们怏怏而归，他们一转身，才发现那头牛不在了。不知什么时候，它已经走了。

还有一头牛，因为奔跑，把自己伤了。

去年返回牧场的时候，天下了一场大雪，牧民们把羊群收拢到一起，便又去收拢牛。牛群已经吃到很远的地方去了，收拢起来走到下午才到了汇聚地。因为那场雪来得早，人们都聚在了一个山谷中避开了寒风。那群牛从山坡上往下走。夕阳快要落了，雪地上反衬出一片浓浓的夕光，似有暗红色的丝绸铺在地上。有一头牛看见那片夕光时突然站住不动了，它这一停顿时让牛群显得有些乱，赶牛的人向它吆喝一声，它突然撒开四蹄跑起来。它先是从牛群中跑出，然后顺着山坡向雪地上的那片夕光跑去。看见了它的一位牧民惊呼，不好，要出事了。它的速度越来越快。本来，它处于下坡的路上，是不宜奔跑的，只要一跑起来就很难收住了。果然，由于惯性的原因，它已经有些失去重心了。它或许也意识到了后想收住身子，但已经收不住了，它像一块石头一样倏地飞落在山坡上，继而又向下滚去，滚到坡底，被它带起的尘土久久没有散去。它挣扎着想爬起，但却没有力气。人们围过去，看见它的眼睛睁得很大，在呼呼地喘着粗气。牧民们把它抬到一个平地，让它卧着，希望它能缓过气来。

它的主人不在，只有13岁的儿子守着帐篷，发生了这样的事情，他不知道该怎么办，抱着那头牛就哭。大家劝他，它可能卧一会儿后就好了，但他却不信，说："它像石头一样从山上摔下来了，不会好了。上次有一块石头从山上滚下来，摔到山下都摔碎了。我们家的牛，内脏肯定像石头一样摔碎了。"大家见劝不住它，便带话给他父亲，让他赶快回来。

当天晚上又下了一场大雪，那头牛被雪埋住，只露着头在外面。那个13岁的小家伙拿着父亲的羊皮大衣走到它跟前，把它身上的雪扫掉，给它披了上去。雪越下越大，小家伙不停地用手刨着落在它身上的雪。到了后半夜，便哭了起来，我们家的牛要死了，我爸爸回来我怎么办呀，他一定会打我一顿。到天亮，他父亲仍没有来。他已经哭得满脸挂满泪珠子。

那天，他一直守在那头牛跟前，不停地刨着落在它身上的雪，嘴里呜呜地哭，谁劝都不听。到了下午，夕阳又把雪地照亮，那层夕光在雪地上反射开来，又使大地变得像铺了一层丝绸。那头牛突然从地上一跃而起，飞奔向那片夕光，跑进去后，站在那里一动不动。它看见夕光出现，不知道为什么突然有了力量，从地上一下子一跃而起。牧民们都很惊讶，看见它站在夕光中，已和往日没什么两样。那个小家伙终于不再哭了。

数 字

1.与“2”有关的事情

“来，再喝一碗。一碗嘛不好，喝两碗才好嘛。”主人很热情，一边说着，一边又给我递过来一碗奶茶。天气很热，刚才的一碗我几乎是一饮而尽，现在主人又给我一碗，我自然高兴，双手接住咕咚咕咚喝下。主人很高兴，用手拍一下我的背，高兴地说：“喝两碗就对了么，‘2’是好数字，看来你不知道嘛！”

“2”是好数字？我并不知道其中的缘由呀！

后来，索伦格告诉我，白哈巴村的好多事情都和“2”有关系。随便进入一户人家，主人都会热情款待你。他们家里有很多好东西，像是早已准备好了，就等着招待远方来的客人。你刚坐下，就端上了酸奶、奶酒、奶茶、奶疙瘩、酥油、油饼、油筛子等。吃的食品你可以随便挑，但奶茶却是必须要喝的。主人把茶给你倒好，你可以根据自己的口味加入适量的酥油和奶皮子。酥油入茶很快就化开，飘起几朵金黄色的油花。酥油这东西神奇，盛在碗里时凝成一块，呈白色，一入奶茶，便变了颜色,奶皮子在茶中也很快会被浸开，软软地飘在茶水的表面。你喝一口，顺势将奶皮子吸入嘴里，一嚼，马上有一股酸味弥开。奶茶就这样有了好几种味道，但只有当你将奶茶喝进肚内后，才能够体会到这些味道混杂在一起的美妙感觉。一般人喝奶茶，第一碗都是边尝边喝，不知不觉就喝完了,主人早已等在旁边，马上就会给你添上。你要是不喝，他就会劝你，陪你来的人深谙图瓦人的民俗，更会神情严肃地劝你喝下。你从人们的神情中隐隐约约便感觉到了什么，只好把第二碗也喝了。

喝完了，人们才会告诉你，在图瓦人家里喝奶茶，必须得喝两碗，因为你是用两条腿走进来的，喝完两碗奶茶，你再用两条腿走出去，吉祥平安。喝一次奶茶后，你就会明白图瓦人的好多事情都跟“2”有关系。你想，这是不是图瓦人对生存的一种严格意义上的要求呢?

图瓦人打架，也跟“2”有关系。两个人打得鼻青脸肿，甚至要出人命了，旁观者在一旁只是看，没有任何反应。最后，其中的一个必将另一个打翻在地，直到他再也无力爬起才肯住手。曾有人不懂图瓦人打架的规矩上去拉架，结果那两个人马上不打了，一起过来打他。挨了一顿打，他才知道了其中的缘由。原来，两个图瓦人打架是要争英雄的，你去拉他们，他们就会认为你看不起他们两个人，所以会一起来打你。

图瓦人一辈子大概骑两匹马。二十岁时，家里人给他备一匹马。他骑着这匹马在阿尔泰大山里来回奔波。二十岁是男人的象征，有了自己的马，就必须要去干男人该干的事情。到了四十岁，第一匹马已经被骑老了，男人们就开始骑一生中的第二匹马，一直骑到老。一个人一生中骑两匹马，去了很多地方，走了很多路。两匹马的八条腿再加上人的两条腿，他一辈子走过的路和做过的事情，是那些一辈子没有马，或者一辈子只骑过一匹马的人望尘莫及的。从二十岁到四十岁，一个人骑着他生命中的第一匹马，要干很多事情。他先要去寻找一个姑娘做自己的妻子。在通常情况下，我们把小伙子喜欢姑娘都叫追，实际上，追姑娘在图瓦人中倒是体现得淋漓尽致。一个小伙子看上一个姑娘了，就不干别的事情了，成天骑马围着她转，她走到哪里他就追到哪里。有时候，小伙子过人的骑术也能打动姑娘。图瓦小伙子追姑娘，也只能追两个。第一个不行，他就去追第二个。追第二个姑娘必须得成功，否则，他就可能成为光棍。人们会对那些追过两个姑娘还没有媳妇的人说，再瘦弱的山羊走过两座山峰，也就壮实了；再没有雄心的鹰飞过两座山峰，也就上蓝天了；再笨的人第一次不会干事情，第二次也就会了。好在白哈巴村截至目前只有两个小伙子没追上姑娘，现在这两个人一个三十八岁，另一个四十六岁，成了光棍。村里上年纪的人说，咱们图瓦人干啥事情都跟“2”有关系，这两个人可能是成吉思汗看不上的，把第一个打发到这里，过了些年又把第二个打发过来了。不过大家放心，这两个人已经把“2”占住了，以后村子里不会再有光棍了。一个人在二十岁到四十岁之间，还得去盖两座木板房，一个用于夏天居住，一个用于冬天居住。夏天的房子可稍微简单一些，兼用厨房；冬天的房子则要建得结实一些，开两个窗户，垒两个炉子，设一大一小两个床。大床用于全家人睡，小床则备于待客，有尊贵客人来了，请他睡小床。至于房子里的摆设，也多坚持“2”的原则。比如桌子上一般放两只喝奶茶的碗，桌边放两只茶壶。

图瓦人喜欢喝酒，但人们对年轻人却要求极严，不到二十岁不让他们沾杯。二十岁至四十岁的这个年龄段，是图瓦男人一生中最幸福的时期，所有该男人们享受的欢乐都汇聚而来。这时候，他们的身体成熟了，感情变得丰富了，所以，这个年龄段的男人看上去总是神采奕奕。到了四十岁，男人们就该为下一代张罗了，为儿子备一匹马，为女儿准备两个装嫁妆的箱子。两个二十岁，已经使一个男人拥有了该拥有的一切。

“2”就这样统一着村子里的一切，让人们去追求，去坚守。因为是双数，时时便能看到人们对自己严格的要求。甚至就人而言，似乎有另外一个自己在冥冥之中呼唤着什么，他必须去找到另外一个自己，使自己圆满。如此这般，“1”就变成了现实，“2”就变成了意义。

我沉迷于对与“2”有关的事情的寻找。毫不费力气，便在萨朗别克的商店里看到了一幕。一个小伙子拿了一些鸡蛋来换酒，萨朗别克一数，只有十九个，两个人的脸色顿时都变得有些不悦。小伙子喃喃自语，怎么会呢，出门的时候数过了，明明是两个“10”嘛！难道被别人偷了？他要偷，肯定会偷两个，不会偷一个的。他将十九个鸡蛋放在柜台上，便回去寻找。

我与萨朗别克聊起少一个鸡蛋的事情。他说，村子里现在有外面人开的商店，要是他们遇上这样的事情，肯定不当回事，会把酒换给这个小伙子的，但自己是图瓦人，不干那样的事情。我问他，那样的话，这个小伙子会接受吗？萨朗别克肯定，他不会接受，因为他也是一个图瓦人。

这时候，听见那个小伙子在外面喊叫着什么，声音里充满喜悦和兴奋。我从门里望出去，见他手捧一个鸡蛋，正向小商店走来……

2.127道栅栏

鱼在水里，鸟儿在天空中，人在栅栏内。

白哈巴村有127道栅栏。

这是我坐在村子对面的山坡上用了一个多小时才数清的。每家图瓦人的房前都有栅栏，大门就在栅栏的中间；房后也有栅栏，大多用于围住牛羊圈。在房后栅栏的外面还有栅栏，用于围住菜地。一般人家有这么三道栅栏就够了，将院子、牛羊圈、菜地圈在一起，使之成为一个被统一起来的世界。但有的人家却有好几道栅栏，横横竖竖布于房前屋后，似是有许多东西需要圈住。赛尔江家就有7个栅栏，家用的四个，小商店两个，为了使家和小商店隔开，中间又竖了一个。图瓦人对栅栏很重视，无论在哪里安家，都必须要修栅栏。白哈巴村背后的山坡上有一家人，离村子很远，平时甚至和村子里的人很少来往。我想，他们家就没有必要用栅栏了吧，然而等我爬上去一看，整整齐齐的四道栅栏分布于房前屋后，丝毫没有散乱随便之意。村子里的房子比较拥挤，因而栅栏也不够整齐，横七竖八的，只是从房子与房子的空隙间穿过。但这户人家的栅栏则因为四周皆为空地，而显得很是漂亮。房子是新盖的，木板还保持着明亮的颜色，房子的四周用四道栅栏围住，既与空旷的山坡无脱离之感，又使自身显得紧凑。主人将一匹马拴于屋后，远远地看上去，马犹如守护着房屋的士兵。敲开房门，与主人聊起栅栏。原来，图瓦人盖房子之前先要修栅栏，没有栅栏就不能修房子，栅栏的基本功能是起保护作用，但在图瓦人心目中，它的分量显然是重而又重的。

其实，图瓦人修栅栏并不难，村子后面就是成片的松林，一棵棵松树长得笔直挺拔，是做栅栏的好材料。图瓦人从山上选好木料，拉到门前一根一根打好连接口，往上一卡就行了。一般情况下，盖一座房子得两三个月，但栅栏用两三天时间就可以完成。栅栏修好了，就接着修大门。图瓦人的大门一般有两种，一种是活动门，人出出进进推动即可；另一种是横杆门，栅栏的连接处别着三四根细木头，要出门了，将这几根木头取下，人出来了再别进去。这也是一种门，简单之极。但这种门却有很高的地位，不像那种活动门，你要去谁家里了，一推门即可进入，这种门是不能随便动的，你走到这种门的栅栏外要先向主人喊叫一声，报上自己的姓名，说明来意，主人才会出来给你开门。这种门须主人亲自开才行，谁也不能擅自动手。我想，这种门肯定是图瓦人继承的某种古老的传统。古老的东西都有深深的根源，都包含着民族尊严和严厉的生存规则。由于时间的原因，这些东西慢慢地就不再存在了，被一些东西替代和浓缩，但哪怕它再浓缩，也不失其基本的原则。

房子后面的栅栏一般都很长，一根木头接一根木头，颇具流线美。人们要去山上打柴了，顺着房子后面的栅栏出去，晚上再顺着那条路回来。时间长了，每道栅栏旁边都有一条路。每家都有栅栏，所以，每家人都走自己栅栏下的那条路，绝不轻易走到别人家栅栏下。就连牛羊也认得自家的栅栏，早出晚归走到村口了，就自觉散开，顺着自家的栅栏返回。在白哈巴村，人和家畜在许多事情上都坚持着共同的原则。这里是遥远而又古老的，是西北以西的边缘部落，家畜们似乎早已懂得了人的心思，时不时地就表现出和人相通的东西。

奇迹就在我注视着栅栏时在我面前出现了。础鲁今年要结婚，眼下正忙着盖房子，当然，房子前后左右的栅栏是早已修好了的。他将刨下的木屑和废木板从房中扔出，在栅栏外堆成了几座小山。这时候，就有两头牛和一匹马走了过来，用嘴哄那些杂物。它们是础鲁家的牲畜，见础鲁在这里盖房子，就不去山坡上吃草了，成天在这里打转。我感到奇怪，问础鲁这是怎么回事。础鲁笑着说，马和牛也在给自己弄家呢！他用手一指牛的方向说：“以后那个地方就是牛圈，又用手一指马说，它的家在这个地方。马和牛聪明得很，自从我在这里修栅栏，就知道它们的家在哪个位置。”

我望着牛和马，顿觉它们用一种无声的语言正轻轻向我诉说着什么。

后来又听说了一件鹿和栅栏的事情。一天，两只鹿吃着草，从山坡上走进了村子里。当时是早晨，草上铺满露珠。两头鹿也许是被露珠迷住了，一副沉醉的样子，直到走到村子中间才有了反应。但它们却回不去了，人们早已悄悄形成了一个包围圈，将它们围在了一道栅栏前。它们太漂亮了，浑身有好看的花纹，一对长长的角尤其吸引人。平时，人们对这样的鹿羡慕不已，现在它们自己送上门来，岂有不收之理。他们举着木棒和刀一步步向它们逼近。它们发出惊恐的嘶鸣，退到栅栏跟前就再也无法后退了。人们一拥而上，手中的刀棒纷纷击出，它们哀号着左右冲突。慌乱中，一只公鹿被击倒在地，那只母鹿冲出人群跑上了山顶。整整一天，它向村里张望着。在村里，人们把公鹿的身体剁成碎块，每家每户分了一份，那张皮子被剥下后搭在栅栏上，一下子比它的身体大了好几倍。鹿角和鹿皮都很值钱，人们要把这张皮子卖个好价钱。

下午，那只母鹿悄悄接近了村庄，它要把公鹿的那张皮子弄回去。它进入村庄后贴着一家人的栅栏慢慢前行，不一会儿就走到了那张公鹿的皮子跟前。它猛跑几步一头撞向那道栅栏，在栅栏歪倒下的一瞬，它伏在那张皮子底下，让那张皮子落在了自己身上。它驮着皮子往回走，不料却被一只狗看见了。狗汪汪一叫，村里人马上就赶过来了。它只好把那张皮子从身上抖落掉，跑回山顶去。夕阳快要落山时，它又潜进了村子，但在快要接近那张皮子时又被人们发现了。这次人们将它围得严严实实，它数次冲击都无法突围出去。人们手里的刀棒越来越近，它已没有了退路，扭头看了一眼那张皮子，嘶鸣一声，一头撞向栅栏中最粗的一根木头。一声闷响，它被撞得头破血流，倒在了那张皮子底下。人们很是惊讶，一头鹿——自己把自己撞死了！

如果是人们把它围住，用乱棒乱刀将它打死或砍死，谁也不会感到意外，但它却自己选择了死亡，这就让人有些不解了。而且它在选择死亡的时候，倒在了那张公鹿的皮子底下，让人觉得它就是死，也要死在曾经与自己朝夕相处的心爱者身边。

那道经它撞击的栅栏不久就倒了。村子里很少有倒栅栏的事情，人们看着倒下的栅栏，总觉得村子里同时还有什么东西也倒下了。人们想起那只母鹿死时的一幕，就觉得那只鹿比栅栏还高，隐隐约约觉得那只鹿在那天好像对大家说了一些什么，那是一些只可意会，不可言传的话。

有了栅栏，就有了家。所以，图瓦人不论走多远，只要心里有家里的栅栏，只要在出门时将栅栏门关上了，就了无牵挂。前年，村子里的男人们去那仁牧场放牧。大家在白哈巴村时都是熟人，牛羊和马在村子里时也都很熟悉。到了牧场后，大家相处得很愉快，将牛羊和马赶到山坡上，他们就在一起喝酒、唱歌、跳舞，日子过得无比舒服。这时候，从喀纳斯湖方向来了一男一女两个年轻人，没有帐篷，也没有牛羊。原来，他们自由恋爱，但却遭到家人的反对，不得已只好逃了出来。大家一商量，每人给他们一只小羊羔，让他们在那仁牧场扎根。当晚，大家给他俩举行了婚礼。空旷的牧场上歌声飞扬，酒香弥漫，每个人都觉得如同在给自己的弟妹举行婚礼一样兴奋。第二天，大家上山砍了十几棵松树，给他们修了栅栏。虽然离白哈巴村有近百里，但图瓦人将他们视为村里的人，互相来往，从不间断。

这对小夫妻对大家自然感激不尽，每当人们进入牧场时，就是他们迎接亲人的日子。他俩养了一条狗，跟着主人对人们很快就熟悉了，远远地见山梁上出现了人和牛羊，就会有一两声兴奋的吠叫从栅栏内飘出，紧接着，就有一条黑影奔出栅栏快速扑向人们。它咬大家的袖口或裤角，进行一次热烈的欢迎。小夫妻已站在栅栏前，一脸笑容在等候。

后来人们在牧场安顿下来，那只狗整日卧在栅栏前，看着人们在牧场上骑马，牛羊在草场上吃草，如果有人来做客，必先向主人报上几声吠叫，然后窜出去欢迎。一只狗，一道栅栏，把遥远山野里的一个家烘托得气氛十分浓烈。那对小夫妻的家人知道了他们的行踪后找了过来，想带他们回去，但一看见漂亮的栅栏和一只温顺的狗，什么也没说便转身就走了。

栅栏就是一个什么也改变不了的事实中的家。

前几天，他们回到村子里向大家致谢。他们的谢礼是给每家还一只羊。小伙子的媳妇已经挺起了大肚子，赛尔江开玩笑说，再过几年，我们要一大群小伙子，你们送不送。他们俩笑而不答，众人便都笑了。他们给每家送的那只羊都被赶进了栅栏里，“咩咩”地叫个不停，别的羊也跟着叫了起来，白哈巴村顿时热闹了起来。下午，他们返回。他们带来的羊见主人要走，一起叫了起来，顿时，每家每户的栅栏内发出了羊的大合唱。他们强忍着不回头，向山坡走去。

在坡顶，那只狗用一声吠叫将他们迎住，向那仁牧场走去。

3.数羊

数羊是图瓦人的一种游戏。游戏很简单，从一只羊开始往上数，数到三百只羊就赢了。这只是一种数字游戏，并不用赶三百只羊到场。一个人碰到另一个人了，想和他赌一赌，就说，咱们数羊吧。两个人中可以有一个人任意选择数羊或监督。选择数羊的人开始“一只羊，两只羊，三只羊，四只羊……”往上数，监督的人则标出赌注，你若数到三百只羊，我就给你一只羊，你要是数不到，就给我一只。

一般人都数不到三百，因为在每个数字后面都带有“羊”字，人的思维很容易被分散。也有人数到了三百，从别人手里赢得了一只羊。有一段时间，村里人认为数三百太多，把数字降到了二百，但后来受到那些数到过三百的人的痛斥，便又恢复到了三百。

数羊也是人的尊严的表现。走在村子里，有一个人突然把你拦住要和你数羊，这时候你不能躲避，如果躲避的话，别人就会笑话你。男人嘛，在阿尔泰大山里就是养羊的嘛，连一只羊都玩不起，你以后不可能有更大的羊群。被别人这么一激，谁都会马上去数。好多人都是因为被激起了数兴输了羊的。输了之后，心里后悔，却又无法发作。有一段时间，有人专以数羊为生，把这种古老的游戏演变成了一种赌博，他们掌握了数三百只羊的什么方法，总是战无不胜，村里人都害怕他们，看见他们便远远地躲开。

村里的小孩子也玩这种游戏。他们没有羊，输了之后就用铅笔或作业本抵，但他们把一支铅笔或一个作业本说成是一只羊，输了就给，绝不反悔。有一个小孩子的父亲得知自己的儿子赢得了别人的一只羊后只拿回了一支铅笔，感到不公平，便去找那个孩子的父亲，提出按多少年的传统规矩办事，必须得给他一只羊。那个孩子的父亲二话不说，牵出一只羊给了他。他说，我的儿子虽然输了，但输羊不输人，我儿子长大还要成为男子汉呢，一只羊算什么。要羊的那个人说，我儿子今天赢了，已经就是男子汉。两个人一个不服一个，于是便又赌起来，结果，来要羊的那个人输了，那只刚刚到他手里的羊又回到了原主人的圈里。他气不过，向对方说，明天我牵十只羊来，有本事咱们好好数一数。不料当晚下了一场大雪，他的羊被冻死了好几只，到第二天早上不够十只了。男子汉大丈夫一言既出，驷马难追，他把自己的马牵来，说，用马抵两只羊，我不怕吃亏。两个人站在寒冷的风雪中开始数，你一轮，我一轮，一直数到下午，结果，他把八只羊加一匹马全输了。正懊恼之际，不料他的儿子却欢叫着跑过来告诉他，刚才他和那个人数羊时，自己和他的儿子也在数，结果自己赢了他们八只羊和自己的马，他转忧为喜，从对方手中牵过八只羊和自己的马，领着儿子兴高采烈地回家去了。走在路上，他想，战斗了两天，到头来自己不输不赢，这样也挺好。

村子里数羊输得最多的人是孟多。那几年他运气不好，老是输，越输他越不服气，越不服越输，输到最后，他连一只羊都没有了。别人都不愿和他再玩。有一个人对他说，我们现在有这么多的羊，但你却没有一只，等你有一大群羊了再来和我们数吧。孟多痛下决心，开始养羊。他的羊群到了几百只的时候，他已从年轻人变成了中年人；羊群到了一千多只的时候，他又由中年人变成了老年人，但他却还不去和人数，一直等羊群上了两千只。这时候，他再去找那几个曾经赢过他的羊的人，但他们却早已死了。细细一问，才知道他们自从有了从别人手里赢来的羊以后，就不再去干活了，过一段时间宰一只羊，吃完了便又去宰，最后，坐吃山空，到老年的时候，日子过得极其贫穷。

孟多感慨万千，这世上从来没见过谁靠数羊能拥有一大群羊，而真正拥有羊群的人，都是像自己这样勤勤恳恳靠劳动所得。

之后不久，孟多突然记起了一件事。在年轻的时候，他曾欠过一个人一只羊，当时自己曾许下诺言，等以后自己有羊群了，一定还上。这么多年过去，人家从来都没提过此事，他感到很愧疚。他从自己的羊群中挑出十只最肥的羊赶过去找那个人，但那个人却早已搬到别处去了，谁也不知道他的具体地址。孟多后悔至极，没想到自己活到老，却无法偿还欠别人的一只羊。如果能找到他，孟多一定要把这十只羊给他。想想现在自己拥有了这么大的羊群，却一直欠着别人的一只羊，这件事也类似数羊一般，自己一口气从一数到了三百，但最后自己还是输了，因为欠别人的一只羊再也无法还了。

走在村子里，孟多又见到了一对对数羊的人。他从他们身上看到了自己当年的影子。人们一天天过着日子，数羊这种传统的游戏，仍将被人们视为生活中的一种秩序、一种竞争，一种显示着人的尊严和信用的独特方式。人们自觉遵守这个游戏的规则，这个游戏激活了人们的生活。那一刻，孟多才知道数羊这种游戏是多么有意思的一件事。

一只羊被数来数去，一会儿是你的，一会儿是我的，羊没有变，人也没有变，只有一场游戏在变。

应了那句老话，人生就是一场游戏。

4.婚礼上的一张羊皮

图瓦人说，鸟儿高兴的地方在天空中，牛和羊高兴的地方在长满绿草的山坡上，人高兴的地方在结婚的房子里。

图瓦人结婚的时候，羊皮是最重要的一种东西。到了一对青年男女结婚的时候，双方的家长都要早早地备一张羊皮。迎亲的那天，男方到了女方家，女方便拿出一张羊皮让男方来迎亲的人争抢，众人各抓羊皮的一角奋力往自己的怀里扯，羊皮的韧性好，所以众人只是放心地扯，不担心羊皮会被扯破。慢慢地，便有人因力气不支或意志不够坚定，手腕一酸就脱了手。只要手一离开羊皮，就不能再去抢了。抢羊皮只是为了点缀婚庆的气氛，抢得者并不将羊皮拿回家，而是献给在场的长者。将新娘迎回男方家后，男方也要拿出一张羊皮让女方送亲的人抢，同样，得羊皮的人也要将羊皮送给长者。

要是选择在冬天结婚，抢羊皮便有好看的一幕。两个人扯着羊皮抢来抢去，有时候会摔倒在雪地里，雪把两个人弄得面目全非，但谁也不会松手。最后，两个人变成了雪人，手中的皮子变成了白色，围观的人发出的笑声一浪高过一浪，但他们就是不松手。到了最后，两个人拼的就是狠劲，其中的一个人迅猛用劲，皮子就到手了。围观的人对胜利者报以热烈的掌声，他既赢了对方，又得到了人们的赞赏，他是双重胜利者。待婚礼结束，总有两位长者腋夹羊皮兴高采烈地回家去。村里人很快都会将羊皮卖出去，不在家里长时间存放。若不卖，便挂在门前。但还有一种情况，就是参加婚礼的长者们为了喜庆，要将得来的羊皮在门前挂更多的日子。这是长者对年轻人的一种祝福。

有一年，有一对年轻夫妇杀了两只羊，因为没有人来收羊皮，羊皮便在门前挂了很长时间。有一天，夫妻二人外出时锁上了门。那天村里有人杀羊，羊肉煮好后，便按村里的规矩给每户端一碗羊肉，端到他们家后，见门前挂了两张羊皮，以为他们家有两位老人参加别人的婚礼了，便回去又端来一碗放在门口。晚上，夫妻二人回来，见门口有两碗羊肉，乐不可支地倒进锅里一热，美美地吃了一顿。我曾在村子里见过一位妇女卖羊皮的情景。收羊皮的人骑摩托车在村子里驶过，她将他喊住，进屋去拿了羊皮出来。那张羊皮不知有多大，被她折成几叠，方方正正地挟在腋下。她不出院门，走到栅栏边“刷”的一声将羊皮抖开，对收羊皮的人说，好皮子，五十块。收羊皮的人与她讨价：四十块，今年阿勒泰的皮子多，不好卖。她二话不说，拿起皮子就走。收皮子的人忙把她叫住，递过来五十块钱，收走了那张皮子。后来才知道，图瓦人视羊为上天之赐，从不将羊皮从大门里拿出去，有人来买，也是从栅栏上递出，这样，就好像羊仍在家里一样。

我在村子里也遇到了一场婚礼。那天，人们经过了男女双方争抢羊皮后，将新娘迎进新房。男方为婚庆杀了十几只羊，羊肉已经煮好，院子里飘满羊肉的香味。新娘刚进院子，便要举行一个仪式：新郎将宰杀的第一只羊的耳朵从锅中捞出递给新娘，新娘用双手接住认认真真地吃下。图瓦人和哈萨克族人一样，对吃羊耳朵颇为讲究。家里来客人了，将羊耳朵递给客人中年龄最小的一位，意即你年龄最小，要听话。新娘刚入家门，让她吃羊耳朵，也有让她听话，好好做媳妇的意思。我想起自己的一次经历。我已经到了这年龄，几年前居然有幸在一群客人中当过一回年龄最小的客人，吃了两个羊耳朵。羊耳朵吃起来细脆，非常香。

那天，我被人们热情挽留参加晚上的闹洞房。图瓦人闹洞房和汉族人大相径庭。天刚黑，有人吆喝一声，闹洞房便开始了。昏黄的油灯不够亮，有人便点起了“松亮子”。松亮子是火把的一种，是从有油的松树上直接劈下来的，绑在一起，点着便可燃起熊熊火焰。屋内灯光绰约，人们因为已经喝了一天的酒，此时都带着酒气。而正因为饮了酒，人们便都很兴奋，一声声高喊着什么把新郎新娘推来搡去，颇为热闹。有人还备了树枝，啪啪的直抽新郎新娘，每抽一下便有一声痛叫响起。我刚挤进人群，想看一眼漂亮的新娘，只见一个人像是飞似的撞了过来，我双手一挡，这个人才没有倒下。待我仔细一看，是新娘，她尽管因为出嫁好好打扮了一番，但此时却满脸痛苦状。我看见她穿了很厚的衣服，大概是为了防枝条抽打，但怎么能防得住呢？此时的抽打已经变成了喜庆不可少的东西，所以，即使再疼，她也得忍着。

我一扭头看见了新郎的父亲，此时他才有时间吃饭。锅内的羊肉已经所剩无几，他用勺子捞了半天才捞了半碗，一个人蹲在那儿急急吃了起来。一个图瓦男人到了这时候，才像所有的父亲一样闲了下来。从结婚生子，到养子成人，再到为儿子张罗着娶媳妇，一忙就是几十年，而在闲下来的这一刻，却只有半碗羊肉等着他，不知他能否填饱饥饿了一天的肚子。

洞房仍热热闹闹地在闹。我与他聊天，他说，哪怕自己吃不上一口羊肉，也要让村里人热闹起来，如果人们不闹，不把羊肉吃光，反而是一件没面子的事情。

后来，我又听说了村里的一件事。有一年一家人娶媳妇，先是羊皮显得小，没有人去抢，后又因为羊肉太少，大家没吃饱，喜庆的气氛一下子便冷了下来。到了晚上，人们不约而同地散去，没有谁去闹洞房。新郎新娘虽然没有挨打，但却比挨了打还难受。新娘觉得是男方小气，慢待了村里人，一气之下跑回娘家去了。娘家人见女儿回来，便向男方提出了退婚。

一张羊皮，一顿羊肉，就这样把一对夫妻给拆散了。

岩 画

1.醉看岩画

叶赛尔说，离我们呆的这个沙漠牧场不远处有岩画石人。经他一提，我才想起这里有声名显赫的木垒博斯坦牧场岩画和石人像。有时候，很多事情忘了也就忘了，而一旦想起就再也忘不了了。我当即对叶赛尔说，我想去看岩画和石人像。他说，行，我们把骆驼赶过去，它们吃草，我们看岩画和石人像。那些东西我看过，好看得很。

好看得很，那就去看。

但我没想到几天后在见岩画之前，先见到了一个九岁的小姑娘在作业本的背面临摹下的岩画。我和叶赛尔到了博斯坦牧场，骆驼开始吃草，但叶赛尔因为答应了一个老朋友喝酒的邀请，就先住下了。第一天不见叶赛尔的老朋友来叫我们去喝酒，我心想等明天吧，今天叶赛尔的老朋友可能在做准备呢！第二天却仍没有动静，我想再等等吧。第三天我忍不住给叶赛尔说了，他便去张罗。下午他的朋友来喊我，一切都已经安排好了，先去他家吃手抓肉，喝酒，完了之后去看岩画。“近得很，一条小河，一个跨奔子就过去了。岩画就在河边边子上。”“跨奔子”是新疆话，就是一步跳过去的意思，朋友说得轻松自如，我便放下心来。

到了他家，大块手抓羊肉已经煮好，酒也已经用碗倒好。主人先喝一碗，然后给在座的每人敬一碗。然后每位客人再像主人一样，也喝一碗，再一碗一碗地敬下去。以此类推，每个人必须敬这么一下。

席间最有意思的事是吃羊耳朵。吃羊耳朵有讲究，必须是在座的人中间年龄最小的人吃，意思是，你年龄最小，多吃羊耳朵，多听话。开车的小张最小，接过主人递过去的羊耳朵，吃得满脸喜悦。

我不胜酒力，两碗下去，就感到头疼。而主人手一伸，又从帐篷的一角摸出本地产的两瓶散装酒，"咕咚咕咚"又倒了一碗，递到了面前。我推辞不过，只好又接住喝了。

几番下来，我感觉自己醉了。偏偏这时主人的儿子回来了，在主人的吆喝下，这个小主人上来又是一圈敬了下去。最后一碗我至今记不起是怎样喝下去的，酒入肚，只觉得一股热辣辣的火直蹿脑门。"喝不下了，喝不下了。对不住，我不能喝了。"我边说边起身，却被主人按住了。朋友们一个个神色凝重，我便又坐了下去。

小主人带回来了几只呱呱鸡，就是在戈壁滩上乱跑的野鸡。身体微胖的女主人三下五除二便将鸡毛和多余的东西弄干净，下了锅。

"等一哈噻，等一哈，吃一个呱呱鸡。没结婚的呱呱鸡，好得很，吃一哈。"男主人说着话，眼睛直盯着我。他已经喝了不少，但却不显醉。以前也听说过，牧民们请客人到帐篷或家里去喝酒，在客人面前是从来不醉的，只有在客人喝醉，走了之后，他们才显出醉意。

呱呱鸡出锅，很快就端上来了。还得喝酒，在牧民家里吃饭，有肉必须得有酒，有酒必须得有肉，酒与肉，原本不分家。主人又叫上了阵，自己先喝一碗，便一一把满碗的酒递了下去。

现在回想起来，我吃了主人特意递给我的一个呱呱鸡大腿，喝了一碗酒后，就什么也不知道了。靠着被子要睡过去时，心中的惦念又使我清醒了几分，我模糊不清地说：去看岩画。

大家被我唤醒，都有要停下的意思。恍惚中，我看见主人把大家都拦住，叫着小女儿的名字，用我听不懂的哈语对她说了句什么。小女儿看我一眼，就跑了出去。大家仍喝得兴高采烈，恍恍惚惚，我觉得有一双甜蜜的手要把我拉向一个幽深的去处，我打一个哈欠，睡了过去。

不知过了多久，我被推醒。主人的小女儿双手捧着一个作业本，递在我面前。她在岩画前临摹了岩画。在作业本的背面，用铅笔用力画下了一些粗粗的线条。想必是她在临摹时增加了自己的感觉，纸上的岩画纯洁和抽象的味道很浓。

“我的丫头子把岩画给你画过来了，你看吧。”主人一边喝酒，一边甩过一句话来。

丫头子画的是一匹马，几只小鸟和一个手拿弓箭的男人。末了，她不忘在右上方添一轮月亮，提醒我这是夜猎图。“画得好！”我手摸她的头，一种亲切的感觉提醒我，这孩子以后有出息。

后来我还是摇摇晃晃地去看了岩画。到了小河边，就像叶赛尔的朋友说的那样“一个跨奔子”就过去了。喝醉了酒，人变得利索多了。

醉看岩画，感觉颇佳。只觉得画中的人和动物都在身边，时间倒退到几千年前，野天野天，人和动物，一动一静，皆为图腾。

大家围着岩画纷纷发表议论。我突然想起余华的一篇小说中的情景。一个下雨天，一个人对着牛突然叫出一声祖先的名字。此刻，我对着岩画突然也想说些什么。一阵清风吹来，我的腿发软，身子有些飘，但我还是喃喃自语起来。

现在回忆起来，只因为那天酒醉，我实在想不起当时说了些什么。

2.石刻的神像

第二天下大雨，我因为昨天喝醉了，没有看清岩画，所以冒雨赶到了岩画跟前。这场雨下得猛，天山似乎一下子泡在了水里。雨水从山顶往下流淌，到了山脚的岩壁上便“哗哗”地发出声响。我们不管雨，走到岩壁前看画。因为水往下流的原因，岩画似乎动了起来——奔跑的动物，舞蹈的男女，都具有动感。很快就有了一个强烈的感觉，觉得自己也是岩画中的一个人，正忘情舞蹈于遥远的某个时刻。后来雨停了，我走到岩画前细细观看。雨水流尽，岩画越来越逼真，画中的每一个人，仿佛是我相识已久的朋友。

静静地聆听，他们用身体在说话。石头是他们的身体。几千年了，他们始终保持着一个姿势，说着一句似乎永远也说不完的话。谁也不知道，它们已经在山野里存在了多少年，更没有谁能够预测，它们还将存在多少年。它们似乎在与时间抗衡。它们的呼吸，是潜藏于时间深处，比时间更持久，更具生命力的一种东西。它们的一生，被统一成一种固定的姿势，内心、感情和思想，一一在身体上表露出来，使自己成为一个完全外在的人。

坦荡荡，赤裸裸，立于天地之间。

感谢最初创造出这些岩画的人，他们用简单的方法在岩石上留下这些粗略的线条，留下了远古年代的人和动物的足迹。也许，他们在那时候就崇尚简单，随心所欲，将自己的内心感受表达出来。

简单，是一种真实。

岩画中的女人多与性有关。性者，悦也。因而岩画中的女人全是裸体，而且均沉溺于交媾之中。你可以说，这些岩画是出于对女性孕育儿女的母亲功德的赞美，也可以说是肉体在某个燃烧时期的飞升。

但她们都很真实，大方而又洒脱，将女性躯体的美体现得淋漓尽致。

因性，岩画中便出现了生殖器。特克斯县的阿克塔斯洞窟内的正壁上突出地彩绘了一个巨大而醒目的女性生殖器。在阿勒泰，也有一个叫阿尔塔斯的地方，同样也彩绘了一个女性阴户。

如此大胆而又直接的作品，不知出于何人之手。如果把话题回到严肃的史书，得出的结论就是："这些女性生殖器的图像至少说明，在原始社会时期的母系氏族社会，是以女性生殖器为崇拜物的"。如果把话题回到现实生活，假设是一个放羊的少年，整日思念情人，却终不能相见，便随手在地上捡一个石头，在岩石上刻下了一些图案。性有时候满足的是肉体，有时候满足的则是心理。

在新疆的天山南北，出现性的岩画颇多。"玄牝门，天地根。"玄是黑色，牝是女性生殖器，指天地间的一切都来源于此。

阿勒泰的几处岩画中的性是西部岩画中的精髓。

远远地望上去，有岩画的山独立于群山之中。山本是常见的山，但因有了岩画，就让人觉得造物主对此青睐一眼，让它变成了一个露天博物馆。

不由得让人想起康家石门子岩画。据说清朝末年，有一户姓康的农民，因避祸入山，在此耕垦居住，发现了岩画。人们闻讯而来，见附近山势突兀，石壁豁开如阙，便称其为"康家石门子"。从此，此处名声远扬。只是，随着岩画的名起，那农民又该如何避灾祸呢？昔日仇家会不会寻上山来，算以前的旧账？

像康家石门子岩画一样，博斯坦牧场的岩画中也有生殖图。画中，男人个个勃起阳具，伸向女人。女人或跪伏，或站立，但都是迎接之势。他们密集于此汇成一个集群，进行撼天动地的性交。是什么人一声令下，让他们汇合在一起，来完成人的最根本的欲望和渴求？

男人在这时候是激奋的，生殖器几近与身体同长。这是一种超比例的写实手法，但又无不充满写实的意味。男人，在这种时候是可以飞扬的，血液就是翅膀，在体内飞，身体就是天空。

女人却多蜷曲或平静。但这却是多么动人的一种等待啊！她们也渴望飞翔，但必须要有男人扶助她们。所以，她们就在那里静静地等待。女者，阴也。女人安静地等待其实也是一种燃烧。

慢慢地，男人们便走向了女人。女人接纳了男人。阳与阴，强烈与温柔，合为一体。

遥远的部落，在迎来这样一个集群媾和的日子，到处应该都充满着心跳，欢乐的呻吟和激扬的喷射。这是人类对天空的一次展示，对大地的一次重塑。生命的欢乐，到了这里已不再成为渴盼。它由上帝平均分配给每一个人，就藏在每个人的体内，一经点燃，便熊熊燃烧。

“整个新石器时代，是人类性的炫耀期”。也许，正因为古老和原始，他们才显得那样真实。

人类向前走了几千年了，所有的东西都在变，唯有性没有变，维系着人类的繁衍。

一如既往，性命，有性便有命。

3.骆驼望着岩画

我和叶赛尔跟着骆驼慢慢地走到了岩画跟前。我认出了一幅有骆驼的岩画，几年前我曾来过这里，当时还为这幅岩画拍过照片。今天行文至此，我想起当时回来后写过一篇论文，于是翻箱倒柜，弄了个满头大汗，终于找出了那篇文章，里面果然有记录这幅骆驼岩画的一段：

岩画中的骆驼大多都在尽情奔跑，展现出了游牧民族的生存景象。乌孙、匈奴、鲜卑、柔然、契丹……都长时间逐水草而居，随季节迁徙。因为没有家，所以处处便是家。在秋高驼肥之际，骆驼就是游牧者的依赖，他们将全部家当捆绑在骆驼背上，一路叮叮当当向远处迁徙。

岩画中的骆驼都呈现出了激烈的一面。一群奔跑的骆驼，它们的前后四条腿伸得很直，几乎要飞跃起来。幸亏是在一幅画中，才让我们看到了一群骆驼如此细致的飞跃之势。岩画中四腿伸得很直的骆驼，在这一刻已经幻化，变成了一种飞翔。

有意思的是另一幅岩画中骑骆驼者与鹿的对视。一男子骑骆驼追鹿，他追上后却不射杀，居然钻到了鹿腹下抬头向上仰望。他在望什么呢？或许，这幅岩画记录的是人、骆驼、鹿最早相遇的一幕。骑骆驼者以为鹿也是一种骆驼，便没有要射杀的意思。但鹿却显示出了一种对人的友好，所以站在那儿不动。那个人诧异，本能地感觉到这种动物在以后将是自己得力的依靠，就在它身边转来转去地看。看了一会儿，他对鹿甚是喜欢，鹿也对他表示出了接纳和友好的意思，将头扭向一边长嗥。画中的鹿、人、骆驼的比例反差很大，鹿比人和骆驼要大出好几倍，俨然是一只巨兽。鹿为什么会这么大呢？大概表达的是人第一次见到鹿时的心情。人第一次见一个东西时，总会觉得它很高大。

如果这幅图中真的记录的是人、骆驼、鹿的首次相遇，那么从他骑上骆驼追鹿的那一刻开始，人类就向前迈了一大步。而鹿，也终于从动物单一的自然生存中脱离出来，用向人走近的方法向世界走近了。

再后来看到一幅岩画，是一种强烈的提示。也是两匹骆驼，在岩石上清晰可见，属于那种被刻下实体的画。也就是说，岩石上被硬生生地刻进去了两匹骆驼。有意思的是，不知什么时候，有苔藓长到岩石上，又顺着刻痕布满了两匹骆驼。远远地看上去，那两匹骆驼显得郁郁葱葱，颇显生机。

几年过去了，现在又站在这幅岩画跟前，加之多日来与骆驼相处，我便觉得岩画中的骆驼亲切了许多。由岩画可得到证实，两千多年前的游牧民族中，骆驼就已经有了不可替代的作用。到了今天，牛、羊、马等都一步步接近了现代文明，被现代文明改变，而只有骆驼却仍然留在了沙漠中，它们似乎仍用固有的方式在生存，它们仍是几千年前的骆驼。

我和叶赛尔看了一阵子岩画，一回头却发现有几峰骆驼也在看岩画。岩画这一带没有草，想必是它们也发现了岩画，便走近看了起来。岩画中有骆驼，它们发现之后会有什么反应呢？我和叶赛尔像两个不动声色的间谍似的，偷偷看它们的表情。

很显然，它们认出了岩画中有和自己一模一样的牲畜。为了证实这一点，它们甚至还互相打量身边的骆驼。有一峰骆驼对岩画中做飞翔状的骆驼很着迷，身体一颤一颤的，似乎也想到岩石上去飞翔一番。还有一峰骆驼不停地在岩画前走来走去，逐个对岩画中的骆驼对比打量，似乎在寻找着什么问题的答案。

我和叶赛尔觉得这一时刻的骆驼很好玩，便转身离开，想让骆驼们好好看一看岩画。不料我俩刚一离开，它们便不再看了，也赶紧离开了。不远处有草，它们急忙走过去吃。它们的样子让人觉得似乎在掩饰刚才的行为，它们想通过吃草的方式让自己恢复到正常的骆驼状态中去。它们在岩画中看到了自己的同类，但它们却极力掩饰着什么，它们为什么要这样呢？也许只有它们知道答案。

下午，我和叶赛尔赶着骆驼往回走。突然，我发现骆驼们走路的姿势变了。它们的腿在向前伸时，总是要努力抬高一些，似乎要让自己飞起来。

4.守望岩画

相对而言，美的存在往往不及美的消失更让人震撼。

听说古代猎人将自己退役的战马
总是放还大自然。而这样的马
也定然不再回家，
也定然不再回头，也定然不让人看见自己
奄奄一息的丑陋。

我每每想起人们给我讲述的一位守望岩画的老人，就想起了昌耀先生的这几句诗，长久积存于心头的疑团也就被打开了。同时，加之我这些天与骆驼们一直在一起，所以我便又觉得昌耀先生诗中的马的行为很像骆驼。我在前面已经写了骆驼在临死时无论如何都要挣扎着回到出生地才倒下的事，我觉得昌耀先生诗中的马和我从牧民那里听到的关于骆驼的故事极为相似，它们都有一种回归生命的意识。

人们给我讲述的老人在人们的讲述中已经接近了神。他变成了那种不是以行为为唯一方式完成生命的人，他的精神和意志已经从常人的形态中脱离而出，如同一根闪闪发光的链条，紧紧地把美与生命连接在了一起。老人的姓名现在已无法查寻。尽管我们在习惯上不愿意把逝去一二十年的人和事看成是历史，但事实上有些东西因为与时代存在着巨大的落差，所以它们比我们所承认的历史还要神秘和遥远。

老人的形象都是人们用传说给我塑造的。由于那种真实的感染力强烈地改变着我的感觉，所以，我固执地认为对于一个已经逝去的人，就这样“走近”他也是非常好的。出村子向西走到个沟口，再向东而行就会进入一条峡谷，一座雪峰这时悬于头顶。有人说，这是一座具有天颜的山峰，如果天气好可窥它的全貌。进峡谷行数十里，有一处山崖袒露着岩画。人们对此已有定论，说是岩画内容表现的是突厥人的生活内容，后又进一步推断，突厥人曾在此生存繁衍过。不知强大的突厥人为何一改逐水草而居的方式，选择这深山峡谷定居？

人们发现这处岩画的时候，同时发现一个老人已将岩画下的凹穴当成了家。谁也不知他从何而来，只看见他整日望着岩画，脸上时而痴呆，时而喜悦。别人问他何以如此，他一言不答。其实岩画上的内容是一幅迁徙图，人们揣摩那可能是突厥人对自己经历的记述，因为大多数岩画以简单的线条和明确的主题给人以“纪实”之感。

后来，人们发现他除了在此穴居外，隔些日子就出去几天，不知他出去干什么，去什么地方，但此规律却一直坚持不变。山峰有时雪光明亮，有时砾石滚动，有时狂风大作，有时冰封雪裹，但他的身影从不间断地在山坡上移动，如一匹矫健的赤马。人们无法估摸老人那样做的真正目的。后来，当历史考察队进驻岩画壁下开始论证时，他表情漠然地看着，还是不说一句话。考察队在山岩下驻扎下来开始作业。

一天晚上，狂风大作，大家抱头躲在帐篷里挨着时间。后来帐篷开始飘摇，大家赶紧出去保护帐篷，却见老人已抱来几块大石头压在帐篷四角。一夜平安无事。第二天早上，大家惊异地发现，老人正在将石头搬往原处。他搬得很吃力，但脸上却布满不亦乐乎的神情。大家问他为何如此，他依然不答，等搬完了才说了一句话：“石头也有家。”众人一时都不作声了。

山上有岩画的消息越传越远，人们蜂拥而至，从此该地再无安宁。为保护岩画，后来禁止游人观看，他也被通知从岩画附近的山洞里搬走。老人的生活在此时无疑也受到了影响，他的心态不再平静，来自现代都市的人总要在他面前暴露出一些杂七杂八的事，更有甚者也把他作为岩画，经常干扰。他无法再像原来一样天天看岩画了。随着旅游业的发展，出入山必须要有相关的手续，他也被算作必须有手续才能进入的人。有好多天，他望着山峰满脸痴呆。他去找管理人员，要求看最后一次岩画，被准许后，他的脸上露出从未有过的笑容。他看着看着，脸上就挂满了泪水。过了很长时间，管理员进去一看，他已撞岩而亡。他终于又与大自然融为一体了。

想着他，又想起昌耀先生另外两句话：

前方灶头

有我的黄铜茶炊

这是有很深意蕴的诗句，也是一种很宽广很热烈的胸怀表现，让人久久咀嚼不已。一个人在那样的地方生存，与外界隔绝，但他内心却有一个属于自己的世界。从表面上看，他的行动显得有些孤独，但他的内心却很执着。这种执着被他用一种沉默维持着，沉默似乎已经代表了他的一切。

而在他的头顶，是在沉默中长高的雪峰。

5.守望石人

偶然听到一个守望石人的老人的故事。

人们说，他把自己的大半辈子，在那个小屋里打发出去了。他说自己居住在草原上，实际上，那只是一个大草滩，如果从这头走到那头，再走回来，一天足以够用。春夏季节，青草和野花铺于一地，与远处的雪山对照起来，草地像是谁泼下的一片彩色染料。

游人到这里来，大呼，啊，太美了！而只有他知道草地的美在哪里。每到黄昏，天边会出现彩霞，草地被映照得分外灿烂，他坐在家门口望着草地上的石人出神。望着望着，他的脑子里会出现幻觉，而且持续的时间很长。等他醒过神，彩霞已经消失，草地上正翩飞着一群蝴蝶。它们在石人左右翻飞，再次把黄昏的光线搅起一片光晕。于是他再次进入幻觉，似乎与那些石人在说着话。

有许多人都没有发现那些石人，他也懒得给他们介绍。他经常眯起眼睛盯着石人看，似乎到了这个年龄，看石人变成了重要的事情。看着看着，他忍不住就笑了，嘴角漾起满足的笑意。

后来人们还是发现了那些石人，人们用手去摸它们的脸和脑袋，有好事者竟然想在上面刻下到此一游的记号，但费了很大劲都没有刻下一个道道来。人们站在离石人五六米的地方，觉得看石人的感觉最佳。从衣着上看，石人都束腰带，衣领紧紧地扣着，俨然一副要出征的样子。但从表情上看，它们却又像哲人。他们的目光坚毅、执着和悠远。虽然只是几双石刻的眸子，但却将内心袒露了出来。人们看过石人后就那样回去了，回去之后，人们想起石人，必然就想起了他。

终于，那些人打听到了他和石人之间的事情。早先，那些石人散失在山林里，他发现它们后，用马车把它们拉到草地中心，整出一块平地，让它们牢牢稳稳地站着。从那时候开始，他就有了盯着石人看的习惯。到后来，这个习惯已经无法更改，相反地，他却变了——他因为有了看石人的习惯，话越来越少。

从某一天开始，他得了重病，痛苦把他折磨得有气无力，但他只是默默地挨着时间，从未喊痛叫疼。别人去看他，不知道他为何能表现得那么坚强，但人们看到他眼睛时，发现他目光里有一些很像石人眼睛里的东西。人们试着对他说起石人，但他却毫无表情。度过几年艰难的岁月，他的病终于好了，这时候他忽然想起那些石人，等他走到那些石人跟前，发现有一具已经拦腰断裂，像一个在冲锋陷阵中牺牲的战士。他用双手抚摸着那道裂痕，不明白这么坚硬的一块石头，为何会忽然裂断？那条断缝太可怕了，就是一把利刃，恐怕也砍不出这个样子。他抚摸着裂痕的手抖动起来，很快就流下了泪水。他痛痛快快地哭了一场，然后把那个石人埋了。然后，他把其他石人一一扶正，让它们在原来的位置上站立着。

别人问他，怎么少了一个石人。他说，它死了，像活到一定年龄的人一样，它死了。有一天，一位诗人在他的木房子跟前停留。诗人对他说，你就是一个石人，他笑而不答。诗人走后，他又盯着石人看了很久，下意识地摸了摸自己的腰。那一夜，他一直在那儿坐着。月亮升起，他和石人被洁白的月光淹没。

猎 人

1.隐痛

一只小黄羊用嘴去拱已死于猎人之手的母黄羊，也许它不知道死亡已经发生，所以便不停地拱着母亲的嘴，间或还发出以往惯有的亲昵声。这一幕被一位小姑娘无意间看见，她知道小黄羊的母亲早已被猎人打死，而小黄羊的眼神里却没有伤感或恐惧，反而围着母亲的尸体在欢鸣。三十多年后她想起那一幕，内心仍一阵悸痛。

这是一件真事，三十多年前的一天，一位打猎者满载而归到了她家。他这一趟出去很顺利，追寻和等待一天后，在当晚便发现了待在沙漠南边的半山坡上的一群黄羊。黄羊有一套严谨的生存方式，比如晚上总选南边的半山坡休息。因为南边逆风，不会让自己的气息被风吹入他者鼻孔，而且南边山坡因为受日照时间长，较高的温度更易于让它们进入甜蜜的梦乡。黄羊虽然有非同一般的选择南坡的智商，但却避免不了其中的致命弱点。它们在南坡成群卧下后，会派一只黄羊站在高处去执勤。但猎人们已经掌握了它们的这一规律，只要他们用略带惊喜的语气说出“南坡”这两个字，便预示着一场猎杀马上要开始。那天晚上，猎人远远地便发现了那只黄羊“哨兵”，并获得有黄羊群的准确信息。他马上打开探照灯，很快便找到了黄羊群。突现的亮光让黄羊的双眼不适，继而又失去方向感，趴在那里一动不动。他扣动扳机扫射，一只只黄羊呜咽着倒地。利用亮光在黑夜打黄羊，是最佳的打猎办法，往往猎获颇丰。

黄羊的致命弱点在白天同样也暴露得淋漓尽致，它们逃跑时屁股上的白毛总是很显眼，是猎人瞄准的最佳选择。至于它们潜藏于树林或草丛中时，则顾头不顾尾地又将屁股高耸于外面，其白毛又会让猎人迅速发现。猎人们为此总结出两句话：黄羊晚上死在眼睛上，白天死在屁股上。

猎人，不停地杀戮和制造死亡，但因为满足了人类饮食需求，不但使其残酷被遮蔽，反而凸现出职业意义。打猎者将打猎简称为“打”。他们因为迷恋射击的快感，所以言语简短直接，把很多事情都只简化到一个字。比如每次出发前只说那么一句话：走，出去打一趟。同行们对此心照不宣，不了解打猎的人便一无所知。

黄羊的智商低于人，所以它们的死亡几近于被征服。有时候这边的杀戮正在激烈进行，而另一边的黄羊则扭头一直望着，似乎只要死亡不降临到自己身上便不是死亡，同类命殒并不足以让它们害怕。猎人们对此也很纳闷，心想黄羊是对死亡最麻木的动物。

那位猎人将打死的黄羊装到车上，南腔北调地唱着歌开车返回兵团的一个连队。但黄羊那么一大堆，如何存放成了问题。打猎者因为和小姑娘的父亲是朋友，一番商议后，那些被打死的黄羊堆放在了小姑娘家的鸡圈里。

他是一位职业猎人，负责为单位在野外工作的工人们供给野物肉。那些年肉食供给不足，单位便自行解决。他五岁时就跟爷爷打猎，能拿得动枪时就能把子弹射向猎物，到了十七八岁便是百发百中的神枪手。单位给他办了打猎证，从此他便开始了职业猎手生涯。慢慢地，他掌握了丰富的打猎经验。比如在戈壁滩上开车打黄羊，人不能边追边打，因为黄羊很灵活，看到车追近会突然拐弯跑向别处，等人把车转过来，它们早已逃之夭夭。为防止黄羊突然拐弯，车要不停地追，直至追到黄羊无力再跑，或因疾跑致使肺裂瘫倒在地，这时候一枪便可轻而易举将其毙命。再比如猎人切不可顺风寻找猎物，因为风会把人的气息吹到动物的鼻孔里，人尚未走近，它们早已躲得无影无踪。

枪、子弹、荒野、动物，构成打猎者单调的生活，但射击却让他们兴奋，子弹在瞬间击中目标，让他们享受到了奇异的体验。时间长了，他们的性格变得有些怪异，甚至不习惯人群中的生活，他们觉得城市会让人变得模糊，而在荒行中闯荡，依赖狩猎生活可得到慰悦。有时候，有人会为他们感叹，痛心地说出两个字：杀生。但因为他们对职业信仰矢志不移，所以他们不会停顿，内心也不做过多的考虑。对于一个打猎者来说，他猎得的动物是成绩，是收获，所以他们沉迷其中乐不可支。

凭借丰富的打猎经验，他每次开车出去打猎都满载而归。为此，他拥有了国家打猎证，用他的话说，国家打猎证是一个大本子，比自治区的打猎证要大很多。

因为古尔班通古特沙漠地域宽阔，加之动物有不固定的生存习性，所以他的打猎范围变化不定，有时在沙漠，有时在河滩，更多的时候则在山谷中。那些年兵团种瓜最犯愁的是刺猬和狐狸之类的小动物，它们会趁人不备钻入瓜地进行大肆侵害。晚上，甚至还会有狼光顾，兵团连队的人会通过关系弄一支小口径步枪放在瓜棚里以备不测。他是猎人，所以人们希望他能打一打侵害庄稼的动物。一来二往，他便和那位小姑娘的父亲成为朋友。

将黄羊打回来后，打猎者要对猎物剥皮、剖腹和去内脏，然后将净肉拉走。那天他正埋头作业，一只黄羊因为没有被子弹击中要害，从一堆黄羊尸身中翻滚爬起，哀号着意欲逃走。但因为太过于惊恐，它只逃出两三米后居然一头栽倒。既然逃脱不了死亡，其结局必然仍是死亡。经验丰富的打猎者不慌不忙，伸出手将黄羊按倒在地，一手扭它的脖子，一手抽出了腰间的“皮夹克”（刀子）。刚刚目睹了无知的小黄羊的那位小姑娘还没有离去，所以她便看见了那只黄羊的眼睛。它眼中的神情起初是挣扎，之后是无助，最后是绝望。刀子刺进了它的喉咙，它低低地呜咽了几声便不动了。

小姑娘咬紧了嘴唇，眼睛里有泪水要涌动出来。“那一刻我恨他！”多少年后，她说起这件事时表情中隐隐显露出伤感。在她的童年，那是一次刻骨铭心的杀戮，她亲眼目睹，内心虽然产生了一种本能的救护欲望，但因为她只是一个6岁的小姑娘，没有实施行动的能力，所以幼小的心灵在那一刻便承受了巨大的伤痛。

打猎者经常借宿小姑娘家，但却丝毫没有觉察到她的内心反应。他的目光在荒野和沙漠中，加之又是一个职业猎人，所以他不会为什么事分心，至于周围人的反应，则更容易被他忽略。

三十多年后，他和当年的那位小姑娘在同一城市相遇，他或许因为年轻时有过长期在野外生活的经历，所以身体很好，六十多岁的人看上去像四十出头。而当年的那位小姑娘已成为母亲，有一位十六岁的可爱女儿，她教育女儿为人处世要得体大方，与人说话时要看着对方的眼睛，给别人递东西时要用双手，说话要不卑不亢。在生活中，她和女儿是朋友。一天和朋友聚餐，凑巧当年的那位猎人也在座，她说起了那段记忆。她很聪慧，只是提到了那只小黄羊，并没有说出当时自己的情绪。他回忆起了那段往事，对她说，当时你小得很，刚断奶嘛。她马上变得有些冲动，急忙说，不是，我已经6岁了。之后的交谈似乎有些尴尬，她不再说什么了。

我因为在这之前听她讲过这件事，所以在那一刻我是一个洞察者，我知道她突然变得着急的原因。他的回忆让时间错位，由此会否定她当时在场的事实，更会篡改她与那只黄羊对视时的内心之痛。这件事于她而言有三十多年的内心负重，他人回忆的错位又怎能将其改变。

那天我们边吃边聊，无意间，我看见因为窗户的原因，有一片亮光照到了她脸上，让她的脸庞变得洁净素雅。这时餐桌边的话题转向了摄影，大家谈兴正浓。我和她对视一笑，继续吃饭，不再提及打猎的话题。

事后我因为要写这篇文章，打电话确定她当时的年龄，她坚定地说是6岁。从她的语气中我仍能感觉到一种难以平静的情绪。在这件事中没有道德的判官，三十多年前的目睹已被时间的幕布遮掩，但那位猎人回忆的错位却刺激了她，一种难言的情绪犹如被埋下的胚芽，又开始悄然生长。

但他对此一无所知。

2.救赎

他现在搞摄影，而且专拍动物。以前他是一位猎人，是动物杀手；现在他拍摄动物，在画面上追求动物的生命之美。这其中有过怎样的心灵嬗变，外人不得而知。

朋友通过QQ给我发来了他拍动物的图片。他有接近动物的丰富经验，更懂得如何把握动物习性，如何揣摩动物心理，所以他对动物是零距离接触，所拍摄影作品自然与众不同。

比如一公一母两只鸟儿分别站立于男、女厕所顶上的一张，可谓是天公作美，可遇不可求。欣赏照片的人会因为画面有趣而忍俊不禁，问他是不是因为鸟儿长时间观察人，分出了男女，所以一公一母两只鸟儿便很自觉地各站一边？他笑而不答，众人一时不知所措。

比如一只兔子得到一块瓜皮，食之一半后，将另一半拖回穴居处。这个过程让人看到了兔子的生活态度，以及充满智慧的生存能力。

再比如拍一只鸟儿唱歌的一组。它先运气，继而发声，然后放声吟唱，再然后沉醉其中，却不小心从树上掉下，摔在了一堆乱石中。

鹰、狼、骆驼、鱼、马、羊、狗、狐狸、雪豹、旱獭、盘羊、雪鸡、狗熊、鹿，等等，数十种动物被他摄入镜头。细看这些照片，皆生动有趣，可爱之极。

但不知为何，我看着这些照片，心里却总有一个疑问，他是怎样放下屠刀，立地成佛的？是因为年龄大不能再跑，还是对打猎不感兴趣了？几位朋友小心翼翼询问，谈话的气氛骤然沉闷，他的神情也变得凝重起来。猎杀动物和拍摄动物，犹如两个极端，前者是罪恶，后者是救赎。他从罪恶中挣扎而出，渴望获得救赎的光芒拯救心灵。这中间，他经历了怎样的磨难？

好在他能够面对自己的过去，并不怯畏袒露罪恶心理。于是，他说起了自己的心灵转变历程。其实并不复杂，是一只白狐改变了他。那些年他是北疆有名的猎手，其枪法之准，在同行中留下一致的赞美：他枪打得好，一支半自动步枪被他玩得神出鬼没。有一天，他在山谷中寻找猎物，看见远处的山顶上有一个白点在移动，他判断是一只白狐，心情马上激动起来。他迅速向其接近，潜入到最佳射程的位置趴下身子。那个白点仍在慢慢移动，似乎对危险毫无察觉。他将子弹上膛，瞄准，扣动了扳机。白点在一块石头上晃了一下，随即坠入山谷。他跑过去寻找，四周却没有任何白狐的痕迹。他已有十几年没放过空枪了，难道没打中？那一刻他沮丧之极，心里涌起复杂的念头。在牧区，狐狸被视为神秘之物，牧民只看见过它们的影子，从来不知其具体行踪。至于白狐，则被视为不祥之物，牧民在平时一看见白狐便远远避开，害怕不小心走近与它打照面。牧民们说谁与白狐打照面谁就是烧子（新疆话，愣之意），而自己却向它开枪，是不是烧过头了。

这件事让他蒙耻，地位在同行中大跌，以至于有人开玩笑时怪怪地说他见过白狐，并在那个“见”字上加重语气。他变得很敏感，只要一听到白狐二字便内心如同打翻了五味瓶，一会儿觉得自己犯了与白狐打照面的忌讳，一会儿又觉得大家在嘲笑自己，枪打空了不说，而且连白狐的一根毛也没见着，不是吹牛是什么。

来自他者的议论给他造成心理压力，他气不过，背起枪去山里寻找白狐。唯一不再让他受蒙蔽的方法就是打死一只白狐，让所有的人把嘴巴都闭上。尽管他不敢肯定能否找到白狐，但屈辱在莫名地促动着他，他一去不回头。

但是白狐真的很神秘，他在山里转了好几天都不见它们的影子。他的嘴唇已经干裂，但仍把馕咬得发出脆响，喝完水将水壶放到地上时会发出“咚”的一声，让沉寂的山谷似乎有了几许颤动。

第四天，他与一只白狐相遇。他很奇怪，白狐并不像人们说的那样神秘，他刚翻过一个山脊，便看见一只白狐站在不远处。那只白狐大概没有想到会突然与人相遇，它有些惊恐，但惊恐只在它眼里一闪，很快它便平静下来，一动不动站在那儿望着他。他亦保持平静，丰富的狩猎经验让他警醒，此时如果慌乱，会使白狐受到惊吓逃走，而自己一动不动则会麻痹它，让它误以为自己不动，继而忽略自己。暗中较量是为了等待最好的时机，只要白狐放松警惕，他便可举枪将它打死。但那只白狐只看了他一眼，便转过身慢慢向山坡下走去。它身姿优美，加之通体雪白，所以走动时俨然是一位骄傲的公主，周围的草木似乎都在为它俯首。他紧追不舍，一直追到一条小河边。不能再追了，如果白狐涉水而逃，人在河水中的速度会大大降低。他举起了枪，但聪明的白狐还是让他上当了，它突然掉转过身子向后跑去，很快便跑上了山坡。人爬山坡的速度无法加快，他还在半山坡上，那只白狐却在山梁上闪出一片白光不见了踪影。

第二天他又与那只白狐在同一地方相遇，意外的遭遇并没有让他欣喜，反而让他因觉得白狐低估了自己的智商而怒不可遏。他边追边开枪射击，不给白狐以喘息之机。令他不解的是白狐居然跑得很慢，似乎并不恐惧子弹会让它毙命。最后，他感到自己有些力气不支，便用跪姿一枪击中了它。他感觉白狐在他扣动扳机时似乎有了感应，身子闪了一下意欲逃脱。但它怎么能比子弹还快呢？枪响之后，它一头栽倒在地，但很快挣扎着翻滚起来又逃跑了。也许伤痛激发了它身体里的力量，它很快便又逃脱。

他坐在山坡上喘着粗气，白狐两次逃脱让他很沮丧。休息少顷，他已没有了再寻找的兴趣，便打算从原路返回。但这时的意外发现让他惊讶不已，他看见了那只白狐的窝，里面有两只刚出生不久的小白狐，只有微微睁开眼睛打量世界的力气。他突然明白为何两次在同一地与一只白狐相遇，尤其是今天它故意跑得很慢，是要把自己引开，以防自己发现它的子女。为达到这一目的，它甚至不惧被子弹射伤，甚至毙命……紧闭的幕布突然拉开，一切在瞬间昭然若揭。

意外的事件让他极为震撼，并在内心生出一种惊异，看来白狐之所以神秘，实际上和人一样有所思所想。那一刻他突然对那些凭主观臆想议论白狐的人产生了不屑心理。他们没有见过白狐，没有和白狐对峙过，他们对白狐的议论完全是胡说八道。

回去后，人们见他又空手而归，嘲笑和议论很快便如同一张大网将他包围起来。出去时他是放了狠话的，不打死一只白狐他就去死，但现在人们没有看见被打死的白狐，他也好好地活着。所以他放出的狠话变成了耻辱柱，对此感兴趣的人始终将取笑的目光投向他，似乎要将他死死钉于其上。

但他不在乎别人对自己的议论，只有他心里清楚白狐是一种什么动物，他上了白狐的当，但他并不羞耻，也不因为射击失败而遗憾，反而因为一次难得的认知对白狐产生了敬畏心理。

最后，因为他保持了惊人的沉默，人们对他的议论变得更为恶毒，大家一致认为他根本就没见过白狐，他不光吹牛，而且是骗子。但他仍不对外解释半句，似乎自己的内心足够强大，而他人只不过是浮躁的烟尘。

有很长一段时间，他一直在琢磨一个梦。梦是一个奇怪的家伙，它先是让人沉睡，然后启发人最神秘的神经，在一个未知的世界开始活动。当然，梦更酷爱自由，它似乎掌握了编织万物的魔法，让人和人，事物和事物无比奇怪地相遇，然后一同创造黑暗中的无序世界。那个梦他在童年时经常做。他梦见自己和很多动物在一起，其中不乏不祥之说的蜜蜂，有桃花运之说的蛇，有财运之说的鱼，等等，但他不知道人梦见这些动物时有那么多说法，所以便高兴地和它们在一起玩。最后，他也变成了一只动物，是一只说不清楚具体是什么的动物。他心里十分清楚，自己变成了动物，自己已经是动物了，所以在家人看见他的变化，惊讶得满脸骇然想拉回他时，他双手伸出飞走，汇入到了动物之中。梦在最后戛然而止，事情没有结果，亦无任何答案。童年时，梦醒后奇异的体验感让他意犹未尽，会琢磨为何梦中的事情会那么奇怪，自己为何又会变成一只动物。儿童生活就其本质而言更接近梦，所以单纯年少的他对答案并不上心，反而更乐意沉迷内心世界的幻想，乐此不疲地搭建想象中的庄园。但是现在他已经六十开外了，为什么还做这样的梦？他说不清楚，但梦中的童年让他心痛。人活了大半辈子，难道最后要回到最初去？我能回去吗？他喃喃自问。

十几年过去，昔日的猎手荣耀已不在，他似乎变得越来越模糊，以至于人们已想不起他的存在。一次，他偶然拍摄到了一张白狐的照片，从此便扔下猎枪拿起照相机，把镜头对准了动物。换了别人，也许可以对外宣布，自己真的见到白狐了，因为有照片为证，但他却仍然沉默。拍摄动物让他兴趣转换，他由此体会到了难得的快乐。这种快乐犹如在行进中突然停顿下来，发现自己已经走得很远，并看到了好风景，而他人却仍在原地徘徊。

朋友在我看完他的动物照片后，特意问我对其中一张白狐的照片感觉如何？我心里真实的感觉是，照片中的白狐很美，而且因为是正面拍摄的，所以有一种要扑入人怀抱的媚惑之态。但这样的话我说不出口，我只好说美极了，白狐精致得像艺术品。狐媚，于不同的人而言有不同的感受，何况他曾亲眼与之对视，并且心灵受到震撼，个中滋味外人就更不得而知了。

如今细算一下，他已拍摄动物十余年了，可谓是拍动物的优秀摄影家了。在聚餐时有人问他，你拍摄动物十多年了，大概拍了多少种动物？

他叹息一声说，动物是拍了不少，但还是没有打过的多啊！

3.戒猎

他是我所叙述的猎手中枪法最好，打猎时间最长的一个。一次有人问他，老赵，你前后打猎多少年？他回答，30多年。又问，能不能数清打了多少只猎物？他面呈难堪之色，低声说，记不清了。

于是便有人猜测，他是因为有难言之隐，不愿意算一算到底打了多少只动物。别人的提问让他难堪，而自省却更让他痛苦——到底打了多少只动物，他真是无法算清。年轻时无所顾忌，只知道打得越多越好，到了一定的年龄突然警醒要停止了，才发现自己犹如在面对一个黑洞，无论如何都找不到答案。

如果说停止就是忏悔，那么忏悔便一定是有原因的。他的内心转变正如上面我所叙述的那个猎人一样，也是被动物改变了心灵，继而又改变了行为。

他第一次为动物心动是在北疆的赛里木湖边，他和一位朋友带着双筒猎枪去打呱呱鸡。到达射击点位后，他们潜伏在一个沙坑中支起了猎枪。天冷，他们为把呱呱鸡归类为鸟儿，还是归类为动物争论开了。呱呱鸡会飞，但它们似乎不喜欢飞翔，往往只在觅食前从半山腰头重脚轻地飞下来，落地后便笨拙地行走，即使遇到危险也选择跑动逃命。所以他觉得呱呱鸡实际上和动物没什么区别。但那位朋友却认为呱呱鸡是鸟类，它们不善飞翔是因为不喜欢，它们是鸟儿中厌倦飞翔的另类。

本来他们的争论是为了消磨时间，但没有想到他们所谈论的呱呱鸡飞与跑的话题，很快就变成了摆在他们面前的一个事实，那位朋友对其心不在焉，他却深受震撼。

很快就有一群呱呱鸡出现了，他和朋友瞄准射击，咣咣咣，一只又一只呱呱鸡应双筒猎枪沉闷的枪声倒地。但双筒猎枪一次只能装两发子弹，要频繁换弹，所以大部分呱呱鸡受惊逃窜，山坡上像是有无数快速移动的小黑点，也有石子发出乱响。对于他们俩而言，那快速逃窜的呱呱鸡或是已经能看得见的钱，或是畅饮美酒时的佳肴，怎能轻易错失。他们俩都是老猎人，换弹速度很快，所以呱呱鸡逃脱的越来越少，而趴在地上一动不动的越来越多。

频频开枪更能刺激猎人，子弹出膛时枪身的震颤，子弹的响声，以及猎物在腾起的尘土中倒下，都是猎人难得的体验，其中的快感外人难以想象。而打呱呱鸡因为开枪次数频繁，所以猎人对此情有独钟。

那天用打猎者的行话说是一场“血热”之猎，十几只呱呱鸡横尸山坡。他们准备将这些成绩收拢后返回，但这时却有一只呱呱鸡嘶哑哀叫着从山后飞了过来，其惊恐慌乱之状不亚于刚才的射杀危险。仔细一看，它身后有一团巨大的黑影。是一只鹰在追它。鹰是呱呱鸡的天敌，往往在一瞬间便闪跃而至，笨拙飞翔的呱呱鸡只在它双翅一扑，或双瓜一伸之间便不见了影子。现在，眼看鹰就要把呱呱鸡抓住了，但呱呱鸡很聪明，迅速从空中落到山坡上逃窜。它利用改变方位的这一策略虽然赢得了时间，但它的天敌太过于强悍，它没逃多远便又被鹰的一双大翅笼罩在一片阴影之中。呱呱鸡看见了他们俩，便迅速跑了过来，直至跑到他们脚下才停住，用一双充满恐惧的眼神望着他们。鹰惧怕人，转身飞走。

他的那位朋友嘴里蹦出一连串的啧啧啧声，好家伙，呱呱鸡在关键时刻又会飞又会跑嘛！

他则无言。他们本来是来猎杀呱呱鸡的，而且这只呱呱鸡就是刚刚从死亡线上逃脱的一只，但在天敌逼近的一瞬，它还是跑到了人跟前，寻求人的保护。呱呱鸡信任人类。他用沾血的手摸了摸那只呱呱鸡，只是让它慢慢离去。那一刻他内心有些复杂，没有产生再多添一只猎物的想法。

几年后，动物又让他痛心了一次。那次去山中打猎，走在路上他一直在想别人给他讲过的一个故事。有一公一母两只秋沙鸭，被几位猎人围住，子弹频频向它们射去，它们均巧妙躲开。但最后那只母秋沙鸭还是被击中，嘴里汩汩冒血倒地而亡。令他们惊异的是，那只公秋沙鸭却并不趁机逃走，反而置生死于不顾，尖叫着向他们扑来。因为太出乎意料，他们被吓坏了，怕它尖利的双爪抓向自己的眼睛。这件事的结果所有人都能想到，那只公秋杀鸭在最后仍被打死，和它爱妻躺在了一起。但他被秋沙鸭扑向人的那一刻感动，并在心里隐隐约约觉得，自己既然能被这样的事感动，是否到了该放下猎枪的时候了。

自问不会很快就有答案，他懵懵懂懂向山谷深处走去。正是黄羊下山喝水的日子，他要去进行开春以来，也是今年的第一次打猎。

很快黄羊便成群出现，他在一个极佳射击点位打死了三只，很快他发现了一只高出众黄羊一头的大黄羊，犹如王者，气宇轩昂。想获得更大荣誉的心理让他冲动起来，他弃所有黄羊于不顾，掉转枪口向那王者射击。子弹准确击中，但它却挣扎逃跑了。他骑马狂追，并一再向其开枪，但都因为王者速度太快而未击中。他预感要失败，但这时候的失败却更能激发人的斗志。他马上改变策略，把枪背在背上打马加快了追赶的速度。他知道黄羊已经中弹，会因为奔跑而大量流血，而急促的追赶无疑会让它更快地接近死亡。这一点人能想到，但黄羊无论如何是不懂的。这就是猎人经常谈论的话题，猎人打猎不光仅凭猎枪和子弹，有时候还要靠智慧。有了打猎智慧，猎物生的可能就会变得模糊，死亡马上要变成事实。

山谷中，一只黄羊中的王者和一人一马展开了马拉松赛。人与黄羊的对峙已经形成，人在逼近，黄羊在逃跑。二者之间的距离要么缩短，要么拉大。人成功与否，黄羊生死与否，都在这变幻的距离中马上要见答案。

最后，王者意欲爬上山坡时，终因体力不支滚了下来。他跳下马准备向它开枪，但它发出的一声哀鸣让他心头一颤，扣扳机的手犹豫着停住了。它是因为死亡临近叫了一声，但它的叫声太悲惨了，犹如一个孩子遭母亲抛弃而陷入了巨大的恐惧。他看见它口吐鲜血，一定是因为刚才疾驰而挣裂了肺，它的命不长了。这是他预谋的死亡方案，一切都在意料之中。它又叫了一声，他的心又一颤。黄羊这要命的叫声，如果换了是人，一定是血泪飞溅的一刻。

他下不了手，蹲在它身旁看它抽搐。它已没有一丝挣扎逃跑的力气，只是望着他，在等待死亡。生的希望在它内心如火苗熄灭，死的巨大深渊已张开吞噬的大口。他看见它眼里布满痛苦，那是一种经过较量、挣扎和屈服之后的痛苦，犹如死亡之神正在移动那看不见的手指，并马上会因为它生命的终结而停止。他再次为它的眼睛心颤，它绝对是黄羊中的王者，但此时它恐惧死亡的表情让它身上的光彩骤减，并且把一种悲哀迅速放大。所有的生命在死亡面前都是脆弱的，谁又能从其深不见底的黑暗中跳出？他也有些悲哀，说实话，他也不想看见这样的死亡，尤其是在死亡边缘的挣扎和滑落。看见了这样的死亡，便犹如自己正在经历一样，他感到不祥。

他不打算要它的命了。天很热，他抱来一些野草将它盖住，以起到降温的作用，亦让它缓解伤痛。如果它命好，或许可躲过一劫。他躺在一边休息，刚才的追逐使他疲惫不堪，在黄羊的粗喘声中，睡眠的大网向他裹来，他沉沉睡去。

一个多小时后他醒来，掀开野草查看情况，血已在黄羊的唇角结成黑色痂块，它的呼吸也十分微弱，但那双眼睛却睁得更大了，里面是放大的绝望和恐惧。他在它跟前走动，它的眼神随之移动，似乎希望他能够帮助它从死亡的绳索中挣脱。但已经无望了，死之绳索已死死将它捆绑，并会越来越紧。

他估计它还得受两天左右的折磨才能死去，但现在一个难题摆在了他面前，晚上会有狼出现，一旦发现它便会围上来一番撕咬。据牧民讲，狼咬黄羊时为防止黄羊逃跑会先咬或抓瞎其眼睛。那样的话，它在死亡的最后一刻又会遭受落入狼口的屈辱。即使没有狼出现，它在两天之中慢慢等死又是多么痛苦。一个念头从心底冒出，他不再犹豫，将枪口对准它的头部，转过脸扣动了扳机。枪响过后，它一动不动躺在那里，痛苦终结，生命终结，死亡终结。

返回后，他突然宣称戒猎。从此，他彻底远离动物，没再碰过一次猎枪。

戒猎后，他与动物之间便多了很多乐趣。在艾力克湖边，他发现了一只刚出生不久的叫红骨顶的小鸟。凭着丰富的经验，他断定大红骨顶一定在不远处，于是便潜伏起来想看看大红骨顶是什么样子。在等待过程中，他突然觉得对动物的接近因为没有猎杀，是一种很难得的享受。

过了一会儿，大红骨顶果然回来了。他断定它是那只小红骨顶的妈妈。红骨顶十分灵敏，其警惕性之高堪称鸟类中的佼佼者。它很快便发现了潜伏的他，事实上因为他早已戒猎，所以不再会有杀戮。但大红骨顶仍很警觉，似乎人的出现预示危险马上就要降临。本能的护子意识让它向四周环顾，并很快冷静下来，用嘴咬住小红骨顶的翅向湖边拽去。这时他才发现小红骨顶双爪残疾，没有跑动的能力。当然，因为它刚出生不久，便也就没有飞翔的能力。

大红骨顶却不能轻易拽走幼子，小家伙虽然刚出生不久，但仍然沉重，母亲仅凭嘴巴拽了五六次，实际上只向前挪动了一两米。母亲不放弃，似乎用全身力气连拖带拉，将幼子一点一点向前拽去。他很惊异大红骨顶发现人后居然如此恐惧，他有些难堪，想赶快离开，好让它们不再遭受折磨。但这时的情况发生了变化，也许母亲的力量是可以激发出来的，它嘶鸣一声连拖带拉，终于拽走了小红骨顶。他很惊异大红骨顶在一瞬间为何会爆发出那么大的力量，而沉重的幼子在它爆发出力量后变得轻如羽毛，轻而易举就被它弄到了湖边。但湖水很深，犹如一个死亡的深渊，它们逃进湖中又将如何？

接下来的情景让他目瞪口呆，它们到了湖边后，母亲用力将幼子推入湖水中，逃生的本能让小红骨顶突然用双翅浮动，向前游去。小红骨顶因为双爪残疾而无法助跑起飞，但进入湖中后却可以用双翅游走。红顶骨妈妈太聪明了，在生死关头运筹帷幄改变了命运。

他站在湖边愣怔出神，湖水使它们的身影起起伏伏，很快便不见了踪影。周围一片寂静，似乎什么都没有发生。

4.对峙

狼的嗅觉灵敏，闻到人的气息后会远远躲开。但这不是千古不变的定律，在沙漠或草原上，狼终究会与人相遇。之所以会这样，是因为狼要吃羊，而人要保护羊，无形之间狼和人的距离被拉近，并发生一些意想不到的事情。

他年长，在兵团连队人们都叫他老马。老马家住在沙漠边缘，家中虽养羊不多，但他防狼的警惕心很高。沙漠边缘往往有树，有水，有草，人自然选择这样的地方居住。但人不是大地上唯一的生存者，曾几何时，狼悄悄在树林或草丛中蛰伏，双眼紧盯着羊，也观察着人的习惯。慢慢地，狼的内心便有了偷袭的办法。人知道有狼，但不知道狼到底在何处，所以防范便是唯一的方法。但人总有疏忽的时候，狼一旦抓住机会便会迅速出动，一口将羊脖子咬断，然后撕开羊的肚子扯出内脏食之。如果人没有发现狼的偷袭，狼会很从容地将一整只羊吃掉。一次来之不易的饕餮使狼胃口大开，往往肚子会被撑得鼓圆。据悉知这一情形的牧羊人说，狼如此痛吃一顿可以一个月不再进食，沙漠或草原上会暂时变得平静。但更多时候狼则在痛苦地等待，甚至空无一获，因为人有很多防范狼的办法。比如狼夹、猎枪、牧羊犬，等等，一旦人大喊大叫扑向狼，狼就会变得很危险。

老马有猎枪，在羊圈四周安了狼夹，并养了几只健壮的牧羊犬，狼在他家附近的树林里窥视许久，终因他严密的防范而不能得逞。一次他赶着羊去河畔吃草，一只狼也许觉得他年迈体衰，突然从树林里蹿出扑向一只羊。但狼的判断有误，不知道他将猎枪藏在怀中，于是一声枪响，狼的身子歪斜了一下迅速逃走，那只羊的腿上汩汩流血。他嘟噜了一句："毛驴子下哈的狼，干啥哩？"那只狼跑到树林边站住，回头用发绿的眼睛盯着他。他无法断定刚才一枪是否击中，便又扬起了手中的猎枪，狼一晃不见了踪迹。

惊险而刺激的一瞬太过于短暂，让老马为自己没有得手而遗憾。而那只狼跑到树林边站住，回头用发绿的眼睛盯着他的情景深刻在了他内心，激起了他的仇恨心理。他很生气，你为什么看我，难道想收拾我不成？

回到家，老马仍然不能平静，不停地嘟噜着："毛驴子下哈的狼，干啥哩？"牧民们都这样骂狼，这一习惯缘于阿勒泰的一位牧民的故事。一天晚上那位牧民的羊遭狼偷袭，他冲进羊圈时看见狼正在咬羊的脖子，一着急吼出一声："毛驴子下哈（生下之意）的狼，干啥哩？”他的羊被狼咬死了不少，但他着急吼出的那句话却大过了人们的同情心，并在牧区广为流传。这个故事传到老马耳朵里时，他也忍不住笑了。但真正看见狼袭击自己的羊时，他也吼出了那句话。那一刻，内心的急迫让语言丧失准确性，着急吼出的话只是本能反应。

老马恨上了那只狼，但潜意识中断定那只狼也恨上了自己。于是，他加固防范措施，在羊圈外安了狼夹后，又灵机一动在羊圈内的墙根也安了一个。他想，即使你毛驴子下哈的躲过外面的狼夹，里面的第二个狼夹你还能躲过去，你有那么聪明？

不久之后的一夜，那只狼又来袭，它虽然躲过了外面的狼夹，但它没有人那么聪明，羊圈里面的第二道防线它没能躲过去，“啪”的一声被夹住了一条后腿。它用力扯起夹子翻墙而逃，叮叮咚咚的声响将老马惊醒，他马上断定狼已上当，提起一把刀冲出了房门。狼摇晃着在前面跑，他在后面追，一伸手可抓住夹子上的铁链，但他不那样做，只是紧追不舍。以前，有一位牧民在同样情景下傻乎乎地去抓夹子上的铁链，意欲将狼拽回，不料狼突然回头张大了嘴咬住了他的胳膊。幸亏他机灵，用力抱住狼头大喊救命，及时赶来的牧民帮助围攻，才将狼毙之。现在，他知道只要紧追狼不舍，狼的内心会越来越惊恐，加之一条腿已被夹子夹住，跑不了多远就会因流血过多而一头栽倒。事实上此时的狼已经很狼狈，因受夹子拖累，接连摔了好几个跟头，并恐惧得呜呜乱叫。那只夹子像一只大手，将狼惯有的残忍像一页纸一样翻过去，而揭开的另一页则是它的恐惧和软弱。

但那只狼跑着跑着却突然停下，一口咬住了那条被夹子夹住的腿，一声脆响，它将那条腿咬断，用三条腿逃走了。

老马唏嘘不已，这令人叹为观止的一幕太意外了，一时间他不知该如何是好。少顷，他拾起那个夹子，拉开机关将狼的那条断腿取下，瞪着眼看了看扔进树林。树枝里立刻一阵哗啦乱响。他提着夹子转身返回，嘴里又嘟噜了一句："毛驴子下哈的狼，干啥哩？"这次他的语气中明显充满无奈。狼在关键时刻居然把自己的腿咬断逃走，回到家很久了，那一幕仍像刀子似的在他眼前晃动。他心里生出一股恐惧，但愤怒又很快将其压制了下去。

没过几天，老马惊异地发现他家附近有狼的三只爪印。狼又回来了，用三条腿在附近走动，在寻找自己。那一刻，愤怒和惊恐在他内心交织，他既有要置狼于死地的冲动，但又隐隐担忧危险正在临近。他把这一发现告诉了家人，很快，附近的人便都知道了这件事。这件事出乎所有人的意料，引得人们议论纷纷。最后，人们断定，那只狼被他害得丢了一条腿，现在找他报仇来了。

它想报仇，我还想灭了它呢！老马很生气。一只狼还能把人吓死，况且它只有三条腿，已经不能正常行走，只要让自己碰上，不要了它的命才怪呢？但狼给人带来的恐惧是根深蒂固的，狼只要接近羊便一定是羊丧命，狼只要接近人便一定是人有危险，这样的事已数次发生，谁又能改变呢？再说了，它因为自己丢了一条腿，其内心的愤恨会让它滋生出奇异的力量。它如果扑向自己，便犹如一把刀刺过来。

老猎人会先挖坑，好骑手会先选马。老马明白先下手为强的道理，猎枪、狼夹、刀子、绳子、牧羊犬，等等，像一队整齐列队的士兵，随时会被他指挥出击。但他内心有某种隐忧，所以他要把声势弄大，让周围的人都知道他要和一只狼较量，如果真有不测，他们一定会帮他。以前他觉得那个抱住狼头喊救命的人好笑，但现在他理解了那个人。

老马在树林周围，沙漠边缘，乃至纵深处寻找那只狼。狼的三只爪印时隐时现，但却始终不肯露面。他憋足劲在寻找，狼的三只爪印却很快又神秘消失。他累了，低声骂着狼怏怏回家去，不料第二天家门口又出现了狼的三只爪印。一场含有仇恨的追寻变得有些像游戏，但他不能主导，而是这场游戏中的一枚棋子，被隐藏的大手捏弄摆放。他追逐狼的三只爪印而去，结果仍一无所获，最后他面对赤野的沙漠垂头丧气，一屁股坐在沙地上。天气不好，天空中乌云堆积，恍惚间似乎幻化成了一只奔跑的狼。他揉揉眼睛，意识逐渐清醒，遂打消要对着天空开枪的念头。

老马与狼无声的对峙自此开始。他居家不出，狼的三只爪印便逼迫近前；他追出寻找，狼的三只爪印又马上神秘消失。他很了解狼隐藏的习性，尤其对狼在不同季节变换毛色的骗人手段了如指掌。春天时，狼身上的毛会变得灰暗，易于在绿色草木中藏身；秋天时它们身上的毛会变得发黄，和大自然的颜色一致；冬天时又会变得发白，在雪地行走不会被轻易发现。现在它的三只爪印时隐时现，让他觉得狼一定有了攻击自己的办法，但他也做好了准备，只要它一出现，他便打断它的一条腿。他在心里咒骂，你毛驴子下哈的剩两条腿了，我看你还怎么折腾。

但那只狼始终不和他打照面。一件严肃的事情因为持续得时间太长，加之又一直没有答案，所以其本质便越来越模糊。他欲置狼于死地，而狼似乎只有一个若隐若现的影子，让他欲罢不能。老马的行为接近于一场苦役，但周围的人对此已不感兴趣，并开始调侃：“老马，狼在逗你玩呢！”他很生气地说：“你们把狼的本事说得太大了，狼也有没本事的时候。你们没听说过发生在巴尔鲁克山的一件事吗？一只狼被鹰给啄瞎了眼，它走不了几步，不是撞在树上就是撞在石头上，那个狼狈的样子别提有多难看了。还有阿勒泰那仁牧场的一件事，一只狼自不量力跳到一头牛背上去咬牛，结果被牛驮起来就跑，牛跑得很快，狼怕掉下来摔死，就只好老老实实在牛背上趴着。牛把狼驮到牧场，被牧民打死了。”辱骂了一通狼，他觉得心里舒服了很多，回家让老婆炖了一锅羊肉吃了一顿。

老马的这一经历在地处沙漠的兵团连队中广为流传，以至于几十年后，一个熟知这一事件的人和两个作家坐在树荫下说起这件事时，因为都是新疆人，所以他们都觉得老马很有意思，这样的事情发生在新疆的沙漠中，是一种必然。两位作家中有一位正在写动物，希望他能够再说说老马后来的故事，但后来的故事趋于平淡，那只狼是老马的心病，并在他内心幻化成了强大的堡垒，他持之以恒地展开了攻坚战。

有一天晚上，老马做了一个奇怪的梦。在梦中，他是年轻气盛的猎人，在戈壁滩上寻找动物，然后实施追逐和射击。因为那样的梦与他的实际生活密不可分，所以梦中的他与现实中的他别无二致。但那个梦中打猎的情形却一反常规，他推上膛的是子弹，但开枪后打出的全是水，水软软地射不到动物身上。他着急地用力去扣扳机，以至于将扳击扣坏了仍无济于事。梦发生了异变，子弹，这最忠实于猎人的信徒，突然反倾使命，让老马惊恐不已。梦有时候也会折射人的心理，有几个同行来找老马去喝酒，老马很羞愧，似乎子弹变成水预示着自己的打猎生涯将无奈地结束。所以他便想找个地方躲起来，以免让他们知道详情而嘲笑自己。因为无处躲藏他便紧张，一紧张他便醒了。虽然只是一个梦，但他仍觉得很怪异，打猎一辈子，到最后子弹居然变成了水，他内心隐隐产生一种不祥之感。他起身去抚摸挂在墙上的猎枪，一股冰凉之感让他的手战栗。他在黑暗中站了很久才回到床上躺下。那一夜，他无法再入眠，双眼望着屋顶挨到了窗户泛白。

老马内心痛苦，表情焦虑。无声的对峙不容许他大声说出什么，他犹如被卡在一个窄缝中无力挣脱。等待、隐忍和固执，占据他全部的生活。狼的三只爪印在他内心不停地幻化，他频频出击，但对手是一个无形的敌人，始终不让他得逞。

如此这般，四五年时间过去，狼的三只爪印仍一如既往在老马面前出现，他的寻找仍没有终止。一件事持续了如此长的时间，事件本身实际上已发生了变化，最初的仇恨已变得像永不可把握的魔法。狼的三只爪印更是变得像幻影，时时向他弥漫过来，刺激他一下，让他坐立不安。他神情坚定地出去走走，地上或有狼的三只爪印，或空无一丝痕迹。他叹息几声慢慢返回。

又过了几年，老马已无力走路，便买来一头小毛驴，每天骑在驴背上出去寻找狼。小毛驴慢慢悠悠，他不太灵活的身躯随之摇来晃去。有人说："老马，那只狼恐怕早死了，你都这么大年龄了，它还能活着？"他很生气，骂那人放屁，并声色俱厉地说："你不看看，地上还有狼的三只爪印呢！"地上确实有狼的三只爪印。那人不再说什么，目送他向沙漠深处走去。

最后，老马在一个大雪之夜死去。奇怪的是，从此狼的三只爪印再没有出现。